講談社文庫

無情の世界　ニッポニアニッポン

阿部和重初期代表作Ⅱ

阿部和重

講談社

目次

無情の世界　ニッポニアニッポン

阿部和重初期代表作Ⅱ

トライアングルズ

今度ばかりはさすがにお終《しま》いまで読み通してほしいと強く願っています。本当にもう、これが最後になるかもしれないので、是非とも終わりまで読み通していただきたいのです！

昨日はとても不幸な日だったと言わざるを得ません。まったく最低でした。本当にもう、じつに不愉快な一日でしたよ！　彼女がちっとも私の言うことを聞いてくれないのです。何度呼びかけても振り向いてさえくれませんでした。理由はわかりません。説明してはくれないのです。勉強が大変なのはお互いさまなのですから、休みの日は有効に活用すべきなのに、話し合う余地すら与えてくれないなんて、ちょっと我儘《わがまま》すぎるのではないでしょうか。きっと彼女は、自分がそうしていても私が怒りださないことをすっかり承知しているので、余計に強情を張り続けるのです。おかげで貴重な休日がまるで台無しというわけです。それに、もうすぐ冬なんです。真冬の道端で一時間以上も立ち止まってなどいられません。私はどちらかというと寒さが苦手なほうですし、比較的風邪をひきやすい質《たち》でもあるのです。彼女はその種のことをあまり考慮に入れてくれそうではありません。困ったものです。やっぱりどこか間違えているのでしょうか。こうしたことに関しては、私はまだまだ自信をもてません。経験が足りないからです。実際どうなんでしょう。出来ればあなたの意見も参考にさせてほしいのですが、いかがでしょうか。おそらくいま、偵察衛星KH―11が、私の頭上、遥《はる》か上空を通過していると思われます。高度三〇〇キロ以上も離れた軌道上から見下ろされたこの町は、すべてが死滅してしまっているかのようだといいます。けれどもその光景には、多くのものが不足しているに違いありません。そもそも大気圏外からの眺めでは、ちっとも速度が感じられない。遠のくとゆっくりで、近づくとすばやい。そして中間は中くらい。じつに奇妙なことです。NROの人々の腕時計は、ちゃんと進んでいるのでしょうか。星条旗の星の数は、実際よりも少ないそうです。それではさっそく本題へ移りましょう。忘れないうちに。準備は整っています。なにしろ今回は、本当にすべてが正直に語られようとしているのです！

子供部屋、私用の一人部屋のドアが開かれ、彼が入ってきた時の光景は、いまでも鮮明に思い起すことができます。このことに関しては、我ながら驚きを隠せません。

その時、彼の背後に立つ母の姿がちらりとみえたのですが、すぐにドアは閉められてしまいました。しかしながら、彼女が私たちを監視し続けるつもりであることは、確実だと思われました。「ええその通り、母親とはそういうものですよ！」後日、そのように彼から告げられたりもしましたから、間違いないはずです。

「こんにちは、はじめまして、こんにちは」

これが、彼が最初に口にした挨拶《あいさつ》です。ひどく事務的で、温和な口調だったと記憶しています。私は次のように返しました。

「ああ、なんだ、女じゃないんだな！」

記憶違いかもしれません。ドアが開かれて、彼が姿をみせたのと同時に、私はそう口にしていたような気もします。そしてその後彼が、「こんにちは、はじめまして、こんにちは」と言ったのかもしれません。いずれにせよ私は、そのとき誰かが自室を訪れることをすでに知らされていました。もちろん母と、父からです。けれども性別は伝えられずじまいでした。おかげで私はすっかり女性だと確信してしまっていたわけです。なにしろ元日の新聞に載っていた、細木数子による占いを読んでいましたから。そこには今年中に起りうる主な出来事が項目別に明記されていました。さっそく私は、生活上の指針としてそれを参考にすることに決めたのです。私に関する今期予想を要約するとこうなります。良いこともあれば悪いこともある。随分不思議な年だと思いましたが、考えてみれば毎年そうだったかもしれません。私が特に注目したのは、「七月から八月中に素晴しい人との出会いがある」という予言でした。最初にその箇所を読んだときは、ぼくはまだこんなに若いのに！　と思って激しく動揺してしまいましたが、時間が経《た》つにつれて喜びが徐々に増していったのです。「出会いがある」のが「七月から八月中」だということは、きっと夏休み中の出来事に違いないと私は予測しました。そんなわけで私は、例年以上に夏休みを心待ちにするようになったのです。とはいえ困ったことに、その「出会い」について、夏休みに女性家庭教師がやってくる、とまで具体的に書かれていたわけではありません。「素晴しい人」の性別も不明でした。にもかかわらず私は、「素晴しい女性」との出会いを勝手に期待していたのです。結果的にそれは正しかったのですけれども。

「そう、残念ながら！　しかし、男も捨てたもんじゃない」

私は何も答えずにいました。そしてまず、彼は極めて典型的な男、男以上でも以下でもない単なる男だという印象を強く受けました。スカートをはいておらず、オッパイが萎《しぼ》んでさえいます。せめてスカートをはいてくれていれば、ショックが和らげられていたかもしれません。ところが、内股《うちまた》のアーチ型がまるで隠されてはおらず、完全に諦《あきら》めるほかなかったわけです。彼はスカートをはかない男性でした。そして当然、女性でもありません。苦々しい気分で私は、残念でならない、と声に出さずに呟《つぶや》きました。

「スズキイチロウです」彼はそう自己紹介しました。しかしこれは偽名だと思われます。結局いまだに彼の本名を確認してはいません。それに私は彼をもっぱら「先生」と呼んでいたので、名前のことはこれまで特に気にならなかったのです。だから、「スズキイチロウ」という名も、ひょっとしたら記憶違いかもしれません。第一「スズキイチロウ」は、オリックスのイチロー選手ととてもよく似た名です。というか、同じ名前といっていいかもしれません。でも私は特にオリックスのファンというわけではないのです。ああ！　仮に記憶違いなのだとしたら、私の脳が急速に衰えはじめているということなのでしょうか。だとすればそれはあまりにも早すぎるのではないでしょうか！　小学生のうちから脳が衰えはじめてしまって、それでよいものなのでしょうか！　もっとも、脳というのはそもそも若い頃から衰えはじめるものではあるようです。

「ぼくは『膨れ足』」ご存知の通りこれは私の渾名《あだな》です。私は試しに彼をからかってみようと思いました。いかにも子供らしい対応です。

「違う、君はイデヒサオだ。それだけは知っているよ」

見事な返答でした。つまり私は途端に彼をからかう気が失《う》せてしまったのです。おまけに私は言葉を詰まらせてしまいました。数十秒後、次のように言うのがやっとでした。

「ぼくは何も知らない」

すると彼は、じつに大それたことを口にしました。

「その通りだ。だから僕が来た。これから君にすべてを教える」

彼はとても立っているのが辛《つら》そうな様子で、左右の脚を少しばかりがくがくさせていました。でもそばに椅子《いす》はなかったのです。ちょっと気の毒でしたが、そのとき私はやや興奮気味でしたから、仕方がありませんでした。私は、彼が「すべてを教える」と述べたのを聞き、自分の体温が異様なほど高まるのを感じました。ようやく「すべて」を知ることができると、大層よろこんでいたわけです。ただし汗はかきませんでした。

「ところで君は、昼食は何を食べたんだね?」

唐突な質問でした。よく憶《おぼ》えていなかったので、私は適当に、「チンゲンサイ」と答えました。チンゲンサイという言葉は語呂《ごろ》が良く感じられ、口にすると気分がいいので、単にそうしたまでです。

「ああ、それはいい、それはいいよ！　素晴しいよ！　青梗菜《チンゲンサイ》は、ビタミンCやカロチンやカルシウムが豊富に含まれているからね。夜の献立は何だろうか？　出来れば鮪《まぐろ》がいいんだがなあ。いまのうちからドコサヘキサエン酸をどしどし摂取しておかなくちゃ、すべてを忘れてしまいかねないからね！」

そう言い終えてから彼は、「すっかり忘れてしまわないようにさっそくすべて書き留めておくといい！　それがいいよ！」と私に指示しました。これが彼のやり方でした。一言でいえば、誘導的なのです。以来私はほぼ一日に一食は必ず鮪や秋刀魚《さんま》などを材料にした魚料理を食べるようになり、また、何事もノートに記録するようになりました。それなのにどうしても、記憶力が向上しているという気がしないのです。いったいなぜでしょうか。確かめておきたい重要事項はほかにも沢山あるのですが、次のことがもっとも気にかかる問題ではあります。憶えておくべきことと忘れてしまうべきこととは、どのように選別すればよいのでしょうか。私はついに彼からそれを聞きそびれてしまいました。ちなみに、ロンドン動物園付属ナフィールド比較医学研究所のマイケル・クロフォードがＤＨＡの効果を公式に発表したのは、一九八九年のことだったといいます。

彼が、私の家庭教師になるまでの経緯は概《おおむ》ね以下の通りだといいます。

先生があなたと最初に出会ったのは、確か四月の上旬頃で、場所は東急新玉川線三軒茶屋駅構内の「定期券うりば」だといいます。「一目惚《ぼ》れ」だったようです。その時あなたは定期券を購入するため、申込書にいろいろと記入しているところだったといいます。彼もまた同様だったそうです。自分の隣で俯《うつむ》きながら申込書を見つめているあなたのことを、瞬時のうちにとても好きになってしまったのだといいます。瞬時のうちにといっても、彼にとってそれは大変ながいことのようにというか、時間が停まってしまったかのようにも感じられたらしいのです。というのも、さっそく彼は、あなたの身体《からだ》の様々な箇所を念入りに観察してみたのだといいます（きっと実際には物凄《ものすご》いスピードで彼の眼があなたの身体中を眺め回していたのでしょう）。そしてあらためて自問自答してみたところ、「どうやら本当に俺はこの人のことが好きになっちまったみたいだが、とはいえやはり思い過ごしなのかもしれない、しかし、構うものか！」と、結論を下したのだというのです。それから先生は、咄嗟《とっさ》にあることをしました。彼は、あなたの申込書を盗み見て、名前、性別、年齢、住所、電話番号、通勤先の名称、その電話番号と住所、利用駅名を、さっそく自分の申込書に書き写したのだといいます。銀座に通っていて、百貨店勤務、そして住居は世田谷区内。確かこれで合っていると思いますが、どうでしょうか。彼は、あなたの個人情報を即座に入手することができ、甚だ興奮したのだといいます。私はそのことを聞かされたとき、ひどく驚きました。先生がなぜそれほど極度に興奮したのか、さっぱり理解できなかったからです。いまもよくわからぬままです。それは私が子供だからなのかもしれません。

彼はまず、あなたの容姿に惹《ひ》かれたといいます。彼はあなたの容姿を好みました。姿形に魅力を感じたわけです。それはなぜでしょうか。いろいろと想像できるからでしょうか。心の中が見えないから、善人か悪人か、誠実か不誠実か、淡泊か濃厚か、ありふれているのか珍しいのか、不明だから、どんどん想像できるからなのでしょうか。しかしそれは微妙に違う気もします。重要なのは見た目、それが肝腎《かんじん》なのだといいます。おそらくその見た目には、素晴しく魅力的な何かが含まれているのでしょう。しかも種類が豊富で、一つや二つではなく、少なくとも五つ以上はあると思われます。魅力的な何かとそうでない何かがあるとすれば、魅力的な方がより多くあってほしいという気がします。ところで、好ましい見た目に魅力的な何かが備わっているように感じられるのは、いったいなぜでしょうか。どうしてその見た目でなければならないのでしょうか。そのことを、先生は、明確に説明してはくれませんでした。

私は子供です。小学六年生ですから、まだ子供といって不自然ではないはずです。ご存知の通り、先生は大人です。年齢は確か二七か八だったと思います。あなたの歳《とし》のほうがもっとあやふやなのです。二二、三歳だったでしょうか。いくらあなたが父の愛人だといっても、私はあなたについてそう多くのことは知りません。というか、常識的に考えてみて、私が父の愛人について詳細に知り抜いている必要があるでしょうか。けれども先生は、絶対に理解しておくべきだからいますぐ学ばなければならないのだと私に力説しました。理由はよくわからなかったのですが、ともかくそのように告げたのです。それでも私は、未《いま》だにあなたについて部分的な知識しかもってはいません。もちろん先生は別です。いうまでもなく、彼はあなたに関して専門家的といえるほどに知り尽しています。父よりもさらに深くあなたのことを理解していると、彼は断言してさえいました。私は、父がどの程度あなたのことを知っているのか、当然のことながら見当もつきません。もっとも、父とあなたは同じ会社に勤めているわけですから、公私両面ともそれなりにお互い把握しあってはいるのでしょうけれど。

いずれにせよ、ここで私があなたについて述べる事柄はほとんど、先生から教えられたことばかりです。そのため、多くの事実誤認があるかもしれません（もちろんそれを彼のせいにして責任回避するつもりでいるわけではありません）。しかしながら、いまのところこれはどうしようもないですし、お互いさまだったりもするわけですから、私が何か突拍子もないことを言いだしても、そう深刻には受け取らずにいてほしいのです。

彼は、一定期券を買い終えたあなたを追いかけ、そのまま帰り道をこっそり尾行してゆき、住居の場所を肉眼で確かめたのだそうです。そして同時に、あなたが、ワンルーム・マンションで一人暮らしの独身女性だということも、確認したといいます。

「こうした行動は現在、ストーキングなどと世間で言われていることくらい君もよく知っているだろう？　そう、いくつかスタイルがあるが、ともかく流行《はや》ってる、いろいろなところでだ。だから僕も試みてみたよ、乗り遅れちゃかなわんからな。まあ多くの場合否定的に捉《とら》えられがちな行動なんだが、確かに馬鹿《ばか》げてはいるよ！　くだらんから真似《まね》しないほうがいい！　金と時間の無駄遣いだし、相手に何も伝わらんからな！」

彼は率直にそう述べていました。私の記憶違いでなければ。

それほどまでに彼は心を奪われてしまったわけですが、その場ですぐにあなたに声をかけられなかったのは、いったいなぜなのでしょうか。おそらく自分は慎重すぎるからなのだと、彼は言うのですが、私にはわかりません。もっとも彼は、「一連のストーキング的な行動は将来的には確実にマイナスな効果をもたらすはずなのだ！」など叫び声をあげ、ときどき自分自身を叱《しか》りつけていました。しかしこれらはすべて咄嗟にとってしまった行動であるため、反省心が芽生えるのに時間がかかったのだといいます。自分に対する怒りを露《あらわ》にしながら、彼は、自らの肉体を激しく痛めつけたりもしていました。肩や背骨の付近に、「し」の字形をした鉄の棒の尖端《せんたん》を強く押しつけるのです。とても痛そうなので、私は最長でも三〇秒以上は見ていられませんでした。さらには、彼がトイレに閉じこもって苦痛の呻《うめ》き声を発し続けているのを、私は何度か耳にしたことがあります。ひどい下痢をしていたのでしょうか。私にはそうとは思えません。彼はそのこと以外でも、自分自身を罰することがたびたびありましたから。

特に気が弱いわけではないのにもかかわらず、即座に声をかけることができなかった、それが最初の躓《つまず》きであり、最大の失敗だったのだろうと、先生は私に話しました。しかしながら、それは充分意図的な行動でもあったのだというのです。そのようにも彼は私に説明しました。その理由はいったい何なのでしょうか。彼は、互いに知り合う前にあなたのことをよく知っておかなければならなかったのだといいます。とりわけあなたの「素《す》」の部分を見ておきたかったのだと、彼は述べていました。

「つまりはこういうことなんだ。僕は出来る限り客観的に彼女の行動を観察してみたかったんだ。その場合、あくまでも僕という他者を意識していない彼女の姿でなければ駄目なんだよ。ほかの誰を意識していても構わないんだが、僕のことだけは視野に入っていては都合が悪いんだ。見向きもせずにいてほしいくらいなんだよ。仮に眼に入ってしまったとしても、道端の石ころ以下くらいに思ってもらわなければまるで台無しなんだ！　だって、僕と何らかの関係ができてしまってからでは、彼女はいわば僕用の態度をとりはじめてしまうからね。そこで彼女は自分の行動を制限してしまうはずなんだ。出掛ける場所にあわせて着る洋服を選ぶように、僕と一緒のときは僕にあわせた洋服しか着なくなってしまうんだよ。僕がいくら赤い下着姿の彼女を見たいと思っていても、彼女はいつも黒しか身につけてきてはくれないんだ。本当に彼女の赤い下着姿が見てみたいと思っているのに、そういうわけにはいかないんだよ！　それでは彼女のすべてを知ることはできないよ。だから僕用の態度が固まってしまう前に、いろいろな彼女の姿と、まったくの素の部分を見ておきたかったというわけさ。まず彼女の基本形を知っておかなくちゃあ、バリエーションの側面を理解できないよ。そりゃあ他人のすべてを知ることなんてほとんど不可能に等しいし、下劣な覗《のぞ》き趣味にもなりかねないだろうね。まったく恥ずべきことでもあるよ。だけど、それでも僕は彼女の全部を知っていなければ気が済まなかったわけさ！　それにね、じつをいうと僕は騙《だま》されるのも御免なんだ。騙されるなんてじつに馬鹿げているからね。でも、僕のことを彼女が知らぬうちは、彼女は僕に対して嘘《うそ》はつけないよ。存在さえ知らない相手に嘘をつく必要を感じるはずがないからさ。隠し事をされる心配もなしだ。いずれにせよこういうことはひどく合理的だよ。付き合う以前にいろいろと知っておけば、あとで失望しなくて済むし、相手の言動をよりよく理解できるからね。後悔先に立たずだよ！」

先生のこの発言を傍で聞いていた姉は、「先生はとても自意識過剰な人なのね。笑わずにはいられないくらいに！」と言って彼に抱きつき、私にむかって舌を出しました。彼女は私から先生を奪う気でいたようなのです。しかしそれはそもそも無理な話でした。先生風にいえば、彼はあなたにだけ夢中の男、なのですから。彼が姉のいたずらに引っ掛かることなどおよそあり得ぬ話というわけです。

先生は、常に自分を罰したがります。さきほどの発言後もやはり、「だがこれは、卑怯者《ひきょうもの》の愚かな正当化にすぎないわけだ！」とすぐに自己批判をはじめました。彼がそのように自分自身に対して否定的な考えに陥ってしまうと、通常の状態へ回復するのに約二時間ほどの時間を要します。これはあきらかに彼の弱点だと思われます。私は彼が弱点を曝《さら》しすぎるところが嫌いでした。先生にそのことを告げると、彼はこう返答しました。

「基本的に僕に弱点はないはずだよ。それはもう間違いないよ。壮大な自己否定の時間中は、必ずしも武装解除が義務づけられているわけではないし、それに、たとえいま弱点的にみえることでも情況によっては有利に働く場合もあるといわれているよ。君は僕が弱点を曝しすぎるというが、むしろそれは他の何かを隠そうとしているためなのかもしれない。眼にみえている以上に人の意識というやつは戦略的だよ！」

よく意味がつかめなかったのですが、私はとりあえず、彼をなかなかの頑固者だと思うことにし、特に反論はしませんでした。

そういえば、先生は、「もともと自分は騙されやすい性格らしいのだ」と語っていました。私はそれを信じられませんでした。そんなはずはないとさえ思いました。なぜなら彼自身が以前に、「僕を騙すなんてことは並大抵のやり方では無理だと思ったほうがいいよ」と述べていたのですから。しかし私がそれを指摘すると、過去の自分が騙されやすかったのだと答えてから、彼はこんなふうに説明していました。

「何事も鵜呑《うの》みにしがちなんだよ。何事もだ。何事も噛《か》まずに丸呑みなのさ。それでよく、馬鹿をみたわけだ！　どういうことかというと、ある時期まで、人の言うことは一つのことしか意味していないもんだと、結果的に信じきっていたんだね、僕は。結果的に、というのは、例えばまあ人は嘘というやつをつくじゃないか。そのことは一応、幼い頃から知ってはいたんだ。嘘について何も知らぬほど僕は無知じゃなかったんだよ！　しかしいつだったか、嘘について真剣に考えてみた。とても真剣にだよ。そんなに真剣に考えてみたのは、生まれて初めてかもしれないくらいだよ！　それでどういうことを思い付いたかというと、こうだよ。嘘の言葉というのは、表面上の意味と裏の意味があるわけだけれど、むろんそんなことくらい頭ではわかっていたつもりだったんだが、けれどもそれを深く実感したことはあっただろうかと、ふと思ったんだ。つまり、嘘が何であるか頭では把握しているんだが、経験的に嘘の実態をつかんだ憶《おぼ》えがまるでないような気がしはじめて、おそろしく不安になったんだね。嘘じゃあないよ。あんまり不安すぎるんで、ひどい寒気がしたほどさ。それがまた本当にひどい寒気なんだ。風邪をひいたわけではないのに、たくさん着込まなきゃならなかったほどだよ！　……うん、確かに嘘をつかれていたんだと事後的に気づかされることはいくらでもあったはずだけれど、いままさに眼の前で嘘を口にされている時に、何だかこいつはひどく疑わしい話をしていやがるなと思いながらそれを聞いていたりしたことはなかったかもしれないと考えてみたんだ。そのように考えると、困ったことに、僕は、どんどん深刻な気分になってゆくいっぽうだったよ。そうした次第で僕は、人の話は一つのことしか意味していないんだと、結果的に信じきっていたことになるわけさ。そうすると自分が途方もなく愚鈍な男に思えたし、同時に、人間として一皮むけたような気もしたよ。事実、僕はその時さっそく洋服を脱いでみたりもしたよ。急いで全部脱いでみたんだ。そりゃあもうまるっきりさ！……じゃあ即座に嘘を体験するにはどうすればいいのだろうか、当然それについても考えてみたんだが、判《わか》ったのは、要するに、嘘の徴《しるし》を見落とさぬように注意しておくべきだということだよ。相手の話の内容いがいのところにまで耳や眼をむけていなくてはならないんだ。例えば君たちのお母さんなら、話し始めの時にこちらから一瞬だけ視線をずらすことがあるんだが、そうした場合は九割の確率で彼女は嘘をついている。これは実際確かなことなんだよ。いろいろな人で試してみたが、大抵どこかしらに徴があるものなんだ。一つの言葉の中に様々な意味が込められているわけだけれど、それをイメージしてみるととても立体的な感じがするから面白くてね、やめられなくなる。なにしろ愉快だよ。ただね、徴さがしの度が過ぎるのも問題なんだ。僕はいつのまにか病的なまでに徴さがしに熱中する男になってしまったんだ。そうなるとすべてが複数のことを意味しているように思えてならなくなってしまう。これだけは注意したほうがいいよ。このことは絶対に肝に銘じておくべきだ！　実際、僕は本当に見境がない男なんだよ！」

この先もまだ彼の話は続きましたが、あとはどれもめっぽう悲観的な内容ばかりでした。要約すると、自分は未《いま》だに徴さがしの病から解放されずにいて人付き合いにとても苦労する、ということでした。そんなわけで自分は結局「本当のこと」を見出《みいだ》せずにいるのだとも述べていました。私は、先生のそのちょっと永めのお話を聞きながらノートに書き写していたのですが、大部分が抽象的なのでイメージしてみてもちっとも「立体的な感じ」が得られなかったのです（もっとも、母親の「嘘の徴」を知ることができたのは大きな収穫でしたが）。そのため私は彼に、これまでどんな時に「馬鹿をみた」のかを訊《たず》ねてみました。「それは異常なまでに普通の出来事なんだよ」という答えが返ってきましたが、私はさらに具体的な回答を要求し、一つだけ彼が「馬鹿をみた」経験を知ることができました。それを聞いた姉は、「本当に普通、というかまあ、ひどくありふれているわね、でも素敵だとは思うけど」という感想を述べていましたが、私にはどう判断していいのかわかりません。先生の話を要約するとこうなります。彼は以前、ある女性と半年間ほど交際をしていたことがあるといいます。その時もまた、彼は相手の第一印象に強く惹《ひ》きつけられたようです。相手の女性も同様だったらしく、すぐに付き合うことになったようなのですが、しばらくすると彼女の嘘がいくつも判明したのだというのです。

「僕はセックスが馬鹿みたいに好きなんだよ。うん、たぶん僕は馬鹿なんだよ。とにかく異常なほど好きだからね、セックスが。彼女もそれはよく承知していたはずだったんだ。なにしろ僕のすべてが好きだと言ってくれていたからね。それに彼女は、思ったことは何でもすぐに口に出してほしいと常に言ってもいたんだよ。後から本当はああしたかったこうしたかったと後悔されるのは厭《いや》だと言うんだ。だから僕はいつどこででもやりたくなったらやっちまっていいんだと考えたわけさ。ところがね、彼女はそんなふうに所構わずやるのは犬みたいで最悪だなんて怒鳴るんだよ。犬みたいなら最悪じゃなくて最高の間違いではないのかいと僕は反論してみたんだが、即座に張り手を喰らわされてしまったよ。正直いってこれには驚かされた。彼女は決して犬嫌いではなかったはずだからね。それなのに、張り手とは、やり過ぎじゃないか！　どうもひどい誤解があるようだと思っていろいろと聞いてみると、彼女はおそろしく保守的な思想の持ち主だということが判明したんだが、それはともかく、彼女はまあ何というかじつに宗教家的な人でもあってね、それ以後は僕の考えをことごとく改めさせようとしていたよ。派手な絵柄の本を読まされたり、妙な集会に誘われたりしてね、余計なことで忙しくなっちまって、とてもデートどころじゃあないんだ。そんなわけで、これは致命的な間違いを仕出かしていたなと、ようやく僕も気づかされたんだよ。結局、僕のすべてを受け入れてくれるという彼女の言葉は偽りだったのさ。ほかにも嘘はいくつかあるんだが、まあ概《おおむ》ねこんな感じでね、まったく見事に騙されていたわけだよ！　この僕は！」

彼は深く失望したのだといいます。そのため彼女との関係もうまくゆかなくなり、別れてしまったそうなのです。そのような経験によって、彼は、とりわけ女性に対しては出来る限り慎重な対応を心掛けるように決めたのだというのです。「定期券うりば」で出会ったあなたのことを正確に知り抜くためには、まずあなたの行動を客観的に観察してみるしかなく、それにはストーキングがもっとも適したやり方である、そんなふうに彼は、結論を下したのだといいます。

最初の出会いの日以後も、先生は、徹底的にあなたを付け回したのだといいます。するとやはり、ただ眺めているだけでは判り得ない、あなたに関するいろいろなことを知ることが出来たのだというのです。彼はあなたについてありとあらゆることを調べ尽くしました。得意なことや苦手なもの、趣味、好物、交友関係、癖、身体的特徴、等々。いったいどのようにしてなのでしょうか。大抵のことは執拗《しつよう》な尾行によって調べ上げたというのですが、一度だけ彼は変装してアンケートの調査員に成り済まし、あなた自身から直接いろいろと聞き出したこともあるといいます。さすがにその時はかつてないほど感情が高まってすっかり興奮してしまい、本心を告白してしまうべきかどうかだいぶ悩んだようなのですが、それにしては今やっていることがあまり一般的でなく、もしも不審がられてあれこれ質問をされた場合、納得のゆく説明をできそうにもないと思い、遠慮をしたというのです。しかしこのことも、先生はひどく後悔していました。遠慮をしすぎるのも、かなり問題だというのです。その時に言っておかなければ、いつまでも伝えられなくなってしまうことが、世の中には確実にあるのだといいます。

ニセのアンケート調査以後も、先生は、あなたのことをよりよく知るため、永い時間をかけて粘り強く調べ続けたといいます。彼はあなたのことを、不用意にゴミを捨てすぎるから危険だと語っていました。「いくらもう読むことはないからといって、中身が透けて見える燃えるゴミの袋の中に過去の日記や写真まで紙屑《かみくず》や何かと一緒に捨ててしまったりしてはいけないよ、思い出は自分自身の手で始末をつけたほうがいい！」そんなふうにも彼は述べていました。私は彼に訊ねました。

「先生は一億円の宝くじを当てた人なんですね？　そうでなければ資産家だ！」

これはつまりこういうことです。先生が、年がら年中あなたを付け回していられるのは、普段働く必要がないくらいたくさん蓄えがあるからなのではないかと、私は考えたわけです。それに対する彼の返答はこうでした。

「僕は霞《かすみ》を食ってるよ！　うん、といっても、実はそれは冗談なんだ。僕はそれほど立派な人間じゃあない、残念ながらね。ならば実際はどうしているのかというと、いま君の家庭教師をしている通り、近頃はもっぱらアルバイトをしているよ。アルバイトばかりなんだ。僕のような人間にはね、それが一番ふさわしいんだよ！　何がって、アルバイトがだよ！　しかしどうだろう、僕はちっとも社会に貢献しているという気がしないんだが、アルバイトはそこまで役立たずなんだろうか？　そりゃあ僕も就職したことはあるよ。けれどもあれは健康に良くないね。第一、人を馬鹿にしてるよ。何がって、あの面接というやつがだよ。すべての間違いはあそこにあるに違いないんだよ。なぜかというと、ああいう情況では、つまり真意を容易に悟らせない面接官という連中が眼の前に何人もいて、そこでボロを出さずに自分を積極的にアピールしなければならないという情況では、僕の例の病気が全面的に活動を開始しちまうんだ。しかしそれは僕だけじゃない。当然、面接官側もこちらの話をそのまま受け取ったりはしないよ。連中は、僕という人間を短時間の間に知り尽くそうと躍起になっているのさ。だから異常に注意深くこちらを見つめだすよ。そうすると途端にね、お互いに本音の隠しあいが展開されるわけだ！　もちろん僕は自分の能力を最大限に発揮してみせたよ。それまでに培《つちか》ってきた様々な技術をすべて投入してみたのさ。ちょっとしたフェスティバルみたいなものだよ。口八丁手八丁とは、まさにこのことだと思ったくらいだよ！　それで結局どうなったのかというと、面接官連中は、そんな僕を見て、凄《すご》いやり手の男だと誤解してしまったのさ。今すぐわが社で働かせるべきだ！なんて言うんだ。僕はもう気絶する寸前の状態だったりするのにだよ！　入社はしてみたけれど、そんな印象を持続させたまま、営業部で仕事を続けるなんて、僕には出来なかったよ。これは要するに一つの挫折《ざせつ》なんだよ。だから僕には体質的にアルバイトが一番あってるんだよ。そんなわけだから、僕は、君の言う資産家とはまるで程遠い人間だと思うよ！」

実際の経緯がどんなふうだったのか、私には想像もつきませんが、ただ確かなのは、先生はおそらく、自分はちっともお金持ちではないと言おうとしていたのだと思うのです。要するに、彼はアルバイトをしながらあなたを付け回し、いろいろと調べていたということなのです。

そうしているうちに先生は、あなたが勤め先の百貨店の総務課長、というか私の父と不倫関係にあるということも知ったといいます。彼は、これには大いに悩まされたのだというのです。「流行というやつは、やっぱりどこまでも行き渡るものらしいよ」と、彼は哀《かな》しそうに述べていました（ちなみに「流行」というのは、不倫のことを指しているようです）。事態は急変したのです。それは具体的にどういったことだったのでしょうか。先生によれば、「ちょっと厄介な恋敵の出現」なのだといいます。その「ちょっと厄介な恋敵の出現」によって、彼は、しばらくの間は困惑し続けていたようなのですが、それでもやはりあなたのことを知れば知るほど愛情が増してゆくばかりだったといいます。では、窮地に立たされた先生は、どうするべきだと考えたのでしょうか。彼は、こんなふうに考えてみたようです。「自分が手に入れたあの人（あなたのことです）に関する情報はいずれも客観的で何の作為もないのだから、ありのままのあの人にほぼ等しく、それを知れば知るほど愛情が増してゆくということは、以前のように失望することはあり得ないし、自分はまったくの本気だということだ、というか彼女は自分にとって最も相応《ふさわ》しい女性に違いない……」というわけで先生は、あなたと不倫中の私の父を別れさせねばならないという結論に達したというのです。「これは極めて困難な仕事になりそうではあるけれど、どんな手段を用いても確実にそれをやり遂げねば、今後自分は幸福な生活を送ることなどできないだろう……」そのくらいの意気込みで、彼は決意したのだといいます。

先生はまず、出来る限りあなたと父が二人きりでいる時の様子を知っておきたいと思い、それまで以上にひたすら付け回してみたといいます。あなたと父がどの程度の仲なのかを確かめ、それが崩れるきっかけになりそうな隙間《すきま》を見つけだすことが出来れば、二人を早急に別れさせるための適切な方策を思い付くかもしれないと考えたというのです。しかしながら、ただ付け回すだけでは思わしい成果があげられず、それどころかいかにも親しげな二人の姿を観察することに少しずつ慣れてゆき、むしろこのまま二人を見守り続けていられるだけで自分は満足なのかもしれないとさえ思う瞬間がたまにあったりする始末で、いっこうに事態を進展させられそうになかったといいます。二人の仲には必ず亀裂《きれつ》が生じる可能性があるはずだと信じてそれを探り出そうと努力していたようなのですが、さっぱりうまくゆかなかったというのです。

やり方を変えねばならないと思った彼は、より専門的な方法を試みてみることにしたのだといいます。それはいったい、何について専門的なのでしょうか。先生は、恋愛ということについて、だったのでしょうか。そうではなかったといいます。先生は、探偵術を解説した本を購入してみて、それを読んでいろいろと学んだ結果、とりあえず盗聴してみるのが適当な手段だと気づいたというのです。彼はさっそくあなたの部屋に盗聴器を仕掛けました。どのようにでしょうか。あなたの部屋といっても、室内へ入ることは極めて困難なため、結局、建物の外側に設置された電話の端子函《たんしばこ》内に無線式盗聴器を仕掛けたのだといいます。それにより、あなたと父が電話で話す内容を詳しく知ることが可能になったというのです。誰にも見つからずに作業を進めなければならないため、これには大変苦労したといいますが、何とかうまくやり遂げられたようです。ただし、その苦労に見合った成果は、すぐには挙げられなかったといいます。彼はまたしても怠けました。というのも、それ以後は、あなたと父が電話で話している間、近所の公園でその会話を盗み聞きすることが、彼の秘《ひそ》かな楽しみになったというのです。先生はしばらくの間、何も考えずに、ただあなたと父の声をぼんやり聞き続けているだけだったといいます。電話での会話中、父はあなたを「売女《ばいた》」と呼びながら命令を告げて、卑猥《ひわい》な行為を無理強いしたりすることもあったようです。そうしたやりとりを聞いていて、彼は、怒りが込み上げてくることはあっても、耳からイヤホンを外すことはなかったといいます。それにしても彼は、なぜそのように道草を食ってばかりいるのでしょうか！

そんなわけですから、彼はその頃、当初の目的をすっかり見失っていたようなのですが、ある日いつものように二人の会話を受信していると、とても興味深い話題を耳にして、そもそも自分は何をやろうとしていたのかを改めて気づかされたのだといいます。その会話の中で何が語られていたかというと、大事なのは次の点だったようです。私の父があなたに、息子（私のことです）の家庭教師を雇うことになったので適当な知り合いがいたら紹介してほしいと述べていたことです。これにより、彼は名案が浮かんだというのです。先生は、家庭教師として私の家に出入り自由の身になれば、あなたと父をうまい具合に引き離すきっかけがすぐに見つかるのではないかと考えたというのです。それがどのようにうまい具合なのか、私にはよく判《わか》りません。ただ、「恋敵」について知るうえでそれはじつに有効なやり方だとも、彼は考えたといいます。彼はそうすることが当初の目的へと到《いた》る確実な道筋だと信じていたようですが、父とあなたを引き離す方法じたいをはっきりと考え付いていたわけではなかったというのです。しかし、いずれにせよ彼はその思い付いた名案をすぐに実行せずにはいられなくなり、さっそく行動へ移すことに決めたのだといいます。どのようにでしょうか。彼は、あなたを通じて父と会い、家庭教師として雇われるしか方法はないと気づいたといいます。つまり、先生が私の家庭教師になるためには、あなたと知り合わなくてはなりませんでした。彼はどうしたのでしょうか。今度はアンケートの調査員ではなく、元教師のふりをして、あなたに近づくことにしたのだといいます。

あなたと父は、電話での会話中、家庭教師の件について話した後、金曜の夜に映画を見る約束をしたといいます。この辺りのことはあなたもはっきりと記憶しているのではないでしょうか。そう、それなのに父は、その約束をすっぽかしてしまったのでした。渋谷の駅前であなたは父と携帯電話を通じて話し、とても怒っていたといいます。当時、父はいったい何をしていたのでしょうか。私には判りません。結局あなたは仕方なく、『失楽園』を一人で見にゆくことにしたようです。その時のあなたの様子は、ひどく寂しそうだったといいます。先生はどうしたのでしょうか。彼は、ただ「なるほど」と思いながら、「金曜女性割引サービス・デー」であるためほとんど女性で占められた客席の中に混じって、あなたと共に『失楽園』を見ていたのだといいます。おそらくこれ以後の出来事は、当事者であるあなたのほうが正確に把握しているはずですから、いまさら私がここで述べる必要はないのかもしれませんが、念のために、というか話がつながりやすいと思うので、いちおう書いておくことにします。不正確な点があるようなら指摘してください。

先生とあなたは、上映開始時は、三席ほど間を空けた同じ列の席にそれぞれ坐《すわ》っていたといいます。ところが、映画が始まってしばらく経《た》つと、あなたは急に席を立ち、先生の隣へやってきたのだというのです。どうやらあなたはその時、痴漢の被害にあっていたようだといいます。彼は映画が始まってからも横目であなたの様子を窺《うかが》っていたというのですが、どんな情況なのかをしっかりと把握することはできずにいたようです。結局、あなたが急に席を立った直後、その隣にいる男が慌《あわ》てて手をひっこめている姿を見て、そのとき何が起きていたのかを彼は知ったというのです。このことは、先生にとって比較的好ましい結果をもたらしたのだといいます。

上映終了後、映画に感動していつまでも泣いているあなたを見て、先生はハンカチを差し出したといいます。それは以前、あなたがニセのアンケートで、泣いている自分に黙ってハンカチを差し出す男が好き、と答えていたからだといいます。すでに場内は明るくなっていて、客席に残っているのはほんの数人だったようです。彼は大変緊張してしまって、自分もつられて泣きだしそうだったというのです。そんな彼を見て、あなたは不思議そうな表情をしながらも、奇妙なことに「すみません」と言って彼のハンカチを受け取ったといいます。これにより、彼はあなたに好印象を与えたという自信をもったようです。先生には、映画を見終わったあなたが涙を流すことはあらかじめ予測できていたといいます。あなたは比較的涙もろい人だということを知っていた彼は、以前にもあなたが映画に感動して泣いている姿を見たことがあり、また、あなたにとって『失楽園』は内容的に感情移入しやすい作品でもあるはずなので、確実だろうと思っていたというのです。

「もしもよろしければ、食事でもご一緒しませんか？　いま見た映画について、大いに語りあってはみませんか？　というのも、僕はこういう興味深い映画を見ると、すぐに誰かと感想を語りあわなくては気が済まない人間なのです。議論というほどのものではありませんが、他の人の感想も確かめておきたいですし、なにより自分が見終わって感じたことを、すっかり話してしまわなくては、どうにもおさまらないのです！　それにあなたは、どう言っていいか判りませんが、何となく、話し上手に見えます！」

そんなふうに、先生は、あなたを誘ったのだといいます。最後の一言は余計だったかもしれないと、彼は私の前で反省していました。あなたは、数秒間黙って考えてから、このように答えたといいます。

「あたしは感動して泣いたわけではありません。あんなふうに自分から死んでしまう人たちに感情移入なんて出来ないわ。ああいう結論は、何て言うか、とても惨《みじ》めよ。ちっとも美しくないし、出鱈目《でたらめ》だと思います。ああいう話は、人生とはまるで別物だとしか感じられません。つまり、虚構よ！　単純なドラマなのよ！　そもそも、不倫なんて、面白くないわ。だって、派手さに欠けているもの。凄く地味よ！　でも、ハンカチ、どうもありがとう。ちょうど、一人で食事するのは退屈で厭《いや》だと思っていたところだから、喜んでご一緒します」

先生は、歓喜のあまり飛び跳ねてしまいそうになり、それを堪《こら》えるのに苦労したといいます。もっとも彼は、話し好きのあなたが、自分の誘いを受けてくれるということも、確信していたというのです。同時に、見た映画も、人をそんな気分にさせる要素を数多く備えていたのだといいます。

あなたに対して、彼は、何と名乗ったのでしょうか？　あなたがパスタ好きだということを知っていた先生は、イタリア料理屋へ誘い、そこで自己紹介をしたといいます。とはいえ、今は職探しをしている身だとだけ告げて、元教師のふりをするのはもうちょっと会話が進んでからにしようと考えたのだそうです。その後の対応は、結果的にみて、まずまずの出来だったといいます。彼は、以前就職試験で面接官相手に行ったことを、あなたに対しても試みていたようです。つまり、またしても「それまでに培ってきた様々な技術をすべて投入してみた」のだというのです。なにしろあなたのことは概ね知り尽くしているので、意識的に話を合わせようとしなくても、彼はほとんど条件反射的にあなたの好みそうな態度をとり続けていたといいます。そのことを聞き、姉が、「病気が再発したというわけではないの?」と訊《たず》ねたところ、先生は、「うん、案の定、僕はその時も気絶する寸前の状態に陥ってしまったよ!」と答えていました。しかしながら、まずまずの出来ということからも判るように、何もかも先生の予測通りにあなたから回答が返ってくるわけではなかったので、面接の時とは比較にならないほど疲労してしまったのだといいます。

「ともかくあなたは、まったく、最初の印象通り、じつに理知的な人なんですね。これは間違いありません。確かなことです。いや、決してお世辞でなく、それは確かなことですよ。僕が保証します。ええ、僕のような男でよければいくらでも保証します。というか、僕のだろうが誰のだろうが、保証なんて、ちっとも必要ではありませんよ! 掛値なしにあなたは理知的な人ですよ! それに、何といってもあなたは、いろいろと示唆《しさ》に富んだ発言の多い人だ。この一時間ばかりの間に、僕は、様々なことに気づかせていただきました。なにしろ僕はひどく鈍感なところがある男ですからね。放っておくと大事なことをついつい見過ごしてしまいがちなんです。集中力は人一倍あるほうだとは思っているのですが、あまりにも一直線に向かうものですから、外《そと》のことには甚だしく鈍感になってしまうのです。さっき見た映画のことだって、すでにお話ししたいくつかの点以外、実はろくに憶《おぼ》えちゃいないんです。いくつかの点を除くと、他は全部外側に追いやってしまうらしいのです。それはまあ、余所見《よそみ》をしていたせいでもあるんですが、しかし僕は、こうしてあなたのような、何と言うか、良質の社交性を備えた人とお話が出来て、今、とても喜んでいるところなんですよ！　ええ、そうです、そうですよ！　あなたは並外れて社交的な人なんですね。そうだとしか思えません。本当にそうだとしか思えないんです。いままでもよく、いろいろな人からそんなふうに言われてきたのではありませんか？　もう飽き飽きするほど、あなたは大変社交的な人だと、これまで言われ続けてきたのではありませんか？　たとえそうではなくても、間違いありませんよ。あなたは確かに社交的な人です。素晴しい話し手ですよ！　実際、多くの人があなたのお話を聞きたがっているはずです。あなたが口を開くのを、常に誰もが待ち望んでいるはずですよ。どうなんでしょう、どうなんでしょうか？　そうした社交性は、経験で学ばれたものなのでしょうか？　僕には天性のものだとしか思えないのですが、それでもやはり経験の部分も大きく作用しているのでしょうね。きっと、あなたは、素晴しく会話に満ちたご家庭でお育ちになられたのでしょう。ご両親も、非常に洗練された言葉の使い手なのでしょう。敬服します。敬服しますよ。僕は、ただただ敬服しますよ！」

先生は、全力を込めて、これらのことをあなたに話したといいます。興奮してしゃべり続けてしまったため、酔いすぎているのではないかと疑われてはまずいと思い、途中、立ち上がって二、三歩ほどテーブルの傍を歩き回ってみたりもしたのだというのです。そんな彼に対し、あなたは、次のように返答したといいます。

「残念ながら、やっぱりあなたは間違ってるわ。部分的には当たっていても、やっぱり間違っています。あたしは、もうずっと永い間、とてもおしゃべりしていたいのに、それを禁じられてばかりいるんです。子供の頃から、ずっとそうなの。本当に、ずっとそうなんです。会話に満ちた家庭で育ったなんて、それは間違いよ。間違いなんです。むしろまるで逆なのよ。あたしは、率直に言って、言葉を奪われた家庭で育った女なのよ！　それはもう親の代から、うちの場合、ずっとそんなふうだったと聞かされているわ。だからたぶん、そう言うのが最も正確なのよ。あなたは、あたしに対して、大きく誤解しているんだと思うわ。だって、あたしは、話すことにちっとも慣れてなくて、自分の意志を伝えるのに、いつも苦労しているんですから。あたしの言うことなんて、誰もまともに受け取ってはくれないとさえ、よく思っているくらいなの。あたしが社交的だなんて、とてもあり得ないことだわ。あたし自身からすれば、全然現実味のない話よ。空想の世界みたいなものだわ。本当はおしゃべりするのが大好きだけれど、誰もそれをあたしに対して求めてくれたりはしないもの。現に今でも、あたしはおしゃべりを禁じられているの。何も話すなって、よく言われるわ。寂しくなってほんのちょっと文句を言うだけでも、すぐに怒られてしまうのよ。今日だって、いっぱいお話ししたいことがあったのに、一方的に断ち切られてしまったの！　まあ、それはいいんだけれど、でも、正直いって、本当に気になることばかりだわ。みんなよく言うけれど、実際、人の意志って、ただ会って話しているだけでは判り得ないものなのね。あたしも、もっとよく考えて、ちゃんと話し合えるように変えていかなければいけないと思うわ。だって、ただ黙って傍にいるだけなんて、何だか幽霊みたいよ。何もやらずに済ますなんて、存在しないのと一緒だわ。それにもう、そんなふうにしてなきゃいけない時代でもないのよ！」

　こうした会話が交わされてゆく中で、先生は、頃合を見計らって自分は元教師なのだと偽りを述べ、それを聞いたあなたが、実はちょうど知り合いがいま小学生の息子の家庭教師を探していると語ったのをきっかけにして、話は彼の思惑に沿って進んでいったといいます。そんなわけで予定通り、彼は、一つの目的を達せられたのだというのです。それ以後は、あなたから電話がかかってくることすら何度かあり、その度に先生は異様なほど感激したそうなのですが、ただ、元教師のふりをし続けていなければならず、先のことを考えると多少気が滅入《めい》ったのだといいます。

以上の経緯をすべて聞き終えた姉は、「本末転倒とはこのことだわ！　本当に、これこそ本末転倒よ！　どうやらあたしは先生を買いかぶりすぎていたみたい。何て言うか、とにかく馬鹿《ばか》げているのよ。とても付き合いきれないわ！」と告げて、部屋から出ていってしまいました。姉からそんなふうに言われて、先生は、「彼女はああ言うが、物事には順序があるし、やり方は人それぞれなんだよ。自分に合ったやり方というのがあるものなんだよ。正解は常に一つというわけではないんだよ。……しかしまあ、なるほど言われてみれば確かに本末転倒なのかもしれない。うん、まったく本末転倒だぞ。しかもひどく遠回りしすぎている。というか、俺は馬鹿だ！　彼女と知り合いになれたのだから、そのままどんどん親しくなっちまえばよかったんだ！」と叫ぶように口にして、いつものように自己否定の状態に陥ってしまったのです。

私の物覚えの悪さは、やはり母と父によって仕組まれたとしか思えません。両親により、私の学習活動の一切が能率的に進められていたのです。なぜなら二人とも、というか家族みな同じ住いで暮していているからです。父母、兄と姉、そして私。そこにあるのは学習のみです。それはどこの家庭でも、同様なのでしょうか。私が教えられることはじつに多く、種類も様々なのですが、しばしば矛盾しており、常に変更が繰り返されるため、混乱させられてしまいます。困ったことに、学習環境は、家庭に限られていません。世間の誰もが教育的な立場にあります。私にとって一番の悩みの種は、人によって答えとその出し方が異なることです。母と父は、自然さを装《よそお》ってはいますが、巧妙に私の記憶力を低下させようとしているらしいのです。ひょっとしたら、一日一食の魚料理は、ニセの魚を使っているか、あるいはDHAをすべて抜き取られてしまっているのかもしれない。ご承知の通り、私は家庭内でひどく孤立しています。なぜなのでしょうか。おそらくその最大の理由は、家族の中で私がもっとも年少だからなのだと思われます。経験の乏しさが災いしているのです。そのため未知のことが多すぎます。私にはわからないことが多すぎるのです。学校へは通ってますが、教わることが少なすぎます。そして曖昧《あいまい》です。私は、教育的な立場にある人に感情移入できないと、教わったことのすべてが頭の中を素通りしてしまうのです。これはかなり勿体《もったい》ないことだと思います。父と母はそこに付け入るのです。けれども私はずっと以前から、両親にも感情移入できず、ただ疑わしさを抱かされるばかりなのです。どうしてなのでしょうか。きっと、周りにもっと馴染《なじみ》深かったり刺激的だったりするものがたくさんあるせいかもしれません。例えば私の本棚にある『SF怪獣と宇宙戦艦』という本が、そのことを強く裏付けてくれます。小学館のコロタン文庫シリーズの第39番目にあたるその本の一八頁《ページ》をみてみると、「X星から来た男」が紹介されています。彼はこんな人です。

惑星Xから地球へやって来た異星人科学者。イギリスの沼沢地《しょうたくち》へ着陸し、地球を調査していたが、地球征服の野望をもつ科学者に捕らえられる。心理制御光線装置をもっているが、地球人に対して悪意はない。

どうでしょうか。「心理制御光線装置をもっているが、地球人に対して悪意はない」と書かれているところをみると、本来「心理制御光線装置」は悪事に使用されることの多い道具のようです。「地球人に対して悪意はない」という「X星から来た男」は、悪事向きの道具である「心理制御光線装置」を、いかに活用したのでしょうか。残念ながら私は一九五一年の作品だという『X星から来た男』を見ていないのでわからないのですが、大いに興味を惹《ひ》かれます。さらに二四頁をみてみると、『私は外宇宙から来た怪物と結婚した』に登場する「植物宇宙人」という、「アメリカの小さな街に飛来し、街のほとんどの人間とすり代わっていた」「黒い煙で人間を包み、宇宙船まで連れもどってその人間に化ける」魅惑的な「宇宙人」が紹介されていたりしますが、それ以上に私が注目しているのが、六四頁でとりあげられている『２３００年未来への旅』の「アイスボックス」という、以下のような「ロボット」です。

23世紀の未来都市ドームシティから、外の世界へ出るための氷の通路で、逃亡者を監視する。逃亡者をみつけると、レーザー光線で周りの氷を砕き、氷づけにする。人間と同じ感情をもち、ロボットなのに笑うことがある。

まず、「ロボットなのに笑うことがある」という箇所にとても刺激を受けます。「ロボットなのに」などと言われてしまうほど、「笑うこと」は、「ロボット」にとって極めて不自然な行為のようです。では、「人間なのに笑うことがない」人は、はたして存在するのでしょうか。少なくとも私は三人、「人間なのに笑うことがない」人物を知っています。一人は先生。彼は一貫して「人間なのに笑うことがない」人です。ひょっとしたらあなたも、彼のことをそのように感じているのかもしれませんね。じつは、私がそのことに気づいたのは、彼と知り合って大分たってからなのです。もう一人は同じ塾に通っている、私の言うことをちっとも聞いてくれない例の女の子。彼女はいつみても怒っているような表情ばかりしていて、やっぱり「笑うことがない」のです。三人目はこの私です。私はこれまで自分が笑う様子をみた記憶がありません。自分の顔を鏡や写真でみるたびに、笑顔の欠如に気づかされるのです。けれどもおもしろいと感じることはいくらでもあります。ここが妙なところなのです。例えば『おもしろくてためになる　数学の雑学事典』の一九五〜一九六頁では、「ギリシャの三大難問は決して解けない」という「おもしろくてためになる」お話が語られています。そこではこんな逸話が紹介されています。

【2】　与えられた立方体の体積の2倍の立方体を作図せよ。

エーゲ海にデロスという島がある。紀元前数世紀に悪疫《あくえき》が流行した。おはらいをしたところ、「2倍の大きさの祭壇をつくれ」との御神託があった。ところが各辺の長さを2倍にしたら、8倍の祭壇になってしまった！　困ったデロスの人たちは、プラトンに相談に行ったとのことだ（後世の人によるフィクションだという説もある）。

与えられた面積の2倍の正方形の作図なら容易である。

吃驚《びっくり》するほど「おもしろくてためになる」お話です。「おもしろ」さを痛感させられるのは、神様からの不条理な要求を受けてしまい、「困ったデロスの人たちは、プラトンに相談に行った」という、単純明快な事態の経緯です。「プラトンに相談に行った」ことじたいは、「後世の人によるフィクションだという説もある」ようですが、だとすると「プラトン」は、時代を超えて多くの人々を何となく納得させてくれたり安心させてくれたりする人なのかもしれないと思えてきます。「与えられた立方体の体積の2倍の立方体を作図」するのは無理だが「与えられた面積の2倍の正方形の作図なら容易である」というのは大変「ためになる」お話だと思いますが、それよりも私はむしろ「プラトン」のほうが気になって仕方ありません。「プラトン」は、不可能を可能にする人なのでしょうか。少なくとも「デロスの人たち」、あるいは「後世の人」は、「プラトン」をそんなふうに認識していたというように理解できます。

いずれにせよ、誰にとってもある程度の学習は不可欠です。いろいろなことを憶えなければ生きていけません。私は主に歴史から多くのことを学ぼうと努力してみました（とりわけそれが合理的だと思われました）。ですが、両親は私の歴史観を無理にも矯正しようとしたのです。例えばこんなことがありました。ちょっと試しに使ってみたいと思ったコンドームがみつからず、それを親に告げると、そんなものを買った憶えはないと言われてしまいました。確かに以前父親がそれを買ってきたはずなのですが、私がそれを使ってみたいと思い置き場所を訊《たず》ねているのに、二人揃《そろ》って「買ってない」の一点張なのです。おまけにこんなことまで言われてしまいました。「おまえは股間《こかん》を触る癖があるが、そんなところに触れちゃあいかん。絶対に触れてはいけないのだ。そんなことを続けているといつか、確実に罰が当たるぞ！」

また、こんなこともありました。ある日、父が珍しく漫画を買ってくれました。それは『ドラえもん』だったのですが、不思議に思いしばらく口を閉ざしていた私にむかって父は、「夢のある漫画だから読んでみなさい」と言いました。私は、一度に沢山に漫画が手に入ったことじたいは喜びつつも、同時に、以前テレビで『サザエさん』をみていて「出鱈目《でたらめ》ばかりだ！」と叫んでブラウン管に灰皿を投げつけたりしたこともある漫画不信の父が、いきなり発売中の『ドラえもん』全巻を買ってくれたりしたのには必ずそれに相応《ふさわ》しい理由があるはずだと考えました。そして第2巻「ゆめふうりん」という話の冒頭まで読み進めてみて、私は、父親から将来の夢は何かと問われた主人公野比のび太が「ぼくは、だんぜんがき大しょうになる!!」と宣言する場面に出くわし、驚愕《きょうがく》したのです。私は恐怖のあまり、それっきり『ドラえもん』を読むことができなくなってしまいました。手短に理由を説明しましょう。父にとって『ドラえもん』は「夢のある漫画」です。主人公野比のび太は『ドラえもん』という漫画の中心だといえます。漫画の中心であるのび太は「がき大しょうになる」ことを夢として語ります。であるならば、「夢のある漫画」『ドラえもん』の中心に「ある」とされる「夢」は「がき大しょうになる」ことです。すなわち、漫画不信の父が私に『ドラえもん』という漫画をあえて薦めたのは、それが将来「がき大しょうになる」ことを推奨している物語だと判断したからなのです。私はそれ以後ひどく脅《おび》え続けましたが、どうしても父の口から直接その真意を聞き出さずにはいられなくなり、とりあえずのび太をどう思うかを訊ねてみました。父の返答はこうです。

「のび太には構うな、あいつのことは放っておけ!」

そう怒鳴られた直後、私は鼻を力強く抓《つま》まれ、上方にひっぱられてしまい、泣きました。私はその時、どうやら父は本気らしいと、確信したわけです。

父の本気の姿にはやや心を動かされましたが、ここで安易に迎合すれば今後いっさいが相手の意のままになってしまうと思い、急いで対策を練ることに決めました。上からのそんな押し付けに耐え続けてなどいられるはずがないからです。私は「がき大しょう」にはなりたくありません。なぜなら私は将来「プラトン」になりたいからです。おそらく誰もがそうでしょう。そして出来れば、「心理制御光線装置」を「悪意」抜きで使用してみたいと考えています。そうすれば、「笑うこと」が可能かもしれないという気がするのです。でも、先生は、それはすべて誤った考え方だと私を非難しました。それに『ドラえもん』の読解じたいも根本的に間違っているとまで指摘されました。彼によれば、『ドラえもん』は「夢のある漫画」というよりもむしろ、「夢しかない漫画」なのだから、途轍《とてつ》もなく現実的な物語として読まれるべきだということでした。そのような彼の考えには、すぐには賛同できませんでしたが、とても教育的な発言のようにも受け取れたので、私は現在に到《いた》るまで、その点については判断を留保しているのです。しかしいずれにせよ、『ドラえもん』の一件以来、私の両親に対する不信感はますます強まりました。確かに先生のような考え方も理解できますが、けれども父の真意が果たしてそれと通じているかとなると、大いに疑問です。それではは、そもそもなぜ、私は両親に疑わしさを抱くようになったのでしょうか。それはたぶん、母と父が、自分の親だからだと思われます。これはどうにもなりません。なぜ人は、というか生物は、親から先に生まれるのでしょうか。この縦軸の関係、そして上から下への直線的な移行には、いい加減うんざりさせられるばかりです。

過去の事例を参照すると、このような事態においてはやはり民主的な解決が妥当とされているようです。私は両親に対して、天からの教えは不条理すぎてついてゆけないと述べ、「デロスの人たち」の例を挙げて説明しました。天は質問を許さず、一方的なので厭《いや》だと言ったのです。それよりも断然、こちらから会いに行けるし会いに来てもくれる「プラトン」のほうが信頼できると、私は強く主張しました。しかし母も父も、問題の一方通行性がさっぱり実感できない様子なのです。父からは、「ガキのくせに随分イヤラシイことを吐《ぬ》かしやがるじゃないか、そりゃあ入れたり出したりするほうが具合がイイに決ってる！」などと罵《のの》られ、侮辱される始末でした。そうした次第で、私の要求はまったく受け入れられなかったため、こちらとしてはとりあえず小学校と塾への通学を拒否せざるを得なかったわけです。私にはそれがもっとも有効な抵抗手段だと思えました。ただし、親は登校拒否など見過ごすはずはなく、「いじめ」以外の理由は受け入れられないとしてこちらの言い分は聞き入れて貰《もら》えず、さっそく懲《こ》らしめられてしまったので、私はやり方を変えねばなりませんでした。私が次にとった作戦は、前回同様ごく単純なものでした。故意に成績を下げてみたのです。事態が判明した後、すぐに話し合いがもたれました。連日、母と父から塾での学習だけは決して疎《おろそ》かにしてはならないなどと説教され続け、さもなければすべての供給を停止すると脅されたため、何とかしなければと思った私は秘《ひそ》かにマヨネーズを飲み込み、蕁麻疹《じんましん》を起しました。私の蕁麻疹は塾アレルギーのせいなのだと勘違いしたようなのです。この作戦は成功しました。両親は、私の意見を受け入れたふりをするつもりでいたようです。とりあえず二人は、私の意見を受け入れたふりをするつもりでいたようです。一言でいうと、「プラトン」の導入です。どういうことでしょうか。末の息子は「御神託」嫌いで、いつでも「相談」にのってくれる「プラトン」が相手でなくては勉強が捗《はかど》らないらしい、夜中に両親がそんなふうに話しあっていたと、私は姉から聞かされました。私は、謎《なぞ》の児童相談所だとかへ連れてゆかれるのではないかとヒヤヒヤしましたが、それはありませんでした。結局二人は、家庭教師を雇うことに決めたのです。都合よく、父の会社の人（あなたのことです）が、元教師で現在失業中の知り合いを紹介してくれることになりました。こうして私は、先生と出会うに到ったわけです。父と母は、彼と最初に面会したときに、息子はどうも親に対する敬愛心が足りないみたいだ、などとわざとらしく嘆いてみせたようです。そんな両親にむかって彼は、自分は歴史の教師だとまず述べてから、過去の様々な出来事を学ぶうちにそうした敬愛心は自《おの》ずと養われるはずだと語ったといいます。父も母もなぜかその言葉に大変満足したらしく、今度やってくる家庭教師は大変優秀な人だからもう何も問題は生じないはずだと私に告げました。さらには、真面目《まじめ》にやらなければきっと後悔することになるだろう、などと私を脅したりもしたのです。ところが、蓋《ふた》を開けてみると、両親の思惑とはまるで懸け離れたことが起きたわけです。二人とも、彼がニセの歴史教師だということに気づくのが遅すぎました。それに、彼にとっての歴史は極めて個人的なものだったといいます。したがって、両親の計画は完全に失敗に終りました。家庭教師として私の家を訪れるようになった先生の主要な目的が、収入を得るためではなかったということは、あなたもすでにご承知の通りです。

それにしても、家族とは、どうしてこれほどまでに組織的なのでしょうか！　家族はなによりも「名誉」を重んずるのだといいます。そして、家族の一員たちは、常に「掟《おきて》」を守らなくてはなりません。コーザ・ノストラという家族では、親から命令を受けたときに理由を訊ねてはならないのだそうです。なぜなのでしょうか。たぶん、それが家族というものだからなのでしょう。どうやら私は、家族の「掟」に叛《そむ》きすぎていたのかもしれません。実際、兄から、それ以上おまえが好き勝手にやり続けるようであればいつかこいつでぶちのめしてやる、というようなことを言われながら金属バットで突かれたことがあります。甲子園に行けなかったものだから八つ当りしているのだと、後に母親が兄のその言動について解説してくれましたが、そもそも彼は補欠なのです。友達に相談したこともありましたが、みな黙り込むばかりでした。私はじつは、家庭教師がくることになったと両親から聞かされたとき、殺されてしまうのかもしれないと思いました。しかし、そんなことにはならなかったのです。先生は終始、私に対して教育者的に振舞い続けました。実際、多くのことを教わったなあ、という実感があります。残念ながら彼は、ライオンそっくりなあの男と対決したあと、あなたを巻き込んだ例の騒動の末、自分の右眼を抉《えぐ》り抜き、姿を消してしまいましたが、私は彼を先生だと思い続けることにします。ひょっとするともう二度と、私たちの前に姿を現すことはないかもしれません。それだけはなぜか、確かなことのように思われるのですが、でもあなたには全然べつの考えをもち続けていてほしいと、私は願っています。

今年の夏休みは、いろいろなことが起こりました。もう間もなく冬になろうとしていますが、それでもいまだに私は、夏に起きた出来事のことばかりを考えています。というか、それは出来事というよりも、先生のことや、彼女のことです。ちなみに彼女とは、以前通っていた塾へ再び通学し始めた最初の日に、出会いました。

家庭教師として私の家を訪れるようになった先生から、私は、本当に様々なことを教わりました。私はどういったことを教わったのでしょうか。先生から私が教わったことのほとんどは、彼自身に関することでした。その具体的な内容はすべてここに記録してある通りです。それは先生自身の、歴史のほんの一部だといいます。正直いって私は、教わったことについて、多くの点で深く理解できずにいると思われ、意味をよくつかめずにいたりするところもかなりあります。しかしそうした点に関しては、仮に今後も深く理解できないまま過ごしてしまうことになったとしても、あまり悩まずにいようと思っています。というのも、先生が、私たちの前から姿を消す直前に、次のように述べていたことが心に残っているからです。

「いいかい、これだけは君に言っておかなければならないと、ずっと思っていたのだけれどね。だからこれだけは、ちゃんと記憶していてほしいんだ。これだけを憶《おぼ》えておいてくれれば、他のことはもうどうでもいいくらいなんだよ。実際、他のことは、もうすっかり忘れ去ってほしいくらいなんだよ！　それでいったい、何を言っておきたいのかというとね、こういうことだよ。ずっと以前にも話したと思うけど、そしてさっきもまた話したけれど、本当のことを探り始めたら、それは堂々めぐりに陥るしかないんだよ。それはやっぱりどこかでやめなければならないよ。まったく僕は、馬《ば》鹿《か》みたいに何度も試みてみて判《わか》ったけれど、他人の真意を正確につかむのは無理だよ！　こちらが明確に知らずにいることや、いま見えてはいない謎の部分をはっきりと確かめることは恐ろしく困難だし、疑わしさはどこまでもつきまとってしまうんだよ。本当に、疑念はいつまでも解消されないよ。解消されたためしがないんだ。それはもう歴史が証明しているよ。これは重要な歴史の問題でもあるんだよ。そんなふうにしてばかりいるとね、いずれは眼の前にいる相手の何もかもが曖昧《あいまい》になっていって、その人をただの物のようにしか見られなくなってしまいさえするよ。その人は間違いなくいまそこで生きていて、この自分としっかり言葉を交わしているのにだよ。幽霊か石ころの、どちらかみたいにしか思えなくなってしまうんだよ。それはやっぱりおかしいよ。だって、その人は突然その場所に現れたのではなくて、一つの人生を生きてきたんだからね。眼の前にいる人はみんな、実在の人物なんだよ！　そのことだけは信じなくてはならないよ。確かに人の言うことは、一つのことしか意味していないわけではないよ。実際、それは確実なことの一つだと思うよ。だけどそれでも、相手の言動が思い起させる、諸々《もろもろ》の過剰な意味をいったん頭の中から消し去って、ただそこにいる相手の実在だけをまず認めるべきなんだ。その人はいま、確実に眼の前に存在していて、少なくともこの自分と接しているわけだ。だから、いまそこにいるその人に対して、こちらからも何かを伝えてみるべきだと思うよ。いまここにいる自分の何かを伝えようと努力してみるべきだよ。そうしたことを避けているようでは、何も始まらないよ。確かにこれはまったく単純すぎる話だよ。もう厭になるくらい単純すぎる話だよ。しかしこうした問題は結局いつまでも解決されないままでもあるんだよ。僕のようになってしまってからでは、何もかも手遅れなんだよ！」

この話をときおり思い返しているうちに、私は、先生から教わったことを、その言葉じたいを、私からあなたへ伝えるべきではないかと、考えるようになりました。そうでないと、これまで教わってきたことがすべて、「幽霊か石ころ」になってしまいそうだと不安になったのです。そういうわけで、教わったことがすべてそんなふうになってしまうくらいなら、たとえ深く理解できずにいる点が数多くあっても、先生の様々なお話を袋詰めにでもして、逸早《いちはや》くあなたへ送り渡したほうが有意義だと私は考えたのです。すでにいくらか「幽霊か石ころ」になってしまったようなところもあるかもしれませんが、いずれにせよ、私が受け渡された先生の言葉を、このような形にまとめられたことに関しては、満足しています。

先生が、私の家庭教師だったことは間違いありませんが、彼が私の家庭内でやろうとしたことは、他にもいくつかありました。もちろん彼の主要な目的は、あなたと父を別れさせることなのですから、そのきっかけになり得る要素を見つけだそうとしてはいたようです。けれども、いつものことながら、彼は、またしても横道へ逸《そ》れてしまいました。それは彼自身がそのように述べてもいましたから、間違いないはずです。

先生は、どのように横道へ逸れたのでしょうか。彼は、私の父を、家庭の中に繋《つな》ぎ止めておくことが出来れば、完全にではないにせよ、ある程度はあなたから引き離せるのではないかと考えたといいます。同時に、父があなたと不倫をしているのは、家庭、もしくは母に、いくらかの不満を抱いているからではないかというようにも考えてみたのだといいます。そればかりが理由ではないにせよ、少なくとも主な要因の一つではありそうだと思えたそうなのです。ならば家庭＝母に対する父の不満が何かを突き止め、それを解消できれば、目的に一歩近づけるかもしれない、そうした考えから、先生は、母や兄や姉や私から自分たち家族に関する話をそれとなく聞き出しながら、父の抱えている問題を明らかにしてみることが先決だろうと判断したのだというのです。もちろん、不在の多い父自身とも、機会があれば積極的に彼は言葉を交わしてはいたのですが、ここでもまた例の病が再発してしまって、疲弊するばかりなので、あまり良い結果には結びつかなかったのだといいます。ともあれそのように、私たち家族からいろいろと話を聞き出しているうちに、問題の輪郭がだいぶ明確になっていったようなのですが、改めてよく整理してみると、それは父自身の抱えている問題というよりは、家族それぞれが個人的に抱えている問題だということに気づかされたのだというのです。

私たち家族それぞれが個人的に抱えている問題に直面してしまった先生は、どのように考え、どのような結論に達したのでしょうか。彼はまず、深刻になったのだといいます。というのも、傍からただ眺めているだけでは、特別なにも問題がなさそうに見える一家でも、世間で言われている通り、やはり一歩内側へ入り込んでみると、家族の者それぞれがいろいろと問題を抱えているのだと具体的に知らされ、人生の厳しさをより深く実感させられてしまったのだといいます。では、深刻になった彼は、どうすることにしたのでしょうか。彼にとって、当初の目的は、二の次になったといいます。先生は、恐ろしく興奮気味の口調で、こんなふうに述べていました。

「僕にはね、それらの問題が、どうしても見過ごせなくなってしまったんだよ！　これはね、ひょっとしたら、質《たち》の悪い、新種の病気なのかもしれないけれど、実はそんな気が今も凄《すご》くしているけれど、しかし僕は、それでも構うものかと思っているところなんだよ！　知ったことではないとさえ思っているところなんだよ！　もう本当に、どうにもならないくらい、頭の中はそれらのことばかりになってしまっているんだよ！　なにしろこんなことは生まれて初めての経験だよ！　僕がそんな行動を起こそうとしているなんて、いまだかつてあり得なかったことだよ！　だから多分、これはまったく素晴しいことだと思うんだよ！　とにかくね、そんな予感が、異常に強くしているところなんだよ！　僕は解決するよ！　解決しなければならないよ！　僕がそうしなければならないんだよ！　それが僕の役割に違いないはずなんだよ！　それも一つだけじゃないよ！　全部やらなければ意味がないよ！　どうもそういう気がするよ！　おそらくそうすればね、すべてのことにケリがつくんだよ！　確実にすべてが好ましい方向へ進み出すと思うよ！　だって、みんなの抱えている問題が一気に解決されるんだ！　それはやっぱり何としてもやり遂げなければいけないよ！　そうすればね、彼女とのことも、万事うまくゆくはずなんだよ！　そうなんだよ！　きっとそういうことなんだよ！　そうに決まってるよ！」

そう話した翌日から、先生は、私たち家族それぞれの抱える問題の解決のための活動を開始しました。家庭教師のアルバイト以外の日まで家に顔を出すようになり、私たち家族に対して個別にいろいろと世話を焼き始めたのです。とはいえ、一度に全部を引き受けるには身体《からだ》が足りないため、まず母の問題、次に兄の問題、その次は姉の問題、そして最後に私の問題、というように日替わりで、彼は活動を進めてゆこうと考えたのだといいます。もちろんそこには、父の問題の解決も含まれていたようです。では、先生は、私たち家族が抱えている個々の問題を、どのように認識していたのでしょうか。それらはまだ、彼にとって、充分に理解できてはいなかったといいます。しかしそれも仕方のないことなのだと、彼は述べていました。

「みんなから信頼を得るのは、凄く時間がかかることなんだよ。おそらく多くの人はね、相手を信頼できなければ、自分の抱えている問題のことをはっきりと教えてはくれないものなんだよ。それはそうだよ。そうした問題はね、簡単に他人に打ち明けられるようなものではないよ。それくらいは僕でも理解しているよ。ちょっとした信頼程度でも駄目だと思うんだよ。だって、そうした問題は、当人にとって、人生の一大事なんだからね！　だけど幸運にも、この僕は、知り合ってからほんの短い期間しか経《た》っていないのに、その入り口の部分だけは教えてもらうことが出来たようなんだよ！　これはまったく稀《まれ》なことに違いないよ。本当に、奇跡に近いようなことかもしれないほどなんだよ。いや、奇跡は少し大袈裟《おおげさ》だったかもしれないけれど、ともかくそのくらい滅多にないことではあるはずなんだ。だからね、そうした点を踏まえてみると、やっぱりこの僕は何かしなくちゃいけないと思うんだよ。みんなが問題の入り口を垣間見せて《かいまみ》くれた事実が、僕に与えられた役割を示唆《しさ》しているよ。僕はそう確信しているよ。だけど焦《あせ》って物事を進めちゃいけないよ。これは今まで以上に慎重にやらなければならないよ。僕はまだみんなの問題をはっきりと知り抜いているわけではないから、とりあえず、もうしばらくは、みんなから話を聞きながら手助けしてゆくしかないと思うんだよ。責任は重大だし、なかなか根気のいる仕事だとは思うけれど、何もかも片付いた後のことを考えれば、辛《つら》くはないよ。それにね、入り口しか見えてはいないといっても、みんなの抱えている問題には、どうも一つの共通点があるみたいだということは、判っているんだ。その共通点というのはね、不足ということなんだよ。みんな何かが足りてはいないようなんだ。例えば君のお兄さんは、自分には実力が欠けているらしいとか、コレクションの数もまだ友達に追い付いていないと話していたよ。お姉さんは、欲しいものが沢山あるのに経済力が充分でないというようなことを洩らしていたよ。お母さんがお酒を飲みすぎるのは、アルコールが足りないせいなのかどうかは判らないけれど、ただ、もっと近所付き合いをしたほうがいいのかもしれないと言ってはいたよ。そしてお父さんはね、何て言うか、もっと権力を欲しがっているみたいなんだよ！」

いったん話を中断させて一息ついた先生に、私は、一秒でも待っていられず、「ねえ先生、ぼくはどうなんですか？　ぼくは何が足りないということになるんですか？」と、早口で訊《たず》ねました。すると彼は、机の上に置いてあった野菜ジュースを飲み干し、「この野菜ジュースに二〇ミリグラム含まれているリコピンというやつは、βカロチン以上に癌《がん》予防の効果があると言われているよ！」と大声で口にしてから、こう答えました。

「君の場合は何が不足しているということになるのかというとね、それは要するに、恋だと思うんだよ！　実際、君は僕とはじめて会った時に、女性との出会いを期待していたのではなかったかい？　憶えているだろう？　いや、間違いなく憶えているはずだよ。その時から薄々は感じていたんだけれど、今まで君は、僕が彼女との経緯を話すのをいつも熱心すぎるほどの態度で聞いてくれていたし、それとは別に、こちらからいろいろと質問してみて、答えてくれたことを基に考えてみると、どうもそういうことになるんだよ。心当たりがあるんじゃあないのかい？　どうだろうか？　僕は君の問題に関してだけは、少なくとも他のみんなのものよりは、明確に捉《とら》えているという自信があるんだけどなあ！」

私はこの時、顔を真っ赤にして、きっぱり否定したといいます。自分がそのような態度をとっていたということは、後に先生から知らされました。というのも、その時のことを私はよく憶えていないのです。そんなわけで、非常に不確かではありますが、おそらく私は、異常なまでに照れていたのだと思われます。なぜなら、図星を指されたためです。結果的に、彼の指摘の正しさが実証されてもいるわけですから、間違いないはずです。

先生の活動は、どのような結果を迎えたのでしょうか。ことごとく中断へ追い込まれたと言っていいと思います。先生は、毎日毎日みんなを執拗《しつよう》に追い掛け回し過ぎたせいで、私以外の家族全員から一斉に苦情を浴びせられ、家庭内での行動を制限されたため、身動きが取れなくなってしまったのです。話し合いの場で、ただ黙って自分に対する非難の声に耳を傾けているばかりの先生は、母から、「いったい何の必要があって、あれほどしつこくなさるのかよく判りませんけれど、これ以上さらに、息子（私のことです）の勉強とはまるで関係のない用事でうちにやって来て、何かと邪魔ばかりし続けるようであれば、すぐに家庭教師をやめていただくつもりでいるんです！　あなたに話し相手になっていただくのは、末の息子だけで結構なんです！」と告げられてしまいました。それだけならまだしも、その場に一緒にいた兄と姉が、母のその言葉を聞いて、むしろ今すぐクビにしたほうがいいというようなことを言い出す始末なので、私が必死に弁護しなければならなかったほど、情況は一挙に悪くなってしまったのです。もちろん、私一人では歯が立つはずもなく、しかも、母にあなたと父の関係を知らせてしまうことになるとはいえ、先生の秘密を知っている姉がいつそのことを話しだすかと心配でたまらず、どんどん不安にさせられるいっぽうでした。そんなふうに、先生にとって、そして私にとっても、不本意な結果へどんどん近づきつつある最中《さなか》、彼は、唐突に、次のように述べたのです。

「皆さん！　皆さんが今おっしゃったことは、もう充分に理解しました。本当です。本当なんです！　僕はそれほどわからず屋ではありません。だからどうか、今だけは、信じてみてください！　お願いします！　皆さん！　とにかく理解できましたから！」

「では、もうあのようにしつこくなさることはないと、金輪際あのようなことはおやりにならないと、誓っていただけるのですね？　そう受け取って、よろしいのですね？」母がそう訊ねました。すると先生は、このように答えました。

「奥さん、違いますよ！　そうではないんですよ！　それはその、こう言ってよければ、早とちりというやつですよ！　僕の話には続きがあるんです。それをこれからお話しします。僕は本当に、皆さんのおっしゃったことは充分に理解しました。さっきも言った通り、それは確かなことなんです。だけどやっぱり、僕に与えられた重要な役割を、僕がやり遂げなくてはならない大事な仕事を、あっさり手放してしまって、なかったことにするわけにはいかないんです。というのも、これは僕のためだけにやり遂げなければならない仕事ではないからなんです。つまり、みんなにとって必要なことだと思うんです。ええ、そうなんです。僕だけでなく、みんなにとって必要なことなんです。この点が肝腎《かんじん》なんです。だから、それを良い結果に結び付けるためには、いくらか我慢していただかなくてはならないこともあるんだと思うんです。つまり、僕たちは、お互いに理解しあうことが大切だと思うんです！」

こうして彼は、家庭教師の仕事を、即刻クビにさせられてしまったのです。すべての問題が解決されるためなら、多少の犠牲は止《や》むを得まいと考え、つい正直に答えてみたところ、それが裏目に出てしまったのだといいます。以後、先生は、家への出入りだけではなく、私に近づくことすら、禁じられてしまいました。私は絶望的な気分になり、一時は、彼を追いかけて家出してしまおうかと、真剣に考えたりもしたのですが、結局、勇気が出なくて思い止《とど》まり、ただ、先生から学んだ事柄を書き留めたノートを一日中眺めてみることしか、出来ませんでした。

先生がクビになってしまってから数日も経たないうちに、私は以前通っていた塾へ再び通学することになりました。両親は、家庭教師を雇うことにすっかり懲《こ》りてしまい、もはや私の言い分を聞き入れようとはしなかったのです。私はもう一度マヨネーズを飲み込んで蕁麻疹《じんましん》を起してみましたが、今度はすぐに病院へ連れてゆかれてしまったためどうにもならず、しかも両親は私の蕁麻疹が塾アレルギーのせいではないことを端《はな》から見抜いていたらしく、今後はどんな手を使っても無駄だから諦《あきら》めろと脅されたりもしました。そもそも両親が家庭教師を雇ったのも、私の抵抗に屈したためではなく、私を油断させて抵抗を緩めさせるための戦略だったようなのです。というわけで、こんなことでは、またすぐに別の手段で抵抗してみても逆効果になるだけかもしれないと私は判断し、仕方なく、再び塾通いを始めざるを得なかったのです。もっとも、すぐに私は、少なくとも塾通いに関しては両親に対して抵抗する必要はないと思い直すようになりました。というか、そうしたことを考えることがあまりなくなってしまったのです。なぜなのでしょうか。それはもちろん、例の彼女と出会ったからなのです。

私は、何も出来ませんでした。ただ、塾へ通うことしか出来ませんでした。話しかけられず、遠くから眺めていることしか出来なかったのです。秘《ひそ》かに見つめていると、ときおり眼が合ってしまうこともありましたが、私はすぐに視線を逸らしました。何がどうなっているのか、自分ではまるで理解できませんでした。とにかく、どうにもならなかったのです。結局、遠くから眺めていることを続けているうちに、私は彼女を付け回すようになりました。おかげで、塾にいて眺めているだけでは決して見られなかった彼女の姿まで、眼にすることが出来ました。彼女が笑わない人だということも知りました。それがなぜなのか、いまでも判ってはいません。ですがそんなことは特に気になりませんでした。というか、自分と似ている人だと思い、ますます関心が高まってゆきました。彼女のことがすべて知りたくて仕方がなくなり、こっそり彼女の鞄《かばん》を開けて持ち物を調べてみたりもしました。どうしてこうまで自分は彼女に惹《ひ》かれてしまうのか、家に帰ってからはそればかり考えていました。それに関しても、いまだに理由は判らないままなのです。

そうしたことが続いてしばらくしたある日、いつものように塾帰りの彼女を追いかけていると、突然後ろから肩を叩《たた》かれました。不意をつかれた私は吃驚《びっくり》して、振り向きながら道端に転んでしまったのです。眼の前には、大人の男性が一人で立っていて、私を見下ろしていました。私は、そこにいるのが先生だと知った途端、泣き出してしまいました。

一〇日ぶりで再会した先生は、以前と何一つ変わった様子はありませんでした。私はすっかり感激してしまって、自分が今どういう状態でいるのかを顔中に汗を浮かべながら説明し、そんな時に先生と再び会えたのは本当に幸運だというようなことを、くり返し話し続けました。ところが彼は、不意の再会でいつまでも興奮が鎮《しず》まらない私に対し、これは偶然ではないのだと述べるのです。先生は、たとえ家庭教師をクビになっても、私たち家族の抱える問題の解決という、自分に課せられた「役割」を果たさなければならないことに変わりはないのだと話しました。特に私に関しては、伝えなければならないことがまだ残されているので何としても再会しなければならず、同時に、まず第一に「役割」を果たさなければならない相手なのだと思い始めてもいたといいます。そのため、接触を禁じられてからは、あらゆる場所で、秘かに私を見守り続けていたのだというのです。したがって、私が彼女に惹かれてしまっていることも、先生は、充分に承知していました。

「僕は率直に言うけれど、どうか黙って聞いてほしいんだ。そして僕がなぜ、君にこれから述べることを、必要以上に力説するのか、それを君はよく判ってくれるはずだと、確信してもいるんだよ。なぜなら君は、僕が過去にどういうことをしてきた男なのか、詳しすぎるほど知っているんだからね。さて、それじゃあさっそく質問するけれど、君がいま、例の彼女に対してとっている行動は、どう評価されるべきだろうか？　いや、答えは僕から述べるよ。一言でいえば、愚かだ。無意味だよ。何の値打ちもないと言ってもいい。君はこれ以上、ああいう馬鹿《ばか》げた行為を続けるべきではないよ。なぜなのか、理由を言う必要があるだろうか？　もちろんないよ。それはいまさら説明するまでもないことだよ。判りきっているよ。でも僕は言うよ。堂々めぐりだからだよ。発展性はゼロだよ。第一、君は『心理制御光線装置』を持っているわけでもないんだよ。むしろ無自覚な『悪意』があるかもしれないくらいだよ。確かにそれを言う資格は僕にはないよ。けれども、だからこそ言うよ。子供の君にそこまで言うのは厳しすぎるかもしれないけれど、僕は自分の役割を果たさなければならないんだ。だからよく聞いてもらいたいし、出来ればこれもノートに書き留めておいてほしいくらいなんだよ。というか、ノートに書き留めておくのは、この話だけでいいくらいだよ！　とにかく、しっかり憶えておいてほしいんだよ。改めてもう一度話すから、ちゃんと聞いてほしいんだ……」

そこで先生がさらに続けた話の中身は、少し前にすでに記してある通りです。その時私たちは塾の近くにあるマクドナルドの店内で話していたのですが、先生が子供の私に向かって異様なほどの熱意を込めて語り続けているので、他の客たちが心配そうにこちらを見ていました。私は真剣に先生の言葉に耳を傾けていましたから、ちっとも恥ずかしくはありませんでした。それにむしろ、彼女と出会ってからぼんやりしてばかりいて、ふにゃふにゃと柔らかくなってしまっていたような自分の身体《からだ》が、先生からの批判を受けることで急速に立ち直ってゆくようにも感じられ、気分が良かったのです。そのことを先生に告げると、「あまり硬くなりすぎるのも良くないよ。柔らかなのと硬いのとの、その中間くらいに留めておくのが理想的なんだと思うよ」と、彼は話しました。私はよく理解できなかったというか、どちらかといえば硬くなっているほうが望ましいようにも思えたので、なぜなのかを訊ねてみました。すると先生は、こんなふうに答えました。

「だって君はいま、問題の不足部分が埋まろうとしているところなんだからね。つまりいまの君の状態は、明らかに恋の状態というやつだよ！　僕はそれを無意味だと言っているわけではないのだから、というか、その点だけは君の中に保存しておかなければ、僕も自分に与えられた役割を果たせなくなってしまうんだよ。いいかい、君はいままったく素晴しい状態にあるはずなんだよ。だから、そのまったく素晴しい状態を出来る限り維持するためには、方法を変える必要があるという話を、さっきから僕はしているわけなんだ。いまの君は、間違った方法を選んでしまっているんだよ。それとは別のもっといい方法が、絶対にあるはずなんだよ。君は早くそれを見つけるべきなんだよ。それは僕の願いでもあるよ。本当にそのことだけを、僕は願っているよ」

この答えを聞き、私は、すべてに納得がいったのです。私はもう彼女を遠くから眺めていたり話しかけもせずに付け回すことはやめようと決心しました。そして先生の言う「それとは別のもっといい方法」を見つけだそうと思うようになったのです。そんなわけで、私は非常に晴れ晴れとした気分になり、あとは先生自身（特にあなたとのこと）に関する現在の考えなどを教えてもらえれば、いろいろと参考になり、未来が明るくなりそうだと思っていたのですが、それ以後の話は、むしろまったく逆に、一気に暗い方向へと進展していったのです。

私に対する提言を一通り語り終えると、先生は、ある重大な事実を告げました。それは私にとって、そしてそれ以上に彼女にとって、とても危機的な事態の到来を予告する内容でした。彼は、家庭教師をクビになってすぐの頃は私との再会をもう少し先にするつもりでいたようなのですが、事情が変わったため、急遽《きゅうきょ》姿を現すことにしたのだといいます。

「どうやら君も、そしてあの女の子も、まったく気づいてはいないようだけれど、事態は大変深刻な情況に差し掛かっているよ。本当にまずいことになりそうだよ。君たちは、あの男の存在に早く気づいておかなければならなかったんだよ。もうあと三日ほどで夏休みも終わってしまうけれど、だからこそ早く気づいておかなければならなかったんだよ。なぜなら、あの男は、夏休み中にすべて片を付けようとしているみたいだからだよ。彼女が学校へ通い始める前に、目的を果たそうとしているみたいなんだよ。それにしても君は迂闊《うかつ》だったよ。彼女を付け回していながら、もう一人の尾行者の存在を知らずにいたなんて！」

この事実は、私にとってひどく衝撃的でした。思ってもみなかったことでした。先生は秘かに、彼女を遠くから眺めてばかりいる私を見守り続けているうちに、「もう一人の尾行者」の存在に気づき、さっそくその男について調べてみたのだというのです。その男の逆立った髪の毛と大きな鼻は、ライオンを思わせるのだといいます。

「あの男はね、だいぶ危険なやつだと思うよ。今までもいろいろなことをやらかしているらしいんだよ。仲間内でもね、最悪の男として知られているようなんだ。あの男がよく立ち寄る電気部品の店で、店員がそんなふうに話していたよ。とにかく危険なやつなんだよ。僕の調査によるとね、そういう結果が出たんだよ。残念ながら彼女は、そんな男に狙《ねら》われてしまっているんだよ。もうずっと以前からあの男は、彼女の写真を撮り続けているから、枚数は相当な量のはずだし、いろいろな物を収集してもいるみたいなんだよ。あの男が撮影した写真は、雑誌に載ったりもしているんだけれど、僕はいくつか見てみたよ。まったくひどいものばかりだったよ。何か暗い感じで、構図のとり方が良くないんだ。コメントも読んでみたけれど、残酷というか、陰惨なことを特に好む男みたいなんだよ。だから僕は、君と彼女のことが心配になって、気づかれないように注意深く、あの男を徹底的に観察してみたんだ。ほとんど隙《すき》をみせない男ではあるんだけれど、しかしよく観察してみると、やっぱり変なことを沢山していたよ。大人の僕でも気持ち悪くさせられたよ。どういうわけか今日は現れなかったけど、でもそれはきっと、明日の準備があるからなんだよ。修理に出していた愛車が昨日もどってきたから、今日は試し乗りでもしているんだよ。そうして明日に備えているに違いないよ。確実にあの男は明日、彼女を誘拐する気でいるんだよ！」

「誘拐だって!?」

私がそんなふうに叫んだせいで、先生はそれまで以上に他の客から注目されてしまいました。しかし、それは仕方がなかったと思うのです。なにしろ彼女が、「最悪の男」にさらわれてしまうかもしれなかったのですから。それは絶対に阻止しなければならないと、私は決意しました。先生は、「その仕事は君向きではないよ。僕がこのことを君に話したのは、知っておいたほうが危険が少ないと判断したからなんだよ。君にあの男の相手をさせようとは僕は思っていないよ。それはやっぱり、僕の役割なんだよ」と言っていたのですが、私は、自分にはその「仕事」に加わらなくてはならない義務があるはずだと強く主張して譲りませんでした。その結果、先生と私は共同で、「もう一人の尾行者」から彼女を守り抜くことに決めたのです。もっとも、実際は先生一人だけで、それは行われたのですが。

つまり、私の家であの騒動が起こる直前まで、先生は、ライオンのような「最悪の男」と闘っていたのです。あなたが私の家の玄関に立っているのを見つけた時、先生は、肉体的に、そしていくらかは精神的にも、かなりのダメージを受けていたはずなのです。なにしろ彼は闘いの後だったためすっかり疲れ切っていたのですから。残念ながら、闘っている時の様子を、私は見ることが出来ませんでしたが、洋服がひどく汚れていましたし、顔色が普段と較《くら》べて悪すぎるほどでしたから、それは確かなことだと思うのです。もちろん私は、自分も「最悪の男」との闘いに加わるつもりで意気込んでいましたから、塾での授業が終わったあと、彼からすべて終わったと知らされた時は、少し悔しい気持ちにさせられはしました。でも、正直いって、私は前日の夜に布団《ふとん》の中で「最悪の男」のことを想像してみて、実はちょっと脅《おび》えてもいたのです。ライオンの顔をした巨人に追いかけられ、崖《がけ》の上から墜落してしまう夢を見て、うなされたりもしていたのです。そんなわけで、先生が「最悪の男」を徹底的に懲らしめてやったということを知った時は、とてもほっとしましたし、やっぱり先生は頼もしい人だなあと感心させられるばかりだったのです。彼は、闘いの詳しい経緯を多くは語ろうとしませんでしたが、それはきっと、自慢話みたいで厭《いや》だったからなのだと思います。多分そうなんです。彼は自慢話を決してしたがらない人です。だから詳しいことは教えてくれなかったのだと思います。それでもほんの少しは、どんなふうに闘いが起こったのか、私は聞くことが出来ました。先生は、「最悪の男」が車で塾の近くまで来ているのを知り、しばらくじっと見張っていたといいます。そうしながら先生は、「最悪の男」の暴走をどうやって抑えればよいのか、作戦を練っていたというのです。しかし先生は、作戦を練りながら「最悪の男」を見張り続けているうちに、そんなふうに事が起こるのを待ちながら、ただ相手を見ているだけの受け身の姿勢に耐えられなくなってしまったのだというのです。先生は次のように述べていました。

「勝手に一人で行動を開始してしまって、君にはまったく済まないとは思うのだけれど、でも、どうにもならなかったんだよ。そのような、どうにもならないことが、たまにあるものなんだよ。とにかくね、僕は、相手が動くのを待ってあれこれ考えているくらいなら、こちらから仕掛けてみて結果を出すほうが気分がいいように思えたんだ。実際、本当に気分が良かったよ！」

車の窓をノックすると、「最悪の男」は窓を開けて顔を見せたといいます。先生は、車を発進させられてはいけないと思い、後ろのナンバープレートが外れかけていると嘘《うそ》をつき、「最悪の男」を外へ誘《おび》き出したのだそうです。「最悪の男」は、ぶつぶつ何かつぶやきながら、頭を横に傾けて外へ出て来たといいます。すると先生は、「授業が終わるまでここで待機しているというわけか？　そうはさせないぞ！」と怒鳴って車のドアを蹴《け》り、「最悪の男」を激昂《げっこう》させたのだというのです。そのことがきっかけになって、即座に殴り合いが始まったというのですが、その様子は大変みっともないものだったはずだと先生は述べていました。実際、殴り合いが始まってしばらくすると通行人たちが止めに入り、「みっともないからやめなさい！」と何人かが口にしていたというのです。人が集まりだしてしまったためか、「最悪の男」は、最終的には車内に逃げ込み、そのままどこかへ行ってしまったそうです。「最悪の男」は車の中に様々な武器を隠し持っていると思われたので、先生は、その後も気を抜けなかったようですが、結局、その場に「最悪の男」が戻ってくることはなかったといいます。

そうしたことがあった後、念のために彼女が自宅へ帰りつくのを見届けてから、私を送りに家の近くまでやって来て、先生はあなたの姿を見つけてしまったのです。玄関の前で、父を挟んであなたと母が何か言い争っているような様子を見てしまった先生は、へとへとであるにもかかわらず、「それはいけない！　それはいけない！　それはいけませんよ！」と叫びながら家へ向かって走り出しました。「それはいけない！　それはいけませんよ！」と叫び続けている彼が、何を「いけない」と言っているのか、その時私にはよく判《わか》りませんでした。私が玄関に辿《たど》り着いた時には、すでにみんな家の中へ入った後でしたが、そこでようやく何が「いけない」のか、判りかけたのです。

あとはもうあなたも見た通りのことですね。私たち家族、あなた、そして先生を交えて、凄《すさ》まじい騒動が起きてしまったわけです。なにしろ兄が、金属バットで父を殴り付けてしまうようなことまで起きてしまったのですから、それはやっぱり凄まじい騒動だったというべきなのです。それでも全体がおさまるのに、永く時間がかかったわけではないように思われます。時計を見ていなかったので確かなことは言えませんが、そうした実感が、私にはあるのです。どういうわけか私は、あの時のことだけは、正確に記憶しているという自信があるのです。例えばあの場で先生が、「皆さん！　ここは冷静になる必要があります！　とにかく冷静になる必要があります！」とくり返し叫んでいたことを、あなたは憶《おぼ》えているでしょうか。私ははっきりと記憶しています。そう叫ぶ先生に対して、母が、「どうしてあなたがここにいるんです⁉どうして我が家に立ち入り禁止のあなたがここにいるんです⁉　不法侵入者が多すぎます！　いますぐ警察を呼ぶべきよ！」と怒鳴り返していたことも、よく憶えています。あなたは一旦《いったん》は、母に対抗するようなかたちで、先生を弁護する発言を述べていましたが、姉の暴露によって情況はすっかり変わってしまいました。つまり、先生があなたを付け回し続けていたことや、あなたのことを知り尽くそうとしていろいろと調べ回っていたことや、さらには家庭教師として雇われるまでの経緯を、姉がすべて暴《あば》いてしまったせいで、先生がその場にいる人たち共通の敵のようになってしまいました。私には、そのことが残念でならないのです。なぜなら、その後あなたは、彼だけを執拗《しつよう》に非難し続け、同時に、徹底して自己批判的な態度をとるようになってしまったのですから。顔色が真っ青になったあなたは、ほとんど自暴自棄的になってしまって、自分の額を何度も柱に叩《たた》き付けたりもしていたのですから。これは本当に残念なことです。そんなふうになる必要はまるでなかったはずなのです。私にはそうとしか思えないのです。そうした行動をとめようとした先生の顔を、あなたは物凄《ものすご》い勢いで殴りましたが、それだけですべてが済んでしまっても構わなかったはずなのです。それなのにいったいなぜ、先生は、自分の右眼を抉《えぐ》り抜かなければならなかったのでしょうか。あなたに殴られて青痣《あおあざ》ができてしまったからなのでしょうか。違います。そんなことが理由ではないはずです。ではなぜそこまでやる必要があったのでしょうか。先生は、「不確かなことは証明されなければならないというのなら、僕はそうしますよ！　僕には与えられた役割があるということが、どうしても理解していただけないのなら、それを今ここで実行して、証明してみせますよ！　そうすることですべての問題にケリがつくのなら、昔ながらのやり方で、僕は今から挑戦してみますよ！」などと言いながら、なぜ、果物ナイフを手に取らなければならなかったのでしょうか。なぜなのでしょうか。あの時あなたは自殺しそうな素振りなんてちっともみせてはいなかったはずです。なのに先生はどうしてしまったのでしょうか。判りません。私にはなぜなのかまったく判りませんでした。それはいまでも私にとって大きな謎《なぞ》です。しかし私はこのことを考え続けなければならないと思っています。絶えずこのことを考えていなければならないと思っているところなのです。それがひょっとしたら、そのことを考え続けることこそが、私に与えられた「役割」なのではないかとさえ思ってもいるのです。

そうして先生は、私たちの前から立ち去って行きました。苦痛を堪《こら》える呻《うめ》き声を低く漏らし、右眼にハンカチをあてて、果物ナイフを持ったまま、家から出て行ってしまいました。残された私たちは、それ以後は何も話すことなく、とりあえず散らかった室内を片付け始めたりしていたわけですから、少なくともその時ばかりは、先生の言うように、すべての問題が解決されていたのかもしれません。

あなたはおそらく見ていなかったと思われますが、右眼に果物ナイフを突き刺す直前、先生は、歪《ゆが》んだような表情でこちらに振り向いてくれました。私は彼のその表情を、貴重な一つの笑顔だったと、記憶しておきたいと思っています。

最後に、「プラトン」の著作の中から、こんな文章を見つけたので、書き留めておこうと思います。これは、「ソクラテス」という人が、語ったことだといいます。

「『自分を恋してくれる人がそばにいても、むしろ自分を恋していない者のほうに身をまかせるべきである、それは一方の人が狂気であるのに対して、他方は正気だからだ』と主張する物語りは、これは真実の物語りではない。その理由はこうだ。――もし、狂気が悪いものだということが、無条件に言えることだとしたら、この物語りはりっぱな根拠をもっていたかもしれない。しかしながら、実際には、われわれの身に起こる数々の善きものの中でも、その最も偉大なるものは、狂気を通じて生まれてくるのである。むろんその狂気とは、神から授かって与えられる狂気でなければならないけれども。」

先生は必ずしも「狂気」だとは思えません。ただ、あなたが不愉快に感じるようないくつかの行為をしている間は、少しばかり「正気」に欠けていたということなのだと思います。そしてそのことに関しては、先生はきっと深く反省していたのです。けれども、だからといって、あなたへの「正気」をなくしそうになるほどの気持ちが、すっかり失われてしまうことにはならないはずなのです。

どうやらお終《しま》いまで読んでいただけたようですね。大変感謝しております。大分ながくなってしまったので、かなり心配しているのですが、ともあれ、ここまであなたに眼を通していただけたのであれば、本当に嬉《うれ》しく思います。ひょっとするとあなたはまた、私のことをまったくの別人なのではないかと疑っているのかもしれませんが、それはありません。心配しないでください。そんなことは決してあり得ないのですから。そんなことは、間違ってもあり得っこないのですから！　それに彼は本当にもう、ここにはいないのです。本当に姿を消してしまったのです。失踪《しっそう》してしまったのです。右眼の視力を失ってさえいるのです。だからせめて、彼のことを、たとえほんの少しでも構いませんから、理解してあげてください。それだけはどうか、よろしくお願いします。そしてもしも、彼が再びあなたの前に現れるようなことがあったとしたら、あまり大声で怒鳴りつけないようにしていただきたいのです。

一九九七年一一月七日

本文中におけるプラトンの著作からの引用は、『パイドロス』（藤沢令夫訳　岩波文庫）より。

無情の世界

危険な中学生たちがシャブを吸っているようだったので僕は慌《あわ》ててその場所に立ち止まってしまった。確か夜の九時頃のことだったと思う。家に帰るのに公園を通り抜けたほうが近道だったのでそうしたのだけれど、そんな現場を目撃してしまっては、きっとまたただでは済まされないと思い、僕は通りへ引き返すことにした。ところが、本当にそう心の中で決めたはずだったのに、どういうわけか僕は身体《からだ》の向きを変えるのをやめてその場所に立ち尽くし、中学生たちの様子を観察し始めたのだった。これは僕が根っからの観察好きのせいだったからなのか、いま思っているほどの危機感をもっていなかったからそうしてみたのか、ただ単に動けなかったのか、何が自分をそうさせたのか、いまではもうよくわからない。とにかく僕は中学生たちの様子を観察してみた。するとすぐに、中学生の一人が手に拳銃《けんじゅう》を握っているのを見つけてとても驚き、暴力的な発想が頭の中にたくさん思い浮かんだ。なぜかというと拳銃は暴力的な道具だということを知っていたからだ。いったいどういうことなのだろうかと気になってよく見てみると、中学生たちが円陣を組んでいるようにしゃがみ込んでいるところのすぐ脇《わき》に、一人の警察官が倒れているのを僕は発見し、何だか凄《すご》い場面に出くわしてしまったなあと思い、怖くて震えた。そのとき僕はオシッコを漏らしそうにもなったのでひどく困ったのだけれど、どうせ撃たれてしまったら死ぬのだから、もう何も面倒なことにはならないのだなと考えると、少しだけ安心できた。

そんなふうに考えたりちょっとモジモジしながら立ち尽くしていると、とうとう中学生たちがこちらに気づいて話し合いを始めたので、これでもう一巻の終わりなんだと僕は思った。でもそうはならなかった。もしも次に何か大きな音が聞こえてくるとしても、銃声が響くことを予想していたので、向こうからやや大きめの声で話し掛けられた直後に、僕は身体をビクッと震わせてしまったのだった。

「なあに？　一緒にやりますか？」

そんな、全然思ってもみなかったことを言われたので僕はいままでで一番びっくりしたのだけれど、それと同時に、どう返答していいのかわからなくてすっかり混乱してしまった。なぜなら、罠《わな》だという可能性がとても高かったからだ。その証拠に、こちらに声をかけてくる直前、中学生たちは何かを話し合っていた。自慢じゃないが、僕くらい毎日いろいろなひどい目に遭っている人間は、よく言われている通り、そういうことには非常に鋭く勘が働くのだ。すぐに攻撃を受けなかったということは、それはそれで大変厄介だぞ、僕は咄嗟《とっさ》にそう考えた。暴力的な人たちは、獲物をすぐに痛め付けない場合、僕の経験から想像するとおそらく猫や犬と遊ぶような感覚で、少しずつたくさんのことをして楽しもうとする。いっぺんにボコボコにやられてしまうのも、永い時間ジワジワと苦しめられるのも、どちらもじつに嫌なものだ。そうなる理由はよくわからないのだけれど、僕はどちらかというと短期集中型のケースが多くて、T君はその逆らしい。T君というのは、僕がいま通ってる高校の同級生だ。高校に進学する以前は僕のようにけっこう頻繁にひどい目に遭っていたというT君は、中学生の頃に一度、二子玉川《ふたこたまがわ》のナムコ・ワンダーエッグから帰る途中、塾の友だちと駅で別れてから自転車置き場で見知らぬ悪い連中に捕まったんだけれど、遊んだあとだったからすっかりお金をつかい果たしていたんで、けっきょく多摩川のほうまで連れていかれて痛め付けられた。そのときもT君は永い時間をかけられて、単なる暴力的な仕打ちに加えて、性暴力的な仕打ちまで受けたらしい。確か相手はみんな同い年くらいで、あの近辺の中学生だったとT君は言っていた。数は三人いたというんだけれど、その連中からT君は、まだ割と寒い時期だったのに裸にさせられて、川に潜れと命令されたり、火がついている煙草《たばこ》のさきを尻《しり》に押し付けられたり、いろいろとやられたみたいだ。そして最後に、T君は、三人とも射精するまでフェラチオをさせられたのだという。僕はそれを聞いてとても困ってしまった。なぜならもしも自分が同じようなことをやらされたとしたら、息苦しくて耐えられないだろうと思われるためだ。たとえ裸でも僕は絶対に逃げ出すと思う。もしくは、我慢できずに相手のオチンチンを噛《か》んでしまうに違いない。そういう暴力に僕は慣れていない。実際にそんな目に遭ったとしても慣れないだろうし、慣れたくもない。だから僕は、それに耐えたT君は立派だと思った。けれども同時に、不思議だとも思った。T君はその話を、僕だけじゃなく、もうすでに五〇人くらいに直接聞かせていると思う。その約五〇人の人たちは、おそらく他の人たちにそれを話して聞かせているはずだから、T君の多摩川での経験を知っているのはざっと一〇〇人以上はいるに違いない。それでもT君は、誰に知られてもまったく平気という感じで、しかも、まるで自慢話でもしているような態度で僕らにそのことを打ち明けてくれた。あのときは本当に惨《みじ》めで絶望的な気分だったと話している割には、いまは凄く朗らかで、何ていうか、とにかく前向きなのだ。そんなT君をいま、馬鹿《ばか》にしたり多摩川でのようなことをさせようとする者は一人もいない。なぜなら、いまはT君が、どちらかというとやられる側ではなくやる側の立場にいるためだ。T君は人一倍おしゃべりな人なので、高校入学当初からいろいろな暴力的体験談をみんなに語って聞かせてくれているのだけれど、どれもこれも大変迫力のある内容ばかりだ。それに加えてT君自身も、迫力に満ちた体つきをしている。何でも、中学に入ってからあまりにもひどい目に遭うことが多かったので、T君の両親が対策を練ったというのだ。それ以後、T君の食事には毎日欠かさず牛乳やプロテインだとかが大量に含まれるようになり、週末には元自衛官の親戚《しんせき》がやって来て身体を鍛える特訓を受けさせられたのだという。おかげで以前とは見違えるような素晴らしい体つきになったのだと、まるでブルワーカーの宣伝文句みたいなことをT君は言っていた。ちなみに、T君の家は用賀《ようが》にあるので、僕は帰りの電車でよく一緒になる。だから、僕はしょっちゅう三軒茶屋で降りられず、用賀まで乗り越してしまう。それとT君は、暇なときに僕をよく呼び出す。そして、お前も鍛えなければ駄目だといって、元自衛官の親戚から学んだというトレーニング術を僕に教えてくれる。そんなわけで、日曜日は、僕は傷だらけになって家に帰ることが多い。じつをいうと僕は、T君にフェラチオをさせられそうになったこともある。無理矢理オチンチンを口の中に入れられたので僕は嫌がり、亀頭《きとう》の部分をちょっとだけ噛んでしまったため、頭に来たT君にしこたま蹴《け》られた。しかしそんなことは、僕にとって日常茶飯事なのである。

話がだいぶ脇に逸《そ》れたけれど、とにかく僕はすっかり混乱してしまっていた。「一緒にやりますか？」と誘われて、どう対応しても、最終的に僕はここで射撃の的にされてしまうのだな、とか、そんなふうなことしか考えられなかった。でも、何もかも考え過ぎだった。僕はまたやってしまったのだ。きっとそれは、帰りの電車の中で見た中吊《なかづ》り広告のせいだと思う。

「まあ、どうしたの？」

そう言いながら歩み寄ってきたのは、危険な中学生なんかではなく、一人のおばさんだった。いや、おばさんというのは失礼かもしれない。なぜかというと、見た目は二〇代前半くらいに感じられたからだ。その女の人が、こっちに近寄りながら僕の股《こ》間《かん》の辺りと顔を交互に見ているので、痴女とかそういう類《たぐ》いの人なのだろうかと一瞬思ってしまったのだけれど、どうやらそれも間違いのようだった。少し前に唐突に話し掛けられて身体をビクッと震わせた拍子に、僕はたまっていたオシッコをいっさい漏らしてしまっていたのだ。それがわかった瞬間、僕は何だか夢から醒《さ》めたような感じになり、お母さんと子供たちが花火で遊んでいる姿を、危険な中学生たちがシャブを吸っているのだと勝手に思い込んでいたらしいと気づいた。僕は、こんなふうに予想外の場面に出くわすと、ついうっかり勘違いして、物事を変に捻《ね》じ曲げて捉《とら》えて、それを信じ込んでしまうことが多い。拳銃に見えたのは、拳銃型の花火だったし、地面に倒れた警察官は、バケツとか買い物袋とかゴミとか、そういったものだった。

「大丈夫？　何か吃驚《びっくり》しちゃったのかしら？」

近くに来た女の人は心配そうにそう訊《たず》ねてくれた。こんなにも温かみのある態度で他人から話し掛けられたのは凄く久しぶりのことだったので、思わず泣きそうになったのだけれど、どう答えようかと考えているうちに、僕はなぜだか無性に腹立たしくなってしまい、「いくら何でも非常識すぎるよ！」と怒鳴って抗議すると、その場から急いで立ち去ったのだった。そして家に向かって猛スピードで駆けてゆくうちに、気分がとても楽になり、何もかも気にならなくなったのだった。

家に帰ると、僕は母親と妹に見つからないように走って風呂場《ふろば》まで行き、着ていた物をすべて洗濯機に放り込んで、すぐにシャワーを浴びた。二人ともテレビを見ているようだったので、それは無事に成功した。僕は母親と妹と三人で暮らしている。父親はいま別居しているからだ。母親はけっこう鈍い人なので、僕が外でオシッコを漏らしたなんて気づくことはないはずだけれど、妹にだけは注意しておかなければならなかった。妹は、漫画だとかによく登場する活発な妹キャラにそっくりで、僕を馬鹿にしているわけではないみたいなのだけれど、何かとこちらのへまを指摘してばかりいて、口うるさいヤツなのだ。おそらく妹は父親に似たのだと、母親はしょっちゅう言っているけれど、僕にはよくわからない。なぜなら、そもそも僕には父親がよくわからないからだ。父親は、テレビのワイドショーだとかのネタにされている人たちと同じように、愛人と一緒に暮らしているらしい。母親がそう説明してくれた。離婚するのかどうかについては考えていないという。僕はどっちだっていいと思っていたけれど、いまは考えを変えている。昨日、自分の父親が異常者だと知ったからだ。愛人と暮らしているという話も、たぶん嘘《うそ》だと思う。あんな不気味な人間と一緒に暮らしたがる人はいないはずだ。僕はいま、父親を物凄く恐れている。

シャワーを浴びながら、僕は公園でのことを考えていた。いろいろなことが思い浮かんだけれど、集中的に考えたのは、なぜあんな勘違いを仕出かしたかについてだった。最初のうちは公園で眼にした様子を思い出してばかりいて原因を突き止められずにいた。でも、もっと以前まで遡《さかのぼ》って考えているうちに、電車の中で見た週刊誌の広告のせいだったのだと気づいたのだ。その広告には、「危険な中学生の実態」とか、そんなようなことが書かれていて、「突発的暴力」とか、「覚醒剤《かくせいざい》」とか、「殺人」とか、とにかく凶悪的なイメージの言葉がふんだんに使われていたのだ。そうした広告を見たことで、ただでさえ自分は暴力的な被害を蒙《こうむ》りやすいタイプなのに、この先さらに住みにくい世の中になってしまったら、いったいあと何年生きられるのだろうか、なんていうふうに思い悩んでいるうちに通りかかったのが、あの公園だったのだ。だから僕は、本当に、雑誌の広告はもっと慎重につくるべきだと思う。僕にとって、この手のことは、初めての経験ではないし、きっと今後も引き続き起こり得るに違いない。こんなことでは、僕は絶対に身が持たないだろう。

とはいえ、僕は他方で、今日はたまたま運が良かっただけなのかもしれない、とも思っていた。なぜかというと、広告に書かれてあるのがいまの世の中の現実なのであれば、暴力的な被害を蒙りやすいタイプの僕は、公園で自分が想像したような場面に遭遇する可能性が非常に高いはずだからだ。ということは、慎重でなければならないのはむしろ僕のほうなのかもしれない。しかもいまは夏休みなのだから、より多くの危険人物たちが羽を伸ばしているに違いない。そんなふうに考えてみた途端、僕は恐ろしさに耐えきれなくなった。そのため僕は急いで気分を変えようと思い、風呂場から出て部屋へ行き、インターネットで現実逃避することに決めたのだった。

でもこの日の夜は、たとえ恐怖感から逃れたいと思わなかったとしても、やっぱり僕はインターネットを楽しんだと思う。なぜなら、夏休みに入ってから僕は毎晩ＰＣ

を使って遊んでいるし、しかもこの日はT君から面白いHPのことを教えてもらっていたので、そうしないはずがなかったのだ。買ってからまだ一月も経《た》っていなかったから、知らないことがたくさんあって、余計に好奇心も強かった。特に僕は、エロ関係のことに興味があったので、無修整画像の収集ばかりしていたのだ。それをT君に言うと、それもいいがスケベな女の人たちの告白文も素敵だぞ、と教えられて、僕は一気にそちらのほうへ関心を移したのだった。僕はとても興奮してしまって、どうすればその告白文を見られるのか、すぐにT君に訊ねてみた。するとT君は、僕の頬を抓《つね》りながら、絶対にそれを読みながらオナニーしないと誓うなら、という、意図がよくわからない条件付きで、URLを一つだけ教えてくれたのだった。それでこの日、僕はさっそくその告白文というやつを読んでみることにしたのだ。

やっぱり、恐ろしさを忘れるには、スケベなことをいっぱい考えるのが一等効果的なのだと、あらためて僕は思い知った。いや、そんなことを考える余裕もなかった。僕がこのとき読んでみたのは露出マニアの女の人たちの告白文だったのだけれど、とにかく、過激だなあ、とひたすら感心させられるばかりだったからだ。そして、僕のオチンチンは、病気になったのかと思うほど、凄く勃起《ぼっき》していた。でも、絶対にオナニーしちゃ駄目だとT君に言われていたので、触るのを我慢しなければならず、大変だった。もちろん、僕の部屋の様子をT君が覗《のぞ》き見ているわけがないのだから、オナニーしたって全然問題なかったはずだ。けれども、次にT君に会ったとき、追及されたら、僕は嘘をつき通す自信がない。僕はT君や他の友だちに対して、隠し事をするのが苦手なのだ。かといって、僕はこのとき、どうしてもオナニーせずにはいられなかった。どうすりゃいいんだろうと考えているうちに、僕は一つのことを思い付いたのだった。というか、露出マニアの女の人たちの告白文を読んでいるうちに、ある強い欲求が、僕の中に芽生えたのだ。それは、露出マニアの女の人を実際に見ながら、オナニーしてみたいという欲求だった。

ちょうど夏休みだし、もう深夜だったから、公園にでも行けば一人くらいはそういう人がいるのではないかと思うと、僕は居ても立ってもいられなくなり、母親と妹に気づかれないようにこっそり家を脱け出たのだった。告白文によると、露出マニアの女の人たちは、全裸のうえに一枚だけ何かを着たまま外出して、人に見られるのを期待しながら、公園のトイレやベンチだとかでオナニーしたりオシッコしたりして気持ち良くなっているらしい。しかも中には、昼間に出掛けて、大人しそうな男子中学生だとかにわざと裸を見せたり、身体を触らせたりする人もいるのだ。僕は公園に向かって歩きながら、いろんなことを想像し、ずっと興奮していた。途中何人かの人と擦れ違い、一度はパトカーが脇を通り過ぎていったのでドキッとしたけれど、僕の興奮は恐れをいっさい撥《は》ね除《の》けてくれたのだった。

まず僕は、家からちょっと遠いところにある大きな公園に行ってみたのだけれど、昼間みたいに人が多く、危険な感じの連中がたむろしてもいたので、諦《あきら》めるしかなかった。そんなわけで、やっぱり無理なのかと僕は思い、興奮もやや鎮《しず》まってしまったため、缶ジュースでも買って飲んで帰ることにしたのだった。けれどもお金を一円も持ってきていないと知り、ますます気分が沈んでしまうと、逆に僕は、このままあっさり帰るのも馬鹿らしいと思い直し、家から割と近くにある、あまり大きくない公園に行ってみることにしたのだった。それは、例の、僕がひどい勘違いをして、オシッコを漏らしてしまった公園だ。

その公園に着いた頃には、僕の興奮は、家を出たときくらいまでに盛り返していたのだった。周りが木に囲まれていて、明かりが消えてもいたので、通りからは様子がよくわからなかったのだけれど、とても静かだったので、少なくともさっきみたいなことにはならないだろうと僕は思った。でも、公園に入る直前、新聞配達らしき人がバイクで通り過ぎていったり、コンビニの買い物袋をぶらさげた男の人が近くまでやって来ていたので、かなり慌《あわ》てさせられた。念のために僕は、コンビニ帰りの人が公園に入ってこないとわかるまで、中の様子は確かめなかった。

ところが邪魔者が去ったあとのほうが、僕はずっと大きく慌てさせられたのだった。奥のほうにあるベンチに、一人で坐《すわ》っている人がいたからだ。しかも女の人だった。それを期待してわざわざそこにやって来たはずなのに、これには大変驚かされた。こんなに簡単に露出マニアの女の人と出会えるくらいに、いまの世の中は凄いことになっているのかと思ったほどだった。それで僕はまずどうしたのかというと、咄《とっ》嗟《さ》に、近くにあったトイレの中に駆け込んだのだった。とりあえず個室に入って、僕は落ち着くことにしたのだ。でも僕は、あまりにも興奮しすぎていたんで、なかなか落ち着けなかった。そのとき僕の頭の中は、あんなに慌ててトイレへ駆け込んだりしたのはまずかったかもしれないなあなんて反省してみたり、こんな時間に一人でいるということは確実にあの人は露出マニアに違いないと思ってスケベな妄想を膨らませてみたり、とにかく忙しく働いていた。そんな感じだったから、ちっとも落ち着けはしなかったけれど、いつまでもトイレにこもっていては露出行為を見逃してしまうと心配し、個室に隠れて二、三分たってから、僕は外に出てみることにしたのだった。

僕は本当にドキドキしていたけれど、子供の頃に缶蹴りをしたときのように、物陰に隠れながらゆっくりと、ベンチの様子がはっきりとわかるところまで近づいていった。子供の頃はいつも缶に辿《たど》り着くまでに見つかってしまっていたけれど、今回は完《かん》璧《ぺき》だった。ただしそのことは、僕の忍び足の上達を裏付けてはくれなかった。僕はこのあと、ずっと驚かされっぱなしだったのだけれど、途中からはそのわけがまるっきり変わってしまったのだ。

最初に驚かされたのは、女の人が、ワンピースの前ボタンを全部はずしていて、ほとんど全裸に近い姿だと知ったときだった。それを見て僕はもう何も考えずに、勃起した自分のオチンチンを外に出して、ただ一生懸命しごいていた。よく見ると、女の人の両手が股間のところに置かれているのがわかり、やっぱりオナニーしているんだとすっかり信じきった僕は猛烈に感激して、すぐに射精してしまったのだった。それでも興奮が鎮まらなかった僕は、Tシャツで手を拭《ふ》きながら、今度はもうちょっとそばに寄ってみようかとか、いっそのこと話し掛けてみて、身体に触れさせてもらおうかとか、いろいろと考えていた。そうしているうちにまたオチンチンが勃起してしまったので、僕はオナニーを再開して、とりあえず女の人をよく観察してみることにしたのだった。僕は女の人のスケベな姿を生で見たことなんて一度もなかったので、徹底的に観察して、いつまでも憶《おぼ》えておけるようにしようと思い、手は動かしつつも、見ることに集中した。そこで僕はようやく、その女の人が身体をまったく動かさずにいることに気づいたのだった。寝ているのだろうか、だとすればちょっといたずら出来るかもなあ、そんなふうに楽観的に考えた僕は、さらに一、二分ほど様子を見てから、ベンチの前まで歩み寄ってみた。でも、それは絶対にやめておくべきだった。女の人は露出オナニーをしていたのではなく、死んでいたのだ。

　僕はそのことに、すぐには気づけなかった。近くまで来ても女の人は動きだす気配がなかったので、僕はとりあえず、オッパイに軽く触れてみたのだった。すると、股間に置かれている女の人の両手が麻縄で縛られているのが眼に入り、驚いて手を引っ込めたのだけれど、そのとき指のさきを女の人の額の辺りにぶつけてしまい、僕は死ぬほど焦《あせ》った。しかしそれでも女の人は俯《うつむ》いたままだったから、不思議に思って「あのう」と一言だけ声を掛けてみたのだけれど、やっぱり反応はなかった。どうしようかと思いながらその場にしゃがみ、下から女の人の顔を覗き込んでみて、僕はやっと、相手が死人であることを知ったのだった。女の人は、眼も口も開けたまま、表情を変えず、息をしていなかった。僕は声が出なくなり、腰が抜け、またしてもオシッコを漏らしてしまった。もちろん涙が出てきたし、公園の外へ向かって這《は》ってゆくのがやっとで、あのときは本当に、僕は、ただ恐ろしさしか感じていなかった。

　通りに出ると、僕はまず、景色が明るくなっていることに気づいた。すでにもう夜が明けていたのだ。とにかくひどい恰好《かっこう》をしていたので、誰にも見つからずに家に戻らなくちゃいけないと思い、僕は必死に走ったのだけれど、脚に力が入らず、凄く辛《つら》かった。走っても走っても家は近づいてこないし、あの女の人の死に顔ばかりが思い浮かんできて、もうどこにも逃げ場がないような感じだった。何か考えようとしても、夜中に家を脱け出たことをひたすら後悔するばかりだった。もうどうしようもない状態だった。本当に怖くてたまらなかった。それでも、家に帰って寝てしまえば恐ろしさから解放されるはずだと信じて、頑張って走り続けたのだった。ところが、玄関の数メートル手前まで辿り着いたとき、別居して以来一度も家に帰って来ていない父親がドアを開けて中へ入ろうとしている姿を目撃し、僕はまたひどく驚かされ、嫌な気分にさせられたのだった。

とりあえず無事に家に帰ってこられたので、少しだけ楽にはなれたのだけれど、突然の父親の出現に、僕は動揺せずにはいられなかった。けれどもその動揺はすぐに、父親に対する憎しみに変わった。余計なときに帰ってきやがって、畜生！　僕は本当に腹が立って、父親に対する罵《のの》り《し》の言葉をつぶやいたりもしていた。そうしているうちに、僕はもう何もかもどうでもいいという気になって、家族に見つかっても構わないからさっさと家に入ろうと考えたのだった。たぶん僕はそのとき、ひどく疲れていたので、開き直ったのだと思う。家の中に入ると、居間から物音が聞こえてきたので、父親はそこにいるのだとわかった。話し声がしないということは、母親も妹も、まだ寝ているに違いないと思い、二階の自分の部屋へすぐに駆け込んでしまえばこの姿を誰にも見られないはずだと僕は考え、さっそく靴を脱いで廊下にあがってみた。するると父親がいきなり居間から出てきて、僕を呼び止めたのだった。父親が、「何だ？　こんな朝早くに」と問い掛けてきたので、僕は、「そっちこそ」とだけ口にして、急いで階段を駆け上がり、部屋に入って服をぜんぶ脱ぎ、ベッドに横になったのだった。しばらくすると部屋の外から母親と父親の話し声が聞こえてきたけれど、そして何度か名前を呼ばれた気もしたのだけれど、僕は無視して、公園でのことを思い出したりそれをやめたりをくり返しているうちに、寝てしまったのだった。

起きたのは、昼の二時頃だった。眼が覚めるとすぐに僕は、夢でよかった、と思ってみた。それならすべて説明がつくと、僕は考えて、そうであることを強く望んだのだった。でも、期待はあっさり打ち砕かれた。僕はお腹《なか》が空《す》いたので、母親に何かつくってもらおうと思い、とりあえず居間に行ってみたのだった。するとそこには母親はおらず、妹がテレビを見ていて、父親が庭で何かしていた。父親の姿を見て、このときほど不愉快になったことはないし、同時にテレビを見て、このときほど不安にさせられたことはなかった。妹は、ワイドショーを見ていたのだけれど、そこで何が報じられていたのかというと、僕が昨夜眼にした、公園のベンチで坐ったまま死んでいたあの女の人のことだった。興奮しきった妹が、近所で起きた不可解な殺人事件についてアナウンサー以上に詳しく説明してくれていたけれど、僕にはただうるさく感じられるだけだった。ワイドショー番組は、朝からずっとこの話題に時間を割いているようだった。レポーターの人が、「快楽殺人」という言葉を口にしたのが、僕には衝撃的だった。しかしそれ以上に衝撃的だったのは、画面にあの公園付近の風景が映り、近所に住む何人かの人たちが、昨夜見かけたという「怪しい人物」について証言しているのを聞いたときだった。一人目は、新聞配達の人だった。二人目はどうやら、コンビニの買い物袋をぶらさげて歩いていた男の人のようだった。五人目は、昨夜子供づれで花火をしていた、あの主婦だった。三人目と四人目は、わからなかった。みんな、僕のことを話していた。間違いなく、僕のことだった。主婦と四人目の人は、「怪しい人物」がオシッコを漏らしていたことまで話していた。僕はもうこれで本当におしまいかもしれないと思った。そんな僕の絶望感をさらに深めさせたのは、レポーターの人が、遺体には犯人のものと思われる体液が付着していたと報告したことだった。遺体に付着していた体液、それは僕の精液以外に考えられなかった。

オナニーなんかするんじゃなかったと、僕は心底後悔した。もはや僕は絶体絶命だと思った。僕があの女の人を殺した犯人でないことだけは確かなのだけれど、これでは誰も信じてくれるはずがなかった。いつのまにか、さっきまでうるさくしゃべっていた妹が居間から消えていた。何か頼まれた気がしたけれど、頷《うなず》いただけで、言葉が出なかった。庭を見ると、父親が何かゴミを燃やしていた。僕はこのときまた、父親がとても憎く感じられた。どんどん憎しみが高まるのを感じながら、僕は父親を観察し始めていた。父親は、火の中にいくつかの物を放り捨てながら、炎をじっと見つめていた。突然帰ってきて、何だってゴミなんか燃やしてやがるんだ、お前が燃えてしまえばいいのに、そんなふうに思いながら観察を続けているうちに、僕は、父親が手に持った不用品の中に、一本の麻縄が含まれているのを見つけて、ひどく気分が悪くなった。本当に、吐きそうになった。けれども僕は何とか我慢して、眠る前のことを思い出してみた。そうなのだ、「怪しい人物」は、僕だけではなかったのだ。別居中の人間が予告もなしにあんな時間帯に帰ってきて、いまはなぜだかゴミなんか燃やしている。しかも燃やされようとしている物の中には、殺された女の人の手首にも巻かれていた麻縄が含まれているのだ。これですべて、完璧に説明がつくかもしれないと、僕は思った。

ただ残念なことに、僕がぼやぼやしているうちに、麻縄は火の中に放り込まれてしまっていた。父親が居間に入ってきたので、僕は何でもいいから聞き出してみようと思ったのだけれど、相手が「快楽殺人」の犯人かもしれないと考えると、途端に恐ろしくなって一言も口に出来なかった。だから僕は、床に坐り込んで、ワイドショーの芸能ニュースをただ見続けるしかなかった。父親もこちらへは話し掛けず、黙って新聞を読んでいた。そのうち廊下から、母親と妹の話し声が聞こえてきて、ドアが開いた。「部屋にあったズボン、凄く臭いけど、どうしたの?」と母親に訊《たず》ねられ、僕は頭に血がのぼった。母親の脇《わき》にいる妹は、吃驚《びっくり》するほど顔色が悪かった。居間を出た妹は、僕の部屋に入ったのだ。

「そういえばお前、朝あったときにションベン漏らしてたみたいだったなあ」

永い間まともに会話していなかったのが嘘《うそ》のように、いかにも自然な父親らしい口調で、「怪しい人物」はそう話し、僕をますます不利な情況へと陥《おとし》いれようとしていた。このとき僕はもう、いろいろな意味で、限界だった。

これが大体の経緯です。続きがまだありますが、ちょっと疲れたので、書き込むのは明日にします。でも、逮捕されてしまう可能性もあるので、無理かもしれません。

今日も警察の人が近くまで来ていました。妹は僕のことを疑っているみたいです。いったいどうすればいいんでしょうか。誰にも相談できなくて困っています。本当に不安で、どうしていいのかわかりません。もう死にたいです。アドバイスとか、感想とかあったら、匿《とく》メール：Makoto に送ってください。どうか、よろしくお願いします。助けてください!!

鏖

（みなごろし）

眼が覚めて、オオタタツユキが最初に見たものは、3チャンネルの粘土アニメだった。さっき見たときは、不思議な体操をしている人々が映っていたはずだと思い、自分の記憶が飛んでいることに彼は気づいた。画面の中では、カンガルーに似た奇妙な生き物が、飛行機やらサッカーボールやらに変化してゆくカラフルな光景が展開している。つまり、もうしばらくすれば、「ひとりでできるもん！」が始まる時間帯というわけだ。ということは案の定、ほとんど眠れなかったに等しいわけで、オオタの気分はそのとき、ほぼ最悪の状態だった。なにしろ眼覚めて最初に臭《にお》ってきたのが、あきらかに反吐《へど》の臭いだったのだから、それも当然だろう。オオタタツユキは、眼覚めてすぐに反吐の臭いなどを嗅《か》ぎ取ってしまった時点で、今日は厄介な一日になりそうだと、予感していたのかもしれない。しかしそんなことは、彼自身が予感するまでもなく、当然の成り行きでしかなかった。オオタはこの日、確実に酷《ひど》い目にあわねばならなかった。必ずしもこの日でなくてはならないわけではなかったのだが、いずれにせよそのことは、もうずっと以前から約束されていたといっていい。つまり運命みたいなものなのだが、とにかくこの、ひどくだらしのない、適度にアメリカナイズされた男は、遅かれ早かれ簀巻《すまき》にでもされて多摩川あたりに放り捨てられてしまうのが必然といってよかった。だから、たとえ昨夜つかまえた女が糞《くそ》みたいな不細工であろうと、文句など一言でもいえるような立場ではなかった。何もかも、彼みずから招いたことなのだ。それも、大層な理由があるわけではなく、このオオタという男が、ただ単に何事にもいい加減でだらしなく、世間を舐《な》めきっているからというのが最大の要因である。そのことは、彼自身もある程度自覚していたし、自分の人生はどちらかというと汚水やら廃液やら放射性廃棄物やらを垂れ流し続ける下水道に近いのかもしれないと、いかにも世紀末を生きる二〇代前半の若者にふさわしく、それなりに将来を悲観してもいたのだ。本人ですらそのように考えていたわけだから、順当にゆけば、はっきりいってオオタタツユキに明日はなかったのかもしれない。しかし現実とは不思議なもので、実際にオオタが直面した危機的情況は、結局、予想したほどには彼を窮地には追い込まなかったようだ。少なくとも、死にはしなかったのだから、むしろ幸運だったのだと判断しておくべきだろう。

いずれにせよ、記憶が飛んでいるということは、少しは眠ることが出来たということだ。本当にそうなのか、大いに疑問ではあったが、オオタタツユキは前向きになろうと思い、無理矢理そう納得してみるしかなかった。そうでもしないと（すなわち、自分は眠ることくらいは出来たのだと思っていないと）、気分は直ちに下落の一途を辿《たど》ることになるだろう。窓を開けたり換気扇を作動させたりするのは面倒なので、とりあえず煙草《たばこ》を一本吸ってみることで、部屋にこもった悪臭から逃れようとしてはみたものの、無駄な抵抗でしかなかった。自分が腰を下ろしているすぐ脇《わき》のところのカーペット上に、その吐瀉物《としゃぶつ》の染《し》み込んだ跡がある。ということは、これはほぼ間違いなく、自分の口から吐き出されたものだというわけだ。反吐は、じつにいい按配《あんばい》に染み込んでおり、これを拭《ぬぐ》い取るのは極めて困難であろう。オオタタツユキが、不愉快さから脱して、朝の爽快《そうかい》な気分を満喫するためには、速やかにこの場から立ち去るのが最善の策である。そんなことは子供にだってわかることだ。すでに、「ひとりでできるもん！」も終了してしまっており、時間はどんどん経過している。オオタはテレビを4チャンネルに合わせ、以前はとり憑《つ》かれたように「ジャストミート！」という言葉を頻繁に叫び続けていた威勢のいいアナウンサーが出演している番組を見ながら、一刻も早くうちへ帰ろうと決意した。だが、立ち上がるのが億劫《おっくう》でならない。何だか意識が朦朧《もうろう》としており、カロリーもさぞかし不足しきっていることだろう。テーブル上の鏡には、口の周囲が反吐のカスや涎《よだれ》で汚れている自分の顔が映し出されており、またしても（そして今度は加速度的に）うんざりさせられるばかりだ。ティッシュペーパーで顔を拭《ふ》きながら、さらに鏡を近付けると、瞳孔《どうこう》が大きく開いているのがわかり、舌は白くざらついて見える。しかしそんなことはまあ、要するにどうでもいいことで、本当に我慢ならないのは、鏡の隅っこに見えている、ベッドに横になったままぴくりとも動かず、完全に熟睡しきっているらしい家主の女だ。オオタは、頭だけ動かして背後を見て、そこにいる素っ裸の女に、強い憤《いきどお》りを覚えた。昨夜の自分は気が狂っていたとしか思えない、オオタをそのように落胆させるほど、その女の顔は、彼の好みからは程遠いもののようだった。ただ、結局のところオオタタツユキは、真実を見定める努力を一つもせずに、調子に乗って彼女と一晩中やり続けてしまったのだから、むしろその憤りは、自分自身に向けられたものでもあったのかもしれない。しかしこの男は、どういう事情であれ、最終的には一切を人のせいにすることでこれまで生き延びてこられたといっていい。だからここでも、不愉快さの元凶はこの女にこそあるのだという結論を下す以外に、彼の思考の辿るべき道はなかった。この俺がまともに眠れたのかどうかもわからない状態だというのに、なぜこいつはこうも無様な姿を曝《さら》し、しかもすっかり熟睡しきっていられるのだろうか。純粋すぎるくらいの疑問と怒りで頭をいっぱいにし、オオタは、次のような行動に出たのだった。女の陰毛を、ライターの火で焼いてみたのだ。しかしこの、なかなか可愛《かわい》げのある仕打ちを受けても、女は無反応を貫き、オオタタツユキに満足感を与えようとはしなかった。ひょっとして、死んでいるのか？　そう思い、今度は立ち上がって、そこに横たわったものを、オオタは強く蹴《け》ってみた。何か声のようなものが聞こえた気がするが、女はいまだ身動きせず、瞼《まぶた》を閉じていた。もう一度、臀部《でんぶ》をおもいきり蹴ってみるが、またしても声のようなものが小さく聞こえてくるだけで、反応らしきものはなかった。そのため数秒間、オオタは、何もせずに次の対応を検討せざるを得なかった。このときすでに、彼は猛烈に厭《いや》な予感がしていたはずだが、しかしここではまだ、事が起こるのは早すぎた。女は、寝ているわけでも死んでいるわけでもなく、どうやら何かを期待していたらしく、長い溜《た》め息をついたあと、次のような要求を、オオタにつきつけたのだった。

「ねえ、もっとしてよ」

これにより、オオタタツユキはすべてを了解し、急いで身支度を整え、煙草を一本くわえて自分の持ち物を調べてから、ようやくその部屋を出ていったのだった。結局、カーペットを汚した自分の吐瀉物は、そのままにして。

外に出て最初にすべき行動は、それこそいくらでもあったはずだが、オオタは電話をかけることを選んだ。相手は瞳《ひとみ》という名の女で、彼女とオオタは端的に、不倫関係にある。オオタツユキに妻はいないが、瞳には夫がいるのだ。大学を出てすぐに結婚したのだという瞳は、まだまだ遊び足りなかったらしく、オオタとは夜に知りあった。瞳は、夫の出張中に通いまくっていたディスコテークでオオタと出会い、まずその日に一発やって、結局その後も二人で何発もやることになったというわけだ。近年、そうした例は非常に多く、いかにも現代的なカップル像なのだと、様々なメディアが報じている。少なくとも、女性週刊誌はほぼ毎号、そうでなければ隔週ペースで、そのような記事を掲載しているはずだ。もっとも、瞳はあまり雑誌だとかは読まない。ファッション雑誌を手に取り、写真を眺めたりはするが、活字は無駄なので読まないのだという。テレビですら、ドラマ以外は、馬鹿《ばか》になるから滅多に見ないようにしているくらいだというのだ。だから、オオタとの不倫関係は、メディアの影響なんかではなく、みずからの自由意志によるものであり、流行に乗ったわけではないのだと、ディスコテークに共に通った親しい友人に向けて、瞳は語っていたのだった。

このように自己分析をしてみせている瞳に対し、オオタのほうは、そんなことに頭を使ったことなど一度もなく、案の定、すべては「欲望の赴くままに」というわけだった。そのせいなのかどうかはわからぬが、何かにつけて感情的になるのはもっぱら、彼のほうだった。

この日の朝も、瞳の携帯電話に繋《つな》がらず、オオタタツユキは甚だしく感情的になり、苛立《いらだ》っていた。どうやら向こうは携帯の電源を切りやがっているらしい。オオタは、あまりにも腹立たしかったため、ちょうどすぐ傍にあった、「すかっとさわやか」と書かれた自動販売機を、渾身《こんしん》の力を込めて蹴った。あきらかにそこには、彼が普段愛飲している缶入り清涼飲料水が収蔵されているはずであったが、そんなことには気が回らぬほど、オオタは頭に血がのぼっていた。いくら彼でも、「短気は損気」だということはもちろん知っていたが、昨夜から、いや週末からずっと瞳と連絡がとれずにいるのだから、怒りの歯止めになり得るものなどもはやあるはずもなかった。日本経済を恐怖のどん底に陥《おとしい》れたのだというビッグバン的不景気が、商社に勤めている夫の休日をことごとく奪い取ってくれるので、この週末、そして月曜を挟んで翌日の敬老の日に到《いた》るまで、あたしはあなたと一緒に過ごせるはず、いや、絶対にそうするつもりだからと、瞳は、金曜の夕方に電話でオオタに伝えていたのは確かなことだった。しかし、敬老の日の今日になっても、オオタタツユキは、瞳に会えずにいたのだった。自分のほうからあんな約束をしたくせに、ものの見事にすっぽかしやがった、おそらく、一緒にいても退屈なだけのはずの夫と、愉《たの》しくいちゃつきやがっているのだろう、まったく何という非常識な女だ！　しかもそのせいで、俺はあのような糞女とオールナイトでセックスするはめになったのだ！　俺の時間と、俺の体力、そしてこの俺の尊厳を、いったいどうしてくれるんだ！　オオタは一瞬、これも政治が悪いからなのだろうかと、何となく考えてみたのだが、それとこれとどう話が繫がるのかが自分でもよくわからなくなってしまい、思考をいったんリセットすることにした。そう、絶対にそうしておくのが得策だった。このときのオオタタツユキにとって、冷静さを取り戻すのは確実に必要なことだった。睡眠不足と極度の疲労のため、彼は、瞳とどうしても会わねばならぬ第一の理由を、危うく忘れかけていた。いまは、瞳がどうだとか考えている場合ではないのだ。自分の住むアパートに帰り着く前に冷静になれたことで、オオタはとりあえず、身の安全を確保することが出来たのだった。

ブロック塀に身を隠しながら、通りを挟んでアパートの斜め向かいにある喫茶店の様子を探ってみると、窓際《まどぎわ》の席にタケダの姿を発見した。そこにはタケダのほかに、連れの男が二人いる。タケダという男は、オオタのバイト先の店長だ。連れの男二人のほうは、以前にバイト先で見たことがある、タケダの友人に違いない。彼らはアパートのほうを窺《うかが》いながら、何やら話し合っている。タケダらはつまり、そこでオオタを待ち伏せしているわけだ。オオタには、タケダらが何のために自分の帰りを待っているのか、充分すぎるほどよくわかっていた。おそらくウノから、見つけたらまず店に連れてこいといわれているのだろうが、そうする前にあのチンカス野郎どもは、この俺を半殺しにでもしておこうなどと、ちゃっかり考えているはず、そう、それは大いにあり得ることだ、ならばどうすべきか。オオタタツユキは、当然、逃げるしかないだろうと考えた。瞳と連絡をとれず苛立っていたオオタが、冷静さを取り戻し、自分の携帯電話に着信があったことに気づいて、留守電サービスにかけてメッセージ内容を確かめてみると、聞こえてきたのは女の声ではなく、なかなかどすの利《き》いた中年男の声だった。その声の主、ウノは、やんわりとではあるが、脅しをかけているのは明白だった。オオタは、ウノのその言葉を耳にし、どうやらまだアパートに戻るべきではないらしいと気づいた。今日中に店に顔を出さなければ、身の安全は保証できない、いまもタケダがお前を捜し回っているところだ。これがウノからのメッセージだった。このメッセージにより、タケダらの待ち伏せを回避することが出来た彼は、心の中でウノに感謝した。余計なメッセージなんぞを残し、結果的に俺を助けたわけだ、馬鹿なオヤジだ！　そんな間抜け野郎だから、いままで俺が売り上げやら商品やらをかっぱらっていたのに気づかなかったんだ。エロ狂いオヤジめ！　オオタはこのように、少しばかり得意気になっていたが、自分の立場が好転したわけではまったくないことを、ちっともわかってはいなかった。神経が麻痺《まひ》しているせいか、特に危機感を感ずることもなく、彼はただ、逃げ続けるのはえらく疲れると思うだけだった。なにしろオオタは先週末からずっと、逃げ回り続けているのだから。

オオタタツユキのバイト先は、輸入物の、それなりに稀少《きしよう》価値のあるらしい、あるいは相当にお洒落《しやれ》で高価な代物《しろもの》らしい、アクセサリーやら、腕時計やら、衣服やらを取り揃《そろ》え、善良な若者たちを集めて売り捌《さば》く、高度資本主義社会の縮図のような店だ。ファッション雑誌でも頻繁に紹介され、客足も途絶えることなく、不況など関係ないという勢いである。輸入物といえば、外国であればどこの製造品でも構わないわけで、西欧的ムード漂うタグをつけてしまえば、一回着たらボロ布になってしまいそうなTシャツでも、どんどん売れる。しかも、現代的な若者たちは、人様がすでにご使用済みの中古品でも好んで買い求めてくれる、リサイクル精神あふれる人々ばかりなので、この店では、いわゆるユーズド商品も扱っており（客からの買い取りも行っている）、仕入れにも困らないというわけだ。その上、滅多に都会を訪れることの出来ないお洒落好きな地方の若者たちのためにと、通信販売による購入さえ、この店では可能だ。かくも素敵な店を、これまた素敵な町である代官山にオープンさせた、ウノという男は、現代的な若者たちの熱い支持を得て、それに応《こた》えるべく、出来る限り本物志向でゆくべきだろうと考えたらしく、高価な品々に関しては、バッタ物は売らないようにと心掛けてはいたのだった。ところが、春先頃から新たなアルバイトとして加わったオオタタツユキは、ウノのそうしたささやかな良心を、見事に踏みにじったのである。

売上金の一部をちょろまかすくらいなことは、この店では、程度の差はあれ、雇人の誰もがやっていることだ。約半年の間、オオタは、店の不利益になりそうなことをいろいろと仕出かし、店長のタケダとは常に揉《も》めていた。ところが店主のウノはというと、オオタに対し、一応注意を与える程度の態度を示すのみだった。タケダはそれを不服に思い、オオタをクビにしてほしいと頼んだこともあったのだが、ウノの回答は、考えておくという一言のみで、結局保留にされてしまっていたのだった。ウノはいわば、オオタを大目に見ていたわけなのだが、むろんそれには理由がある。端的に、ウノという男は、淫獣《いんじゅう》といっていい。つまり、病的なまでの女好きなのだ。しかも、とりわけ女子高校生がいいのだという、典型的な淫行オヤジというわけだ。ただし、そうした習性が本格的に発揮されたのは、だいたい五月の連休頃からのことで、それまでは、セルビデオ屋に通い詰め、気に入ったテープを買い漁《あさ》り、画面の中の少女たちを一方的に眺め続けているしかなかった。なにしろ、彼の男根は、勃起力《ぼっき》が著しく減退してしまっており、いざセックスしてみても、射精へと到れることはもはや極めて少なかったのだ。彼の妻は完全に諦《あきら》めきっており、子育て以外のことには関心を示さぬようにしているようであったが、ウノのほうはそういうわけにもゆかず、勃起はしなくても、欲望がおさまることはなかった。それに、セックスでは無理だというだけで、オナニーではちゃんとイケるのだ。理由はいろいろとあるのだろうが、ひょっとしたら、絵に描いたような今どきの可愛い女子高校生であれば、この俺の大黒柱は、確実に役目をまっとうしてくれるのではなかろうか、ウノは、そんなふうに考えてみたこともあったのだが、しかしだからといって、自分好みの女の子と急速に親しくなれる機会もなければ、みずからそうした機会をつくろうとするほどの積極性も、四〇を過ぎた彼にはもはやなかった。というか、ウノの本音とはつまり、お洒落なショップの経営者であるこの洗練された大人の男が、女子高校生をセックスに誘ったりなどしてはいけない、援助交際とかと間違われてしまったりしたらかなわないからな、というようなことなのだった。面子《メンツ》を気にする彼は、商売上で付き合いのあるヤクザ紛《まが》いの連中にも、そんなことはかっこわるいので話せずにいた。ひょっとしたら、相談してみれば、うまい具合に事を進めてくれるかもしれない、そんな期待を抱くこともしょっちゅうあったが、相手から、「ウノさん、相変わらずお洒落ですねえ」などといわれてしまうと、やはり何も口に出来なくなってしまうのだった。こうした、八方塞《ふさ》がりの悩める厄年男を救ったのが、オオタタツユキとバイアグラだったというわけだ。

ウノは、オオタがよく、店に来る女子高校生の客と親しそうに話している様子を見て、率直に、うらやましいと思っていた。オオタのほうは、自分がうらやましがられているということを、ウノから飲みに誘われたときに知ったのだった。ウノにとって、オオタという男は、ただの若造のアルバイトである分、話しやすさがあったらしく、酔いも手伝って、多くのことを率直に語って聞かせたのだった。確かに、ウノでなくても、オオタという男は、周りの男たちから本気でうらやましがられるほどに、女たちに好かれた。おそらくこのことは、彼唯一《ゆいいつ》の取り柄といっていいだろう。しかしそんな、一つしかない取り柄でも、例えばタケダのような男からは、うらやましいどころか、うらめしいと思われてしまうのだった。小馬鹿にされるだけならまだしも、タケダは、自分が眼を付けていた女をあっさりオオタに持っていかれたりもしていたわけだから、うらめしさの度合いは測りしれない。オオタは、そうした自分の取り柄をよく心得ており、それを得点稼ぎに使って生存競争を勝ち抜く術《すべ》も一応は知っていた。翌日、酔っ払って余計な話をしてしまったと後悔していたウノに、オオタは、アダルト・ショップで購入してきたバイアグラを差し出し、一瞬にして気分を爽《そう》快《かい》にさせたのだった。ウノはその後、オオタに紹介された女子高校生の客数人と、念願の行為をすることが出来たわけだが、そうなってしまうと、あとはもう、彼を留まらせるものは何一つなかった。上機嫌で女子高校生たちに接するときの彼は、求められれば何でもいうことを聞き入れ、小遣いもやったし、Sやらクサやらが欲しいといわれれば、それらも用意した。勃起力が持続すると気分もより大胆になるらしく、新たに生まれ変わったウノは、かなりおおっぴらに遊びまくっていた。そして当然、そうしたことはすべて、オオタタツユキは承知していたのだった。

だからもはや、オオタは、ウノを完全に舐《な》めきっていたわけだ（もちろん、タケダに対してもそうだし、世間をも舐めきっていたのだろう）。こうしたことはむろん、何から何まで計算ずくでオオタが仕掛けた展開ではない。結果的にそうなったというだけの話なのだが、オオタタツユキは、自分の雇い主をみずからの手中にほぼ収め得たと勝手に思い込み、すべては自分の巧みな策略の下に進行しているとすっかり信じてしまったようだ。それゆえ、店の売上金や商品の横領を、あまりに幼稚かつ杜撰《ずさん》な手段で、いずればれるだろうとはちっとも思わずに、以前よりも頻繁かつ大胆に行うこととなる。必然的にすぐにばれてしまったわけだが、だからといってオオタがそれにより、自身の浅薄さを自覚できたとはいい難い。むしろ、面倒くさいことになったと思い、ただ子供のように腹を立ててみせるだけなのだった。

オオタがちょろまかしていたのが、売上金の一部に留まらないらしいとわかったのは、とある地方に住む一七歳の少年から送られてきた一通の投書によってであった。かめーるにひどく角張った字で記された苦情の内容は、次のようなものだった。

クロムハーツのクラシックチェーンリンクブレスを注文して、八月三一日に金を全部はらったのに、偽物《にせもの》が送られてきた。925とかSterlingって書いてなかったから、すぐにわかった。知り合いの、本物もってる人にも見せてもらったら、やっぱり違った。それなのに、電話したら、変なふうにごまかされた。だから、葉書を送った。返事がなかったら、親にいって、訴える。

つまりこの少年は、通信販売で、約二〇万円する銀製ブレスレットの購入を申し込み、代金をきちんと指定の口座に振り込んだにもかかわらず、偽物を送り付けられ、憤慨しているというわけだ。幸運なことに、この投書を最初に手に取ったのはタケダであったため、少年は救われたのだった。ただし少年は、夏休みにコンビニでバイトして稼いだ約二〇万円を取り戻せはしたが、本物のクロムハーツを手にすることは出来なかった。本物の品は、もはや店内のどこにもなかった。

少年の投書の中には、「電話したら、変なふうにごまかされた」と書かれてある。その、電話に出て、「変なふうにごまか」したという店の者とは、むろんオオタタツユキのことだ。タケダは初めからそう確信していたが、少年に電話した日時を訊《たず》ね、そのとき店に出ていたアルバイトが誰なのかを出勤簿で確認してみたところ、それは決定的となった。オオタはその日も店に来ていたが、タケダは何も追及することはせず、まずはウノに話しておくべきだろうと考えていた。そのほうが、オオタの逃げ場を奪いやすいと判断したからだ。タケダはこの機会に、オオタタツユキを徹底的に追い詰めるつもりでいた。あの腐れチンポ野郎はどうせ他にもかっぱらいやがっているに違いない、そうであることを願いながら、タケダは復讐者《ふくしゅうしゃ》的な悦《よろこ》びを感じていたのだった。店を閉め、オオタや他のアルバイトを帰したあと、タケダは、いくつかの高価な商品をチェックしてみることにした。そしてあることを、彼は思い付いたのだった。以前から気に入っていた時計を一つ、ケースの中から取り出すと、タケダはそれを、自分のポケットにしまっておいたのだった。

閉店後しばらくしてから店に現れたウノは、タケダからすべての事情を聞かされ、ようやく自分がオオタに舐められているのだとはっきり悟り、その後の処置について真剣に考えねばならなくなった。選択肢は限られていた。ウノは、ばらされてはまずいことを、オオタに知られすぎており、警察に通報するのは控えざるを得なかった。しかし盗まれた分の金品を取り戻し、ただクビにするだけで事を収められるほど、彼はお人好《ひとよ》しではなかった。ならば直接、自分の手でやつを締め上げるしかないだろう。というより、そうしたことが得意な連中にでも頼んで、追い込みをかけてもらうしかない。オオタタツユキの次の出勤日は一六日の水曜日、ということは彼は、日月火と三連休をとるつもりでいるわけだ。どうすべきか、水曜日まで待つべきか、いや、そんなに待ってはいられない、明日にでも呼び出しておくべきだろう、早いうちに、話をつけておいたほうがいい、そうでないと気分が悪い。しかしウノはもはや、いますぐ何かしておかなければ気が済まなくなっていた。あまりにも頭に血がのぼりすぎて、ウノはフラッシュバックに襲われたほどだった。この裏切りへの制裁は、早急に実行されなくてはならない。オオタの自宅の電話番号を確かめた彼は、早速そこにかけてみたのだった。

オオタは浅はかにも、外国人が露店で売っているバッタ物のブレスレットを送り付けても、地方のガキが気づくはずはないだろう、などと思い、安心していたのだった。そもそも、ガキがあんなブレスをするもんじゃない、俺の腕につけるか、売っちまったほうがいいに決まっているのだ。彼はこんなふうに思っていたわけだが、結局どうしたのかといえば、売ってしまったのだった。とにかくオオタは金がなく、困っていた。借金しまくっているため、友人と会うことも、親に連絡することも出来ずにいた。金を返せといわれても、どうにもならなかった。なぜそれほどまでに金がなく、借金が減らないのか。オオタの考えでは、それはアメリカのせいなのだった。アメリカは、馬鹿《ばか》高い古着やら靴やらアクセサリーやらを容赦なく売り付け、純朴な日本の少年少女たちを骨抜きにしようとしている、彼は本気で、そう思っていた。実際、俺はその通りになってしまった、身の回りの物すべてがアメリカンだ、俺はもうアメリカなしではいられないのだ、アメリカが俺の金をどんどん吸い取ってしまうの

だ、何ということだ！　アメリカ万歳!!　本人がそう自覚している通り、オオタタツ

ユキの購買欲をそそるのは、不思議なほどにアメリカ製品に集中していた。そして彼の眼には、町中の若者たちも皆、見事なまでのヤング・アメリカンに見えていた。また、そのことを裏付けるかのように、オオタがある日、電車の中で見た保守系オピニオン誌の広告には、「リーバイ・ストラウスやレッドウィングが、わが国の少年少女の米国依存体質をより深めている」と書かれていた。オオタとしては、だからどうした、と思うしかなかった。オオタタツユキは、アメリカ合衆国によって骨抜きにされることを、さらに望んでいたというわけだ。

　そもそもオオタは、ウノの店には、客としてよく訪れていたのだった。しかし店の品を買うことよりも、自分の物を売りに来ていることのほうが多かった。結局、売るものが何もなくなったとき、今度は自分がその店で働くことになったというわけだ。バイト代の他にも、不正な収入を得ることが出来たものの、やはり金は貯《た》まらなかった。当然瞳にも借金していたが、なにしろすべてはアメリカのせいなので、反省する気などさらさらなかった。ウノの弱みを握ったことで、オオタは調子に乗り、店の商品を偽物にすり替えることまで始め、例の少年の手に渡るはずだったクロムハーツのブレスレットを売ってはみたが、それでも金はすぐになくなった。おそらく九月中

に、所持金は零《ゼロ》になってしまうだろう。オオタタツユキは、急いで何とかしなければならなかった。むろんやるべきことは決まっていた。今回は、通信販売で小細工するのは面倒なので、ケースの中に置かれてある八十数万円のロレックス・エクスプローラーII（旧タイプ）を、あらかじめ手に入れておいた偽物にすり替えただけだった。あとはそれを、他所《よそ》の似たような店に売ってしまえばいい。これで当分、無事に暮らしてゆけるはずだ。けれども残念ながら、現実は、そうした彼の考えとは、まったく正反対の結果になってしまったわけだ。

オオタは、本物の時計をすぐに売ることはせず、少しの間だけ自分で使用するつもりでいたのだった。しかし愚かにも、瞳に見せて自慢しようと思い、その時計を腕に巻いて彼女の家を訪れ、二回セックスをし、夕食を食べてから自宅に戻ると、肝心なものを忘れてきたことに気づいたのだった。当然オオタタツユキはひどく腹を立てたわけだが、これは瞳のせいだと、彼は考えていた。瞳が時計にあまり関心を示さなかったため、忘れてきてしまったのだというように。あまりに理不尽というほかないが、翌日、つまり一日金曜日の夕方、瞳と電話で話したときは、いちおう気をつかい、お前のせいだとはいわずにおいたのだった。この電話で二人は、土曜の夜から敬老の日まで一緒に過ごすことを約束したわけなのだが、結局瞳はそれをすっぽかし、時計はいまだに、彼女の家のどこかに放置されたままなのであった。

　土曜の夜、バイトが終わってから瞳に電話してみても繋《つな》がらず、仕方なくいったん帰宅したオオタは、留守電に録音されたメッセージを再生させてみると、苛立《いらだ》ちのほかに、ちょっとした危機感を感じ取ったのだった。メッセージを吹き込んだのは、瞳ではなく、ウノだった。携帯のほうにも、同じメッセージが録音されていた。用件は、いますぐ店に連絡をしろということだった。何かありそうだと、オオタは思い、どうすべきかを考えてみた。時計のことがばれたのだろうか、だとすればまずいが、とはいえ、たとえばれたにしてもウノは俺をどうすることも出来ないはずだと思うが、しかし、タケダが何か余計な入れ知恵をしているかもしれない。こんなふうに、オオタは三分間ほどあれこれ考えてから、とりあえず今晩は家を出て、瞳と連絡がとれるのをどこかで待つことに決めたのだった。そして明日の昼頃に店に電話して、新人アルバイトの女の子からでも様子を聞き出すことにすればいいと、彼は考えた。翌日そうしてみると、ちょうどよく電話に出た新人アルバイトから、エクスプローラーⅡがケースの中から消えてしまい、ウノが怒っていると説明され、オオタは不思議に思ったのだった。俺は確かに偽物を置いておいたはずだが、いったいどうしたことか、それをまた誰かが、かっぱらっちまったということか。真相は、その通りだった。土曜の閉店後、タケダがポケットに入れた時計は、オオタがすり替えた偽物だったのだ。タケダはそれが偽物だとは気づかずにおり、オオタもまた事情がわからず、混乱していた。しかもまだ瞳と連絡がとれないため、本物の時計を、オオタは所持することすら出来ていない。自分に容疑がかかっているのだとすれば、これはまったく困ったことだ、おまけに瞳は行方しれずで金もない。オオタタツユキは、センター街のバーガーキングでワッパーチーズを食べながら、それでどうすればいいのか、例えばアメリカ人ならこういう場合はどんな行動をとるのか、真面目《まじめ》に考えてみたのだが、彼の頭はすでに限界に達しており、何もかも面倒くさいと思うばかりだった。まるで時間が停まったような状態だったのだが、携帯電話の着信音が鳴り、それも終わってしまったのだった。電話に出て、かけてきたのがウノだとわかると、油断していたオオタは動揺を隠すことが出来なかった。オオタの動揺を察したウノは、回りくどい言い方は無駄だと判断したらしく、例の少年の投書のことなどを話してから、率直に、次のように述べたのだった。

「とりあえず、かっぱらった物全部もって、こっちに顔出せ」

クロムハーツの件までばれていると知ったオオタは、しらばっくれるのは無理だと思い、一言「はい」と答えざるを得なかった。しかしどうするにせよ、瞳と会わないことには、何一つ進展するはずがなかった。ウノのところへ行くにせよ、逃げるにせよ、時計がなければ話にならない。なにしろ金がないのだ。だが、その後も瞳とはまったく連絡がとれなかった。そのためオオタタツユキは、一五日火曜日、つまり敬老の日まで、逃げ続けねばならなかったというわけだ。

タケダらが待ち伏せしていたためアパートに戻れず、どこか他所に身を隠さざるを得なくなったオオタタツユキは、疲れ切っているせいで走ることも出来ず、のろのろと通りを歩いていた。野球のユニホームを着た男子中学生とすれ違い、祝日なのにこれから部活か、ご苦労なやつだ、などと暢気《のんき》にオオタは思っていたが、ご苦労なのは自分のほうだった。もはや所持金は千円札と小銭がいくらかしかなく、行けるところは限られている。とりあえず体を休めねばならないが、はたしてどこへ向かうべきなのか。進行方向を後方へ変えて百メートルほど歩けば、自分の部屋でゆっくりと眠れるのに、タケダらのせいでそれが出来ないのだと思うと、苛立ちは最高潮に達した。いずれあの、糞《くそ》いまいましいタケダの野郎は、アメリカ式の暴力で、五回分くらい半殺しにしてやらねばならない。すっかり頭に来たオオタは、さきほどすれ違った男子中学生が、金属バットを肩にのせて走り去ってゆくその姿を思い出しながら、ああいう硬いやつで袋叩《ふくろだた》きにしてやるのがいいかもしれない、などと考えたりもしたのだった。だが、なにしろ疲れているため、怒りが長続きすることもなかった。彼は、再び脇《わき》を通りすぎてゆく野球部員の男子中学生を見て、あんなに元気に走ることが出来てまったくうらやましい、と思わずにはいられなかった。とにかくオオタは、疲れ切っていたのだ。もう少しも歩きたくはない。食欲はないが、飯を食わなくては死んでしまうかもしれない。このままでは確実に、行き倒れになるだろう。いずれにせよ遠くには行けないので、彼は近所のどこかに、身を落ち着けるしかなかった。すぐ先にあるS公園を抜けて大通りに出れば、ファミレスが二軒ある。オオタはそのうちの一つ、デニーズに行くことにしたのだった。

四六時中、愛犬家の憩《いこ》いの場と化しているS公園に辿《たど》り着くと、携帯電話の着信音が鳴り、オオタは足を停めたのだった。またウノかもしれないと思い、番号表示を確認すると、瞳からだとわかった。オオタは一気に力が脱け、とりあえず近くのベンチに腰を下ろし、電話に出た。まず聞こえてきたのは、「ごめんねえ」という鼻にかかった声だった。オオタはいいたいことが無数に思い浮かび、すぐには言葉が出てこなかった。やっと口に出来たのは、「何なんだよ」の一言だけだった。それに対し瞳は、早口で簡潔に、約束をやぶった理由を説明したのだった。何でも、珍しく夫が連休をとれたので、熱海《あたみ》の温泉に行ってきたのだという。急に決まったことで、しかもずっと夫と一緒だったため、いままで連絡できなかったのだといわれ、オオタは激怒し、「冗談じゃねえぞ!」と怒鳴った。電波が乱れているため、その声は瞳の耳に届いていそうにもなかった。しかし隣のベンチに坐《すわ》っていて、ノート型パソコンを膝《ひざ》に乗せた三〇歳くらいの男の耳にはしっかり届いていたようで、彼は怒鳴り声に驚き、オオタを横目でじっと見ていたのだった。オオタが、「何だよ、汚ねえ面《つら》でこっち見てんじゃねえよ、糞オタク野郎が!」と文句をいうと、男は鼻で笑い、視線を液晶ディスプレーに戻した。むろん、オオタはその態度に腹を立てた。しかし携帯から、「もしもし、もしもし、ちょっと、何いってんのかわかんないんだけど」という声が聞こえてきたので、オオタはそれ以上男に構うのはやめ、瞳との会話を終わらせておくことにしたのだった。どちらかというといまは、隣の男より、瞳に対してのほうがいいたいことは多いのだ。だが、オオタがいろいろと不平をいうつもりで口を開こうとすると、瞳は、じつはまだ家には帰っておらず、いまは小田原厚木道路の平塚パーキングエリアに車を停めて休んでいるところで、夫がトイレに行っている隙《すき》に電話をしたので、もうあまり話している時間がないのだと述べたのだった。オオタタツユキは、仕方なく、文句をいうのは我慢して、次のことだけを瞳に伝え、電話を切ったのだった。デニーズで待っているので、家に着いたら大至急、例の時計をもってこちらに来るようにと。瞳の返事は、「うん、わかった」といういかにも軽いものだった。はたして大丈夫なのだろうか。瞳はいわれた通り、時計をもってデニーズまでやって来るだろうか。電話を切った直後、オオタは非常に心配になった。彼がこれから行こうとしているデニーズの場所は、瞳も数回行ったことがあるので、憶《おぼ》えていないということはないはずだった。まああの女も、ああ見えて、しっかりしたええ嫁やがな、オオタツユキは、ミヤコ蝶々《ちようちよう》のようにそう思ってみたのだった。とりあえずいまは、そう信じて、デニーズに行くしかないのだ。しかしその前に、あの鼻糞野郎を何とかしなければならない。オオタは立ち上がり、隣のベンチの男の前に立った。男は、パソコンをPHSに繋げて、インターネットにアクセスしている最中なのだが、オオタにはそれがわからなかった。というか、男が何をやっていようと、どうでもいいことだった。立ち暗みがしているため、よろめきながら、オオタは足を上げた。それに気づいた男は、咄嗟《とつさ》にパソコンを庇《かば》い、腰の辺りに蹴《け》りをくらうと、「何なんだよ」とだけ口にしたのだった。オオタは満足し、唾《つば》を吐いてから、重い足取りでその場から去っていった。彼は、蹴られた男が自分の背中を睨《にら》みつけ、さらにその先にあるデニーズへ視線を送っていることに、気づくはずもなかった。

まだ昼前なので、デニーズはそれほど混んではいなかった。ただしあと三〇分もすれば、すべての席は埋まってしまうだろう。「お一人ですか?」とウエイトレスに聞かれたので、あとからもう一人来ると答え、煙草《たばこ》も吸うと伝えると、窓際《まどぎわ》の一七番テーブルに案内された。まあ悪くない、とオオタは思った。外の景色が見えているほうが、退屈しないで済む。彼は、やはりデニーズに来たのは正解だと思った。なにしろ雰囲気がアメリカ的でいい、今朝の悪夢を一切、忘れさせてくれそうだ。アメリカになど行ったことは一度もないのだが、それは偽らざる、彼の心境だった。ところが、渡されたメニューを広げてみると、オオタタツユキの気分は一転し、絶望的になったのだった。どれを見ても食欲がちっとも湧《わ》いてこないのだ。いつもなら、ケイジャンジャンバラヤ(925kcal 6.8g)とホウレン草のソテー(196kcal 1.0g)に加え、桃とりんごのヨーグルトシェーク(328kcal 0.1g)を、さらにデザートとしてベリーベリーチーズケーキサンデー(429kcal 0.2g)かミニキャラメルサンデー(407kcal 0.2g)を注文するはずなのだが、いまの体調では、それらを平らげることは、まず確実に無理だった。どっちみち、金もない。しかし金はあとで瞳に払わせればいいことだと思い、オオタタツユキは改めて、自分は何を食べたいのかではなく、何が食べられるのかを考えてみたのだった。食欲はなくても、栄養をとらねばならない。生き延びるためには、それは必要なことだ。最終的に、彼が出した結論は、まぐろ山かけ丼（みそ汁・香の物つき／617kcal 3.3g）と、「季節のおすすめデザート」のスムージー（巨峰ベリー／134kcal 0.0g）だった。オオタタツユキは、まぐろ好きなのだ。

まぐろ好きだし、山かけ丼は食べやすいはずだと思い、注文してはみたのだが、いまの自分の体調では、必ずしもそうではないらしいとわかった。オオタは、その名のイメージ通り極めて飲み下しやすいスムージーを口に含みながら、少しずつ、時間をかけてまぐろ山かけ丼を食べるしかなかった。店内は着実に混み始めており、窓際のほかのテーブル、一八番と一九番の席もすでに埋まっていた（一八番には若い男女のカップルが二組いて、一九番には子供を二人つれた主婦がいる）。フロアの中央の列、二三番から二八番のテーブルの空きがなくなるのも、時間の問題だろう。ただでさえ食事が進まずいらいらするのに、満席にでもなってしまったら、うざったくてかなわない。おまけに、混んでる時間帯に一人でテーブルを独占していると、いかにも邪魔な存在として見られているような気にもさせられる。オオタはもはや一時でも待ってはいられなくなり、携帯を取り出して、瞳に電話をかけてみたのだった。しかし、瞳はまた携帯の電源を切ってしまったらしく、繋がらなかった。オオタは留守電サービスに、「何でもいうことを聞くから早く来てくれ」と弱々しい声でメッセージを残して電話をきり、のろすぎる食事を再開させたのだった。すると、彼の願いに応ずるかのように、唐突に電話の着信音が鳴りだし、オオタは一気に、敬虔《けいけん》な気分にさせられたのだった。もっとも、あまりにも早すぎるとはいえ、オオタタツユキの考えはすぐさま、無神論へと傾かざるを得なかった。瞳からだと思って即座に電話に出てみると、期待とはまったく逆に、甲高い東北訛《なま》りの男の声が聞こえてきたのだ。

「こら、オオタ！　オオタ！　出ろこのケツ毛野郎！」

タケダがそういうのを聞き、どこかの芸人の口調でも真似《まね》ているつもりなのだろうかと、オオタは思った。ちょっとだけ笑える気分にはなれたけれども、それは本当に、わずかな間だけだった。ほとんど雑音としてしか聞き取れないタケダの罵声《ばせい》に対し、オオタは、「うるせえんだよコンチクショー！」と怒鳴り返したつもりだったが、口の中にまぐろやら飯やらが残っていたためもごもごし、飯粒を吹き出してしまった。以後、一分間ほど罵声の応酬が続いたわけだが、周囲の客らが横目で自分の様子を見物しているのがわかり、オオタは電話をきり、再び出なくて済むようにと、電源も切っておいたのだった。まだ昼だというのに、朝からこれまで最悪なことばかりが続いており、今後も逃げ回っていなければならないのかと思うと、オオタタツユキは端的に、挫《くじ》けそうになっていた。逆にタケダのほうは異様に活気づいており、絶対に捜し出し、秘伝の必殺技をくらわしてぶち殺してやるとか何とか、とにかく馬鹿《ばか》みたいに息巻いているといった有り様だ。この俺がいったい何をしたというんだ！　オオタはこのとき、自分が何か不当に追い詰められているような気がしたのだが、なるほど確かにいろいろとやっちまっているとすぐに思い当たり、ようやくそこで、反省心めいたものが芽生えたのだった（ただし本当に、芽生えた程度にすぎないのだが）。テーブルの脇を見ると、おばさんウエイトレスと共に、コンビニの買い物袋をぶらさげたサラリーマン風の中年男が立っており、二人で視線を向けているので、苦情でもいいに来たのだろうかと彼は思った。しかしそうではなかった。相席させてほしいというのだ。混んでいるとはいえ、まだ空いている席がいくつかあるはずだったが、その中年男が、窓際の席をリクエストしたらしい。それでおばさんウエイトレスが気でも利《き》かせ、一人でテーブルを独占しているオオタに、一応頼んでみることにしたのだろう。オオタは、あとで連れが来るといって断ろうとしたのだが、すぐに考えを変え、承知したのだった。来るはずの連れがいつ現れるのやらさっぱりわからず、このまま一人きりでいて邪魔者のごとく見られているような気になるのも腹が立つ。それに、相手はいかにも無害そうな中年男であり、汚いガキを連れた馬鹿っ母だとかと相席させられるよりはましだろう。少なくとも、これ以上うるさくはならないはずだと思い、オオタは安心して、トイレに立ったのだった。

大便用の個室に入り、鍵《かぎ》をかけると、オオタタツユキはまず、食べたものを残らず吐いたのだった。吐き終えてからは水を流してしばらくしゃがんだまま休み、息を整えてちり紙で口を拭《ふ》く。いつものことなので、あまりにも慣れすぎていた。立ち上がると、今度はジーンズのポケットから小さくたたんであるサランラップの包みを取り出し、洋式の便器に腰を下ろした。もはやカスしか残っていなかったが、指でつまんで丁寧にパイプの先に詰め、ライターで火をつけ、煙を吸い込んでみた。思いのほか効きがよく、ゆったりとした気分になれたオオタは、あのような糞女と悦《よろこ》んで一晩中やっちまったのは、このクサのせいだったんだな、などと考えながら、燃え殻になるまで何度も火をつけ、それを吸ったのだった。うまい具合にいい気分になり、続いて煙草を一本吸い始めると、ゲロを吐ききり、静かなせいもあってか、トイレの居心地がますます良くなった。そうなると、どうやら血のめぐりもよろしくなるようで、オオタの頭の中に、いろいろな考えが浮かびだしてきたのだった。そしてその考えは、どれもがどれも、快いものとは限らなかった。というかむしろ、どちらかというと悪い考えのほうが、多く思い浮かんだのかもしれなかった。例えばオオタはまず、何を思ったのかというと、タケダのことだった。さっきの電話で、あの男はひどく下品なことを山ほど口にしていたが、その多くは訛っているため何をいっているのかよくわからなかったとはいえ、いったいどういうわけであれほどまでにやつは、この俺に対して憤《いきどお》っているのだろうか……。オオタタツユキは、自分がなぜ、タケダにそこまで嫌われているのか、充分には理解できていなかったのだ。しかし確かなのは、と、彼は続けて考えたのだった。確かなのは、タケダの阿呆《あほう》は、この俺を見つけたら、ウノのところへ連れてゆく前に、半殺し程度には痛め付けておこうと考えているということだ、本人がさっきそう宣言しやがったのだから、これは間違いない、だとすれば俺は、自分から時計を返しに、ウノのところへ行ったほうがいいのだろうか、時計さえ返せばウノは、割とあっさり許してくれるのではなかろうか、警察には通報しないだろうし、まさかそんなことくらいで、ヤクザを呼ぶような真似はしないだろう……。比較的事態を楽観的に捉《とら》えようとして、オオタはそんなふうに考えてみたのだが、他方で思い浮かぶのは、ヤクザに引き渡され、ナチス並の手酷《てひど》い拷問《ごうもん》を受けて瀕《ひん》死《し》の状態と化してゆく、悲惨な自分の姿なのだった。そう、俺はウノにとって、余計なことを知りすぎた、もはや何の役にも立たない邪魔者で、この、便器に付着したまま流れ落ちない糞の残りみたいなものだ、いくら流そうとしてもくっついて離れない糞野郎なのだ、この俺は、そうか！　だとするとこれは本当にやばいぞ、なぜならウノは、度が過ぎるくらいのきれい好きだからだ！　わかりきっていたこととはいえ、やはり、自分は逃げるしかないのだと思うと、オオタの気分は一気に沈み込み、トイレの居心地すら悪くなってしまったのだった。本気で逃げるとなったら、少なくとも東京にはいられない、どこか遠くへ行かなくてはならないだろう、それこそ本当にアメリカだとかに行かなければならないのかもしれない、しかし、俺みたいな男が、はたして東京以外で満足に生きてゆけるのか、これまで、このようにいい加減な暮らしで、まったく平気でやってこられたのは、ここが東京だからではないのか……。まずいことに、オオタは思考の袋小路《ふくろこうじ》へと、陥りかけていた。しかし大阪だとかであれば、意外と大丈夫かもしれない、そうだ、大阪でいいじゃないか、というか、大阪こそがベストなんじゃないのか……。ずるずる悲観的な考えに落ち込んでゆきそうだったので、オオタは慌《あわ》ててそう思い直してみたのだが、けれどもそういう問題でもなさそうだと、彼は気づいたのだった。要するに、俺の中で引っ掛かっているのは、あの女なのだ、何だかんだいって、俺はあの瞳に、見事にはまっているらしい、あの極めて平凡な一主婦が、どうやら俺の中で大きな存在になってしまっている、アメリカ大陸ほどの大きさに、膨れ上がっていやがるのだ、しかしあいつは俺のものではない、すでに役所がそのように定めちまっている、これは大変こまったことだぞ、瞳を自分のものにしたければ、俺は国と闘わなくてはならないのか、いや、そうではない、そんな大事ではない、あのろくでなしの夫とやりあえばいいのだ、そういうことだ、ただ、それだけのことだ……。オオタタツユキは、そのように、ひどく当たり前のことに、やっと気づいたのだった。やっと気づき、素直に悦んだのだった。やるべきことが決まった、と思いながら。これはひょっとすると、差し迫った危機から逃れたいがための、問題のすり替えにすぎなかったのかもしれない。だが、このときのオオタタツユキにとっては、それがどういったものであれ、明確な回答さえ出てくれれば、あとはもうそれで充分なのだった。そしてその、彼が出した回答とは、瞳を連れて逃げるという、じつに単純なものだった。これはメロドラマ好きの瞳が、いかにも気に入りそうな人生だ、オオタは真面目《まじめ》にそう考えていた。純粋に、何も疑わずに。便座から尻《しり》を上げ、オチンチンを出してオシッコをしながら、考えていたのだった。そしてあとはもうトイレには、何の用もなかった。

トイレから戻ると、サラリーマン風の中年男は、自分の注文したキングサーモンの塩焼膳《ぜん》（小鉢・ライス・みそ汁・香の物つき／856kcal 4.8g）にはまったく手を付けず、小型の液晶テレビをじっと見つめていた。コンビニの買い物袋に入れていたのは、どうやらその液晶テレビだったらしい。男の表情が、ことのほか真剣そうなので、競馬中継でも見ているのだろうかと、オオタは思った。服装はスーツ姿なので、おそらくこの辺の会社に勤めており、今日は休日出勤で、いまは昼休み中といったところか。自分の考えがまとまったせいか、オオタタツユキは、今度は他人のことが気になりだしたのだった。それにしても、なぜ飯を食わない、きっともうすっかり冷めきっちまっているだろう、みるみるまずくなるぞ、早く食えよ、飯を！　目の前の相手を見ているうちに、オオタは無性にそういってやりたくなったのだが、よほどの競馬好きなのだろうと思い、ほうっておくことにした。そして携帯電話を取り出し、着信があったかどうか、確かめてみたのだった。着信は、二件あった。一件目を聞いてみると、タケダの罵声の続きだった。相変わらず訛っていて、電波も乱れており、何をいっているのかよくわからない。どうせ糞だのチンカスだのケツ毛だのといっているだけだろう、あの猿は。続いて二件目を再生させると、待ち望んでいた声が聞こえてきたので、オオタは幸福な気分になれたのだった。瞳はどうやら、自宅に戻ったばかりであるらしい。都合のいいことに、夫はこれから会社に行くというので、彼が家を出たらそちらへ向かうと、彼女はいっている。だとすれば、瞳がここへ来るのに、それほど時間はかからないであろう。これにより、オオタはまさに、安堵《あんど》の胸をなでおろし、幸福な気分をより深めたのだった。しかしそれにしても、と彼は思う。それにしても、瞳の夫は、これから会社に行くとは、何という仕事好きの男なのか！　旅行から帰ってきたばかりなのにすぐに出掛けようとしているとは、はたして本当にそうなのか、本当にあの夫は、仕事に行くつもりでいるのか、いくら不景気だからとはいえ、それほどまでに休日返上で働かねばならないご時世だというのだろうか。オオタタツユキは、これには裏がありそうだと、思わずにいられなかった。つまり、瞳の夫もまた、浮気しており、連休最後の日は、愛人と過ごすことを選んだのではないのか、というように。そうであれば、もはや瞳は完全に自分のものにしたも同然だろう。いまのところ証拠となり得るものなど一つもない、まったくの憶測にすぎなかったわけだが、オオタの中では、それは真理に等しいものとして、ほとんど確定してしまったのだった。

瞳が到着するまでの時間の過ごし方、オオタにとって、差し当たって残された課題は、それだけだった。とりあえず彼は、さきほどトイレで、胃に流し込んだはずのまぐろ山かけ丼をすべて吐き出してしまったので、もう一度栄養をとり直さねばならなかった。とはいっても、まぐろ山かけ丼が無残な結果に終わったように、矢鱈《やたら》なものを食べるわけにはゆかない。そうしたわけで、オオタタツユキは、ホットミルク(109kcal 0.2g）を注文し、それを飲みながら自分の胃の調子を窺《うかが》うことにしたのだった。しかしそのほかには、何もすることがない。本などもってはいないし、相席している男のように、液晶テレビももってはいない。窓外の様子を眺めているのも、もう飽きてしまった。オオタは仕方なく、テーブル上のナプキン入れに挿してある、「mini deni　ミニ・デニ」というフリーペーパーを手に取った。開いてみると、埼玉県大宮市の山口和将くんの描いた、近未来的な戦闘服らしき衣裳《いしょう》を身にまとった、英雄的な男の子（?）の絵が眼に入り、なかなかかっこいいじゃないかと、彼は思った。だが、細かい字を読む気にはとてもならず、それ以上は見るのをやめてしまったのだった。瞳にまた電話してみようと思い、かけてみたが、呼出し音が鳴り続けるだけで彼女は出なかった。オオタは諦《あきら》めて電源を切り、携帯はテーブルの上に置いた。正面を見ると、男は相変わらず、液晶テレビの画面だけを見つめ、箸《はし》をつかもうとすらしていない。この男、食う気もないのに、なぜキングサーモンの塩焼膳なんかを注文したんだ？というか、なぜデニーズに来たんだ？　オオタタツユキは、どうしてもその疑問を解かなくては気が済まなくなり、男に話し掛けてみたのだった。

「食べないんすか？」

男は、話し掛けられたことに気づかなかったらしく、黙っていた。あるいは話したくないだけなのかもしれないと思ったが、オオタは躊躇《ちゅうちょ》せず、もう一度、同じことを訊《たず》ねてみたのだった。すると男は顔を上げ、オオタを見て、力のない表情を示し、こう答えた。

「えっ？　ああ、食欲がなくて」

それはさっきの俺と同じことだが、しかし人間、飯を食わなきゃあ生きてゆけないだろう。男はすぐに、液晶テレビの画面に視線を戻してしまった。たったいま、言葉をかわすことすらしなかった、とでもいうように、さきほどと同様の姿勢に。食欲がないのに、ここに居続けるということは、仕事をサボってでもいるのだろうか。これはちょっと不可解なことだと、オオタは思った。しかし確か、この男は窓際《まどぎわ》の席に坐《すわ》りたいと、あのおばさんウエイトレスに自分で頼んだくらいなのだから、どうしてもここにいたい理由があるのだろう。オオタの疑問はますます膨らんでゆく。第一、本当にこの男は競馬中継を見ているのか？　それにしては何というか、熱狂ぶりが足りなすぎる。オオタにとって、競馬中継とは、もっとこう、手に汗握って見なくてはならないものだった。いったいこの男は、何を見ているのか。オオタは再度、男に問い掛けてみたのだった。

「何を見てるんすか?」今度は男はすぐに顔を上げたが、何をいわれたのかはわからなかったようだ。男に「はっ?」と聞き返されたので、オオタは液晶テレビを指差し、同じように訊ねた。それに対し、男は妙な笑みを浮かべ、「ああ」といってから数秒間黙ると、次のように答えたのだった。

「これ、自分ちの様子、見てるんですよ、ほら」

男は液晶テレビの画面をオオタに見えるように示した。ちょっとだけしか見ていないのでよくはわからなかったが、画面には、民家のリビングの様子らしきものが、確かに映っていた。「自分ちの様子」ということは、それは男の自宅の一室なのだろう。こいつは変な趣味をもつ男だと、オオタは思った。あるいは、家電メーカーの社員か何かで、新商品のテストでもしているのだろうか、まあいずれにせよ、俺にとってはどうでもいいことだ。実際、本当にどうでもいいことではあった。とりあえず、すべてではないにせよ、一応謎《なぞ》は解けたわけだ。オオタはそう思い、さてどうするかと考えてみた。男の態度はまあ、決して迷惑そうというわけではない。だからもう少し、突っ込んでみても構わないのかもしれない。しかしながらオオタは、いちいち相手に気をつかいながら質問するのが、面倒になっていた。相手が勝手に話すのに耳を傾けているのは苦にならないが、自分で誘導しながら知りたいことを聞き出すのは、オオタは苦手だった。関心も、さきほどよりはだいぶ減っている。というわけで、これ以上男に話し掛けるのはやめることにした彼は、煙草《たばこ》を吸い始めた。ところが、ライターをポケットにしまい、煙を吐き出し、何気なく正面を向くと、男は液晶テレビを見ておらず、自分と眼を合わせている。男はどうやらおしゃべりが、嫌いではないらしい。オオタタツユキはさらにもう一度、「何?」と、今度はややぶっきらぼうに、問い掛けてみたのだった。

「いま、暇なんですか?」男にそう聞かれ、俺をナンパでもするつもりなのかと、オオタは思った。しかしこいつからすれば、この俺も不可解なやつに見えるのかもしれない、なにしろ俺は落ち着きがなく、顔つきがひどく不健康そうだし、汗やらゲロやらで服も汚れちまってる。ただし完璧《かんぺき》に暇なわけではないと思い、オオタは正直に、「ていうか、人待ち」とだけ答えた。面倒なので、それ以上説明する気はなかった。

「ああそうですか、じゃあもうすぐいらっしゃる頃ですか?」

「たぶん」と答えてから、「ああでも、別にいてもいいよ。まだちょっとかかるかもしれないし、来たら俺は出るから」とオオタは述べた。本当に瞳がすぐに現れるかどうかわからないし、男が相席しているほうが、ここに居やすいからだ。まだまだ店中、小煩《こうるさ》い連中でいっぱいだった。

　男は、「どうも」といって笑みを浮かべた。気弱そうな、相手の気分をいささか不愉快にさせる、中年男の笑みだった。何か情けないものが、この男には感じられる、オオタはそう思っていた。いったんは話し掛けるのをやめることにしたのだが、相手のほうは会話をこばんでいるわけではないらしいと知ると、オオタは再び、男に対する関心を抱いたのだった。とりわけいま、何をしているのかという点に。オオタは訊ねた。

「それって、趣味か何かでやってんの?」このなれなれしいオオタの問い掛けに、

「趣味ではないです」と男はきっぱり答えたが、必ずしも気に障《さわ》ってはいない様子だった。むしろ、訊ねられたことが、いくらかうれしかったようにも見えた。それを裏付けるかのように、男はすぐに、「興味ありますか? これ、何をしてるのか」などと訊ね、みずからオオタの関心を惹《ひ》き付けようとしていた。オオタは何となく、本心とは裏腹に、ここは遠慮しておくべきかと思い、「いや、別にそういうわけでもないんだけど」といってみたが、男は、数分前とは別人になってしまったかのように、積極的に言葉を口にし始めたのだった。

「いいですよ、ちょうどいい、本当に。じつは誰かに話を聞いてもらいたいと、何となく思っていたところだったので」

そのように話す男を見ながら、オオタは、その前にあんたは飯を食っておいたほうがいいんじゃないのか、と思っていた。

男の話はまず、アメリカのことから始まったのだった。アメリカと聞き、もちろんオオタタツユキは興奮した。興奮しすぎて、テーブルの下に膝《ひざ》を打ち付け、グラスを倒してしまったほどだ。「アメリカ好きなもので」オオタが苦笑しながらそういうと、男は、「ああ、なるほど」と応じて、大きく頷《うなず》いてみせた。しかし本当に男が、オオタのその答えに納得しているのかは、わからなかった。ひょっとして、俺がアメリカ好きでは話しにくいことだろうか、オオタはそう懸念《けねん》したが、そんなことはまったくなかった。おしぼりでテーブルを拭《ふ》き終えると、男は改めて、アメリカに関する話題から、話を始めたのだった。視線はずっと、液晶テレビの画面に向けながら。

「ベビーシッターって、知ってるでしょう？　親が出掛けるとき、子供をあずけといて、世話してもらう人。あれもね、けっこう気をつけないといけないらしいんですよ。かなり危険なんです。ニュース番組で見たんですけどね、アメリカで最近、ベビーシッターの幼児虐待《ぎゃくたい》が問題になっているみたいなんですよ。どういうことかというと、まさにベビーシッターが幼児虐待するわけですけどもね。親がいる前ではいかにも子供好きっぽく振舞っていたのに、いなくなった途端、態度をころっと変えちゃって、すぐに子供の頭叩《たた》いちゃったりしてね。何にも世話しないで、テレビばっかり見ていたり家の冷蔵庫から食べ物どんどん取り出して食い散らかしたりして。ああ、子供に物をとらせたりもしてるんですよ、命令して。いうこと聞かないと、またゴツンです。もう極悪非道なんです。何かこうやって、子供の足もって、逆さ吊《づ》りにしちゃったりもするんですよ。本当に、酷《ひど》いもんです」

男が、まさにその現場を一部始終目撃していたかのように話すので、オオタは、「見たんですか?」と聞かずにはいられなかった。すると男は一瞬だけ顔を上げ、「ええ、見たんです」と答え、話を続けたのだった。

「つまりこういうことです。いまアメリカで、そのことが社会問題になっているということは、当然、親たちが気づいたわけです。ベビーシッターの幼児虐待に。僕が見たニュース番組では確か、出掛ける前はなかったはずの痣《あざ》が子供の体に出来ていたりとか、また同じベビーシッターが家に来たら子供が妙に怯《おび》えだしたり泣きだしたりしたとか、そういう理由で親が不審に思ったのだと、いってましたけど。でも、結局現場を自分の眼で見ていないわけだから、どうにも出来ないじゃないですか。追及してみても、証拠がないっていわれてしらばっくれられたら、真相を確かめられないままそれっきりになっちゃうし、逆に訴えられちゃうかもしれない。なにしろアメリカですからね。でも、やっぱり確実にあやしいわけですよ。実情を確かめるためには、家にいて様子を見てなきゃいけないわけだけれど、目の前にいちゃあ何もしないわけだし、もしも隠れて覗《のぞ》いてるのが見つかっちゃったりしたら逆に不審に思われてしまう。というか、そうなったらただの間抜けだ。それでどうしたのかというと、これもアメリカ的だなあと思ったんですが、隠しカメラを仕掛けたんですよ、家の中に。そして子供をあずけて、親は出掛けたわけです。そうしたらもう、さっきいったような様子がはっきり映っていたわけですよ。決定的な証拠です。酷いもんでしたけどね、あれは。僕はその映像、ニュース番組の中で流していたんで、見たんですよ。こっちまで腹が立ちましたね」

オオタタツユキは、そこまで聞くと、話の中で何となく引っ掛かった点について、訊ねてみたのだった。

「あの、何で隠しカメラが、アメリカ的なの？」

「えっ、そんな感じしませんか？　何というか、割り切り方みたいなものが、いかにも実用主義的というか……」

「何だ、FBIとかCIAの国だからなのかと思った」

「ああそうですね、それもありますよ。まあどっちにしろ、ベビーシッターって日本ではあまり頼むことってないだろうから、何だかちょっと映画とかテレビドラマみたいな話ですよね。実際、ニュースを見てるときも、ドラマの映像みたいな感じにも思えましたよ」

「ベビーシッターって、日本だと、あまり頼む人いないの？」

「おそらく……。まあうちは子供いないんで、よくは知らないんですけどね」

男はここでも顔を一瞬だけ上げて、気弱そうな笑みを見せたのだった。子供はいない、などといわれてしまい、オオタは次の質問を口に出すのをためらわざるを得なかった。同時に、それならなぜ、あんたは「自分ちの様子」をテレビに映して、こんなところでその映像をずっと見続けているのだと、問い掛けずにはいられなくなった。

なぜならオオタは、男もまた、アメリカの何人かの、虐待された子供をもつ親たちと同様、ベビーシッターの悪行を暴《あば》くために隠しカメラを自宅に設置したのだろうと思い、これからそれを訊ね、確認しようとしていたところだったからだ。いまの男の発言は、それを完全に否定しているように受け取れるが、ならば実情はいったいどうなのか。いったいどうしたわけで、この男は自宅のリビングの様子を、デニーズの窓際の席にいて、液晶テレビを使って観察しなければならないのか。オオタタツユキはもはや、それを確かめぬうちは、一七番テーブルから離れるつもりはなかった。瞳が到着しようと、誰が現れようと。

結局オオタは、しばらく間をおいてから、「ああ、子供いないんだ」などと、残念そうにつぶやくしかなかった。それを耳にした男の返答は、「けれど、妻はいます」という、あまりにもありふれたものだった。そりゃあまあそうなのだろう、あんたに妻がいても何もおかしくはない、そんなことよりも、俺が知りたいのは、あんたが液晶テレビで「自分ちの様子」を見ているその具体的な理由だ。そう口に出そうかと思い、オオタは息を吸い込んだのだが、ある一つのことが気になりだし、それはやめたのだった。男には、妻がいる。この、いましがた発覚した、いたって単純な一つの事実が、オオタタツユキの好奇心を飛躍的に増大させ、推測をさらに一歩、前進させたのだった。男には妻がいる、ということは、いまも家に、いるのかもしれない。ああ、そういうことかと、オオタは納得したのだった。この男は、自分の妻の様子を、盗撮しているというわけだ。オオタタツユキが、珍しく迅速に頭を働かせ、そのように考えていると、男はそれを察したかのように、液晶テレビを差し出し、こう述べたのだった。

「ほら、これが妻です」

あくまでも不鮮明で、カメラからも遠い位置にいる、液晶画面越しの印象にすぎなかったが、男よりも一〇歳は若そうな一人の女が、何かお菓子のようなものを食べながらテレビを見ている光景が、そこには映し出されていた。ならばどうして、男は自分の妻の様子を盗撮しなければならないのか。その点に関しては、決して多くはないにせよ、いくつかの理由が考えられる。隣の一六番テーブルでは、一人の幼い子供が、チョコブラウニーサンデー（465kcal 0.2g）のアイスクリームを、スプーンの先にのせて口へもってゆくがうまく食べられず、口許《くちもと》をチョコレート色に汚しまくっているが、なおも味わう努力をし続けている。彼を連れてきた母親はいま、どうやらトイレにでも行ってしまったようだ。幼い子供の孤軍奮闘ぶりを横目で見ながら、オオタタツユキは、正面の席にいて、自分の妻の様子を盗撮しているらしい男の意図を想像してみた。盗撮？　しかし妻も、ひょっとしたら承知済みのことなのかもしれない。どちらかというと、そのほうが面白い。オオタは勝手にそう判断し、この夫婦は端的に、変態趣味なのだなと、結論を下したのだった。というより、そうであることを望んだといったほうが、正確かもしれない。途端に彼は、考えられる限りの変態趣味的な猥褻《わいせつ》行為を想像してしまい、ほとんど寝ていないせいか、ジーンズの股間部《こかん》も、急速に膨張しだしていたのだった。これからこの男は、俺にいろいろと、卑猥《ひわい》な夫婦の秘密を、語って聞かせてくれるのだろうか。オオタタツユキは、いまの俺には刺激が強すぎる、などと思いながら、甚だしく興奮し、男の告白を期待していた。しかしながら彼のそうした期待は、あっさりと裏切られたのだった。オオタがずっと黙っているので、それが耐えられないとでもいうように、男は、「いろいろと話しちゃったから、全部、お話しします。というか、さっきもいいましたけど、何か、聞いてほしくなったんです、話を。それで、意見というか、まあ、何でもいいんで、思ったことを聞かせてほしいなあと……」などと前置きを述べてから、妻の様子を盗撮するわけを、説明したのだった。オオタにとって、それは面白くも何ともない、馬鹿《ばか》げた話にすぎなかった。

男の妻には愛人がおり、現在もその関係は続いているのだという。そのことを話したとき、男はまた顔を上げ、オオタの表情を窺《うかが》った。相手の驚きでも確かめようとしたのかもしれなかったが、話の展開をいくらか予想してはいたオオタの顔つきから、それを見て取ることは出来なかった。けれどもオオタはそのとき、予想していたとはいいえ、男がはっきりと妻の浮気という事実を口にしたことで、内心どきっとしたのだった。むろんそれは、オオタ自身が他人の妻の愛人であるからだ。オオタは表情を変えないで、とりあえず煙草を吸ってみた。そして吸い続けているうちに、とても落ち着いた気分になり、ちょっとした優越感すら、感じ始めていたのだった。

「気づいたのは、だいたい一月くらい前のことです」男の視線は再び、液晶テレビの画面に向けられていた。

「でも、妻がそういうことを始めたのは、どうももっと前のことらしくて、おそらくもう、三ヵ月くらいは経《た》っているんだと思います。僕は本当に、何というか、鈍いほうなんで、全然わからなかったんです。だから、妻も、調子に乗っちゃってたんでしょうね、けっこうおおっぴらにやっていたらしくて、近所の奥さんが、知らせてくれたんですよ、僕に。男を連れ込んでるみたいだって。うちのやつは、その人と仲悪いからね。というか、近所の人たちからあんまりよく思われていないから、噂《うわさ》になっていたわけですよ。まあ、よくある話なんですが……」

ここで男は、上目づかいでオオタを見て、また何かを確かめようとしていたようだった。オオタはその、自分に向けられた視線の意味がよくわからず、いささか困惑した。すると男は、「もうわかったでしょ」といって、視線を液晶テレビへ戻し、「これを見ているわけが」と述べたのだった。オオタは、「はあ、まあ」というように、どことなく不平そうな口調で返答した。彼の中の優越感は、少しずつ、男に対する軽蔑《けいべつ》へと、変わり始めていたのだった。

自分の妻の浮気が発覚したとき、夫らが思うことは、おそらく二つのタイプに分けられる。一つは、「ああ、やっぱり」であり、もう一つは、「まさか、信じられない」であろう。男の場合は後者だったという。近所の住人から、妻の浮気を知らされた男は、まさにすぐには信じられなかったので、証拠になり得るものを捜してみたというのだが、決定的なものは見つけられなかったらしい。そのため彼は、近所の住人の証言を、妻を陥《おとしい》れるためのデマなのではないかと疑ってもみたのだという。そうであってもおかしくないくらい、彼の妻は近所の住人たちから嫌われているというのだ。だが、一度その、浮気の疑惑を抱いてしまうと、真実をはっきりと見定めずにはいられなくなり、妻とのあらゆるコミュニケーションが、ぎくしゃくし始めてしまったのだと、男は語ったのだった。そして彼はこのようにも述べた。疑惑について考えているうちに、どういった些細《ささい》なものでも浮気の証拠のごとく見えてゆき、妄想が膨らむ一方で、まったく関係のないことまであれこれ気になって、決断にえらく時間がかかってしまうのだと。おそろしく優柔不断になってしまったというのだ。だから、とにかくその、妻が浮気をしているという、実際の現場を自分の眼で見てみぬことには、何も決められないのだという。オオタは、妻の浮気を信じられぬというが、本当にそんなことをしそうにない妻だといえるのかというように、率直に訊ねてみたのだが、男は、「たぶん、どちらかというとしそうにないタイプだと思いますが」などと、判断材料としては極めて中途半端《はんぱ》な回答しか返さなかった。これも男の、優柔不断さの表れなのかもしれなかったが、しかしそうした、決断力低下の影響は、どうも、会話のレベルのみに留まるものではなさそうだった。

オオタタツユキは、もしかすると、こいつはただ、妄想に悩まされているだけの男なのかもしれないと、ふと思ったのだった。実際、妻が浮気していることを示す確かな証拠は一つもなく、ただ近所の住人の証言だけが、その疑惑の根拠になっているにすぎないというのだから。あるいはその、近所の住人の証言というやつも、この男の妄想の一部なのかもしれない。オオタはそう思うと、次に何をいうべきか、何を問うべきか、簡単には決められなくなってしまったのだった。こいつは俺に、「暇なんですか？」などと、いかにも気安い態度で話し掛けて油断させておいて、ありもしない嘘《うそ》っぱちを、自分では意識しないままに、語って聞かせているだけなのかもしれない。オオタは、これ以上話を聞くのはやめたほうがよさそうな気がして、そわそわし始めていた。しかし男は、そうしたオオタの様子などちっとも眼に入ってはおらず、相変わらず液晶テレビの画面を見つめながら、話を続けたのだった。今度はところどころに、愉《たの》しげな口調を交えながら。

「決定的な証拠、とにかくそれがほしいんですよ。つまり、浮気の現場です。それを自分の眼で確かめるしかないんです。そう思ったんです、僕は。それでさっき話した、隠しカメラのことをね、ほら例の、アメリカのベビーシッターの、幼児虐待《ぎゃくたい》の様子を撮影した、盗撮ビデオのことを、すぐに思い出したんです。これしかないって、思ったんです。僕はあんまり、その種のことって詳しくないんですが、いまって、マニュアル本がけっこう売られているんですよね。それを見たら、秋葉原《あきはばら》に行けば何でも揃《そろ》うって書いてあったんで、行ってみたんですよ。でね、店の人が凄《すご》く詳しくいろいろと教えてくれて、割とあっさり、うまくいっちゃったんですよ、盗撮が。最初に試したのは、一昨日の日曜なんですけどね。これ一応、UHFの電波で受信してるんですよ。15チャンネル、かな、確か。カメラのほうは、あの小さい、CCDってやつで、何か照明器具みたいなものの中に取り付けてあるから、ばれないようにはなっているわけです。じつは昨日、何それ、とか聞かれちゃって、ひやひやしましたけどね。しかしまあ、やっぱり鮮明じゃないですね、映像。暗いし。電波が弱いんですよ。ああ、僕の家の場所は、そこの道路の向こう側、道沿いではないんですが、すぐ裏手にあるんです。でも、距離としてはぎりぎりらしくて、だから、どうしてもここの席じゃないと、受信できないかもしれないので、お願いしたんです。相席させてもらえて、助かりましたよ！」

一つの謎《なぞ》、すなわち、男がなぜ、窓際《まどぎわ》の席にこだわったのかという点が、これであきらかになった。しかしだからといって、オオタの気分が落ち着くわけではなかった。これ以上はもう、耳を貸さないほうがよさそうだ。さきほどからずっと、そのようにオオタは考えていたのだが、にもかかわらず他方では、好奇心がしぶとく残り続け、すべてを聞き終えたいと思ってしまうのだった。まるで男の話し方に、催眠術的な効果でもあるかのように。これは以前、ウノからインポ告白を聞かされたときに似ている、オオタはそんなふうにも、思っていた。

「本当はまあ、向こう側にあるすかいらーくのほうが近いんで、電波を受信しやすいんですけど、あそこはよく妻が行くんですよ。だから、見つかっちゃうとまずいので、こっちの店にしたんです。こっちは通りを渡らなきゃいけないから、妻は来たがらないんで、平気なんですよ。外の公園とかにいてもいいんだけれど、やっぱり見つかっちゃうかもしれないでしょう。なにしろ今日は仕事っていって出てきてますからね。前からそういっておいたんです。今日は仕事だと。そうでないと、妻が浮気相手を家に連れ込めませんから。まずは誘《おび》き寄せておかないと、何も確かめられない」

真実を確かめたいというよりは、せっかく揃えた盗撮用品が無駄にならないことを願っているかのように、または、妻の浮気疑惑がただのデマだと判明するよりは、愛人が訪れることのほうを望んでいるかのように、男は話していると、オオタには感じられた。証拠がないといっているわりには、男はやはり、妻の浮気を確信しているように見える。それはなぜなのか、オオタは訊ねずにはいられなかった。というより、彼はもはや、おとなしく黙って聞き続けてはいられなくなっていた。明確な考えなど、何もありはしなかったが、オオタはただ、いらいらしてしかたなかった。男の話に興味はあり、聞いているうちに様々なことを想像し、それを愉しんでいる部分もあったが、他方では、苛立《いらだ》ちが徐々に大きくなってゆくのを、感じてもいたのだった。黙っていられなくなったオオタはまず、本当に証拠はなかったのかと、男に聞いてみた。

「証拠ですか？　いやまあ、さっきもいった通り、そうですねえ、確実な、疑う余地のないような、本当に決定的なものはなかったんですけど、何ていうか、ちょっとしたものは、あったんですよ。じつは、いくつか……」

それを先にいえと、オオタは思った。しかも、男は「ちょっとしたもの」などと述べてはいたが、よくよく聞いてみるとそれは、充分に妻の浮気を裏付けるに足る証拠といっていいようなものなのだった。そもそも男がなぜ、隠しカメラを寝室ではなく、リビングに仕掛けたのかというと、一週間前に、リビングのソファに坐《すわ》っていたとき、二つのクッションの間に隠れて挟まっていた、使用済みのコンドームを見つけたからなのだという。自分が使った憶《おぼ》えのない、精液入りのコンドームを。それを知らされたオオタはただちに、こいつは本当の馬鹿野郎だと思い、これまでになく高慢な態度で、男に話し掛けたのだった。

「それってもう間違いないじゃん。立派な証拠ってやつでしょう、それは。だから必要ないよ、隠しカメラは。あんたちょっと、情けないよ。完全に浮気してるよ、あんたの奥さんは」

男は沈黙してしまうのではないかと思われたが、むしろ饒舌《じょうぜつ》に、次のように返答した。

「いやまあ、そうです、そうなんですけどね。確かに僕は情けないかもしれないですけど、でもやっぱり、この眼で現場を見ないことには、妻に対して、何にもいえないんじゃないかと思うんです。だって、あなたのいう通り、コンドームは証拠として充分な代物《しろもの》かもしれませんが、でもそれは物なんです。ただの物ですよ。僕はまだ、当の愛人だって、一度も見たことがない。学生だかフリーターだか、よくは知りませんが、そいつの顔も知らないんです。物しか見てませんよ。物です。それと、精液です！　ただそれだけです。そんなもの、調べてみなくちゃ本物かどうかもわからないですよ。それに、セックスで使ったものなのかどうかもわかりませんよ。もちろんそれは極論だとは思いますが、けれどもやっぱり、これでは、僕は何も見ていないのと同じことなんですよ。何も知らないのと、同じことなんですよ。そんなことじゃあ妻を追及するわけにはゆかない。というか、僕は、本当のことをいうと、どうしていいのかさっぱりわからないんです！」

男は顔を上げていた。そして、液晶テレビの画面へは、視線を戻さず、オオタを見たままで、話を続けた。二人の男は、顔中すっかり、汗だくになっていた。

「いまだに妻の浮気を信じられない、というかね、本当は、どうしていいのかわからないんですよ、僕は。もちろん、僕だって、そんなに馬鹿ではないから、いや、馬鹿かもしれないけれど、そしてひどく鈍感かもしれないけれど、コンドームが、浮気の決定的な証拠になるってことくらいは、わかりますよ。でも、そうだとしても、それで自分がどうしたらいいのか、さっぱりわからないのです。どういっていいのかわからないけれども、何も考えが浮かばないというか、何も感じないわけではないんだけれど、妻に何をいえばいいのか、どう対処すればいいのか、そうしたことが、全然思い付かないんです。いったいこれは、何なんでしょうか？　どういうことなんでしょうか？　何かこう、まだ現実感が稀薄《きはく》だというか、そんな気がして、それで僕は、どうしたらいいのかわからないんで、これはもう、浮気の現場を自分の眼で確かめてみるしかないんじゃないかと、そう思ったんです。実際に、その様子を見てしまえば、自分が何をすべきなのかが、はっきりとわかるのではないかと、そう考えたんです」

苦しげな表情で語り終え、息を乱している男を見ても、オオタは少しも同情する気にはなれなかった。むしろ滑稽《こっけい》に思え、同時にまた、軽蔑もしていた。オオタは容赦なく、「あんた、本当に情けないね」と口にし、さらに率直に、思い付いたことをそのまま述べていったのだった。自分のことはすっかり棚に上げて。

「だいたいさあ、やり方も汚いよ。あんたは浮気してるやつのほうが汚いっていうかもしれないけど、本当にそうならともかく、もしもだよ、万が一、あんたの奥さんが完全なシロだったとしたら、どうするの？　さっきと逆のことというけど、マジでどうすんの？　浮気してなかったら、いやあ良かったじゃあ済まないでしょう。あんた、充分すぎるくらい汚いことしてんだもん」

「でも、コンドームっていう証拠があるから、それはやっぱりないですよ。シロってことは」

「だったらそれこそ盗撮なんかする必要ないんじゃないの？　クロだって思ってるんだったら。だってそうでしょう、おかしな話だよ。いやまあ、もちろん俺には関係ない話だし、あんたは勝手にやってればいいんだけどさあ、少なくとも、他人には理解されないんじゃないの、そういうのって。そもそもさあ、クロだと知っちゃっても、どうしていいのかわかんないから、現場を盗撮することにしたっていうけど、いまの段階で何も考え付かないんだったら、現場なんか見たって同じなんじゃないの？　結局また、どうしていいのかわかんないってことになるだけなんじゃないの？　要するにさあ、あんた、何も出来ないってことだと思うよ、俺は」

男は黙って、歪《ゆが》んだ顔つきで、オオタの言葉を受け止めていた。彼の頬を流れ落ちてゆくのはもはや、汗なのか、涙なのか、わからなかった。赤の他人が見れば、「気持ち悪〜い」などと罵《ののし》られてしまいそうな、そんな形相だった。とにかく男は、ひどく悔しそうだった。

「そもそもさあ、何で俺なんかに、そんな話、聞かせたわけ？」

「いや、本当に、どうしたらいいのかわからないから、自分だけじゃあもう何も考えられなくなって、テレビを見ているうちに物凄くどきどきしてしまって、それで、ちょうどあなたが話し掛けてくれたので、人に話せば、うまく考えがまとまるかもしれないと思って」

「で、結局どうなのよ?」

「何が?」

「だから考えまとまったの? どうすんのか決まったの?」

男はまた、黙ってしまった。

「ほら、やっぱりあんたは何にも出来ないってことじゃん」男の顔にもろに吹きかかるのも構わず、オオタは煙草《たばこ》の煙を吐き出し、そういった。さすがに男もむかついたらしく、いささか強い口調で、「だったら、君はどうするんだ?! 君が同じ立場だったら、そのときどうするんだ?!」とオオタに訊ねた。そうきたか、と思い、オオタは笑いながら答えた。

「俺? 俺は特に、そういうことって気にしないんだよね」これに対し、男は急いで反論した。

「そんな馬鹿な! そんなわけはないでしょう! いままでいろいろといってたじゃ

あないですか！　誤魔化さないでくださいよ！　それだけいうんだったら何かあるんでしょう、いってくださいよ！」

まともに応ずる必要はないと、オオタは思い、どう答えるべきか、考えてみたのだが、結局頭の中には、一つの回答しか浮かばなかった。画期的だったり気が利《き》いていたりするような回答を考え付けるほどの余裕は、いまの彼にはなかった。というか、他人の妻の愛人である彼は、自分が逆の立場になった情況など、一度も想像してみたことはなく、すぐには見当がつかなかった。ただシンプルに、考えるしかなく、自身の感情に、忠実であるしかなかった。情況がどうだろうと、それはつまり、俺が完全に頭にきているということであって、俺を頭にこさせたやつに対してどうするかということだ。オオタは、みずからに与えられた問題を、そのように理解した。簡単なことだ、そう思い、彼は次のように答えたのだった。

「わざわざ説明するようなことでもないんじゃないかと思うけど、そんなことは。俺自身は、本当に、あんましそういうことって気にしないんだけど、でもまあ要するに、むかつくことされてるわけでしょ。だったら、ぶっとばすしかないんじゃないの、結局のところは。だって、一般的にもそういう感じでしょう。自分の女とられたら、大抵の男は相手をぶちのめすでしょう。ドラマとかでも、よくやってるじゃない。そういえば、俺の友達なんかも、半殺しにしてやったって、いってたよ。女と浮気相手、二人とも。やっぱり、やるんならそれくらいやらなきゃ嘘《うそ》でしょう。二人とも半殺しだよ、半殺し！」

再び男は口を閉ざしてしまったが、心の中で何かをつぶやきながら、猛烈な勢いで思考を働かせているような、そんな様子だった。流れ落ちる汗の量はもはや尋常ではなく、脱水症状を起こしてしまうのではないかと思われるほどだった。精神的な余裕など一ミリもないというような表情で、液晶テレビを手にもったまま、男の体は固まってしまったかのようだった。そんな男の耳に、自分の言葉がどのように届いているのかなど、オオタタツユキには、わかるはずもなかった。

「あんただって、頭にきてんでしょう？　違うの？　怒りまくってんじゃないの？　ねえ、どうよ？」

男は微動だにせず、黙っていた。何を見ているのかも、わからなかった。

「何だよ、それもわかんないっていうの？　呆《あき》れた人だね。それじゃああんた、やっぱり、何も出来ないよ。ていうか、何もする必要ないんじゃないの？　そんなんじゃあさあ。そもそも何で、奥さんの浮気を確かめなきゃいけないの？　何でそんな必要があんの？　あんたは。わざわざさあ、秋葉原まで行って、盗撮の道具買い揃えて、そんなもん仕掛けてさあ。そんな下らないことに金かけて、馬鹿じゃん、はっきりいってさあ。どうしていいのかわからないとかいってるくせに、そんなことだけには頭つかって。何ていうかさあ、不思議だよ、それって。あんたは不思議な人だよ。不思議人間だよ。だって、頭にもきてないっつうんだったら、何もわざわざ苦労して、奥さんの浮気なんか確かめなくたっていいじゃん。どうせさあ、あんた、いままで特に何の問題もなく、奥さんと暮らしてこられたんでしょう？　違うの？　ずっと平和だったんでしょう？　いままでは。そんで結局、近所の糞《くそ》ババアがあんたにチクりやがったから、こうなっちゃったわけで、ただそんだけのことで、ていうか、たまたまそんなこと知っちゃったからってだけの理由で、奥さんが本当に浮気してんのか確かめなきゃいけないって、思っちゃっただけなんでしょう？　それってさあ、単に世間の風潮だとかに流されてるだけなんじゃないの？　てめえの女が浮気してるかもしれなかったらそれ確かめんのが筋だとか、世の中じゃあそう決まってるみたいだからって、自分もそうしとこうとか、そういうことなんじゃないのか？　あんたは。そういうあんたみたいなのを、主体性がないっていうんだよ。そんなんじゃあ普段の感じだって、だいたい想像つくよ。あんた、奥さんの浮気を知ったから、何も決められなくなったんじゃなくて、もともと何も決められないやつなんだよ。もともと何も出来ないやつなんだよ。そんなやつが夫だったら、そりゃあ奥さんだって、浮気の一つもしたくなるよ、実際！」

自分でも不思議に思うほど、オオタタツユキは興奮し、頭にきていた。苛立ちは、もうだいぶ前から高まっていたわけだが、ただ単に、目の前の男があまりにも情けないため腹立たしいのだと、そういう気がしていただけだった。だが、いいたいことを思い付くまま口にしているうちに、自分が怒りを覚えている本当のわけが、何となくわかりかけてきたのだった。オオタは、というか、より正確にはオオタの無意識は、いつ頃からか、目の前の男と瞳の夫とを重ねて見るようになっていた。つまりオオタにとって、男は、最初から最後まで、いわば敵側の人間であり、もしくは敵そのものである瞳の夫の分身なのだった。結局のところオオタは、瞳にとって、連休中をずっと一緒に過ごしたいと思えるような愛人ではあれ、忙しいはずの夫が休みをとれることになってしまえば、約束をすっぽかされるだけの存在だった。実情はどうであれ、少なくともこの数日間で、オオタの意識の中にそうした印象が残ることにはなった。具体的には、要するに俺ではなく、夫をとるのだな、というような印象が。オオタがその一点に、強い憤《いきどお》りを感じていたのは、確かなことだった。それゆえ瞳を、どうしても自分のものにしたいという欲求が余計に強まったということも、あったのかもしれない。だから、瞳を連れて逃げるという、いかにも安易な通俗メロドラマ風の解決に、辿《たど》り着いてしまったのかもしれない。そんなオオタを、男が、一気に現実に引き戻してしまったわけだ。その現実とはすなわち、瞳は連休を共に過ごす相手として、自分ではなく、夫のほうを選んだという動かし難い事実である。しかも、目の前の男が瞳の夫と同一化してしまったことで、選ばれなかった男オオタは、その敗北感をひときわ深めた。彼はいわば、どうしようもなく情けない屑《くず》のような男に自分が負けたような気にさせられたというわけだ。当然、それはオオタが勝手にそういう気になっているというだけのことであり、真実は、それとは大いに異なっているのかもしれない。しかしながらこの場には、そんな真実を知っている者など、どこにもおりはしなかった。ただ、そこにある現実と、いくつかの認識があるだけだった。そしてその中の一つが、どうしても自分のものにしたい女が選んだのは、糞ほどの価値もないようなチンカス野郎だった、という認識だった。この捩《ねじ》れた事実認識が、オオタタツユキにとっての現実だった。

そうはいっても、いいたい放題口にして、何ら反論されるわけでもなく、相手を出来る限り追い込んだことで、オオタの気分はだいぶすっきりしていた。試しに煙草を吸ってみると、さっきまでとは違い、苛立ちもおさまってゆき、すっかり落ち着いて、ちょっといい過ぎたかもしれないと、ほんの少し反省すらしたほどだった。男は黙り込み、相変わらず、石像のごとく固まってしまっている。会ったばかりの名前も知らぬ若造に、あそこまでいわれてしまったわけだから、今度は本当に頭にきちまって、何もいえないのだろう。男はすぐに席を立ち、どこかへ行ってしまうかもしれないと、オオタは思った。そしてそのオオタの予感は、見事に当たったのだった。ただし男が席を立った理由は、オオタの予想していたものとは、まったく違っていた。男は、ただ視線を下に向けているだけなのかと、オオタは思っていたが、実際は、液晶テレビの画面を見つめていたのだった。しかも異様に大きく眼を見開いて。そしてよく見ると、顔中を濡《ぬ》らしていた汗がきれいに引いており、唇を少しだけ嚙《か》み締めていた。確実に、何かありそうな雰囲気だった。しばらくして、男はようやく、口を開いた。

「俺が、本当に何も出来ないと、思っているんだな」

「えっ？」

「だから！　俺が、自分一人じゃあ何も出来ない腑抜《ふぬ》けだと、そう思ってるんだろ！　違うのか！」

「ああ、まあ何ていうか、いま聞いてた話の感じだと、そういうふうにも見えるってことだけど」

そういいながら、オオタはうろたえていた。どうやら本当に、怒らせてしまったらしい。確かに頭にきているだろうと想像していたとはいえ、現実にそのような態度を示されるとは、彼は考えてもみなかったのだ。これは面倒なことになったと、オオタは思った。こういう男が怒りだすと、何を仕出かすかわからない。オオタは、いつ起こるかわからない危機的な事態に備え、全身に力を入れた。そして男の動作を、注意深く見守った。男は、中の氷が溶けきった、グラスの水を一気に飲み干し、さらに言葉を続けた。

「半殺しだろ？　俺にだって出来るよ。出来るんだよ！　そんなことくらい。俺を舐《な》めるなよ。いつまでも舐めてたら、ただじゃあ済まさないぞ！」

その言葉を聞き、オオタは一気に緊張し、さらに続いて、男が急に立ち上がったのを見てひどく慌《あわ》ててしまい、「ちょっと待ってよ、何いっちゃってんだよ、俺にそういうことというのかよ、ていうか、俺に怒んのは、どう考えたって筋違いだろ」などといいながらゆっくりと身をのけ反らせ、ソファの背もたれに背中をぴったりとくっつけていた。まさかここで、俺をやるつもりなのか、このフニャチン野郎は。オオタにはそうとしか考えられなかったが、しかし男は、液晶テレビをオオタに差し出し、それを受け取らせると、このように告げたのだった。

「それ、置いてゆくから、見ててよ。俺、やって来るから」

画面には、男の妻のほかにもう一人、細身の若い男が映っており、二人はソファに並んで腰を下ろし、上半身裸の恰好《かっこう》で、抱きあっていた。それはどう見ても、男の妻が、浮気している現場の様子だった。男の話がすべて、真実なのだとすれば。

「やるって、あんた、何する気？」オオタは、わかりきっていることを、おそるおそる訊《たず》ねた。男は上からオオタを睨《にら》みつけ、続いて液晶テレビへ眼を向けながら顎《あご》でそれを指し示し、吐き捨てるように、こう述べた。

「だから！　こいつらをぶっ殺すんだよ！」

こいつは本気だ！　止めなければならない。オオタは急いで立ち上がり、その場を離れようとしている男の腕をつかもうとしたが届かず、さらに追いかけようとしたのだが、思わぬ事態の発生によって、それは阻《はば》まれてしまったのだった。

「捜したぞ、この糞摩羅野郎！」

その、聞き覚えのある、甲高い東北訛《なま》りの罵《のの》し声を耳にし、オオタタツユキは、また改めて、絶望という言葉の意味についての理解を、深めたのだった。

タケダとその二人の友人、ヒロタとコイズミは、みんな揃《そろ》って黒豚ロースカツカレー（1,191kcal 2.7g）をドリンクつきで注文した。ドリンクも、三人とも同じく、コカ・コーラ（70kcal 0.0g）だった。彼らは、いままでずっとオオタを捜していたため、まだ昼食を食べていないのだという。だからまずは、店に連れてゆく前に、お前に奢《おご》ってもらうことにしたのだと、オオタに対して、タケダはいったのだった。そして三人とも、オオタを囲んで、一斉に笑いあっていた。中でもとりわけ下品で大きな笑い声をあげていたのはコイズミで、彼はオオタの正面にいて、唾《つば》をまき散らしながらヒイヒイいっていた。何がそれほどまでにおかしいのか、奢ってもらうことがそれほど愉快なことなのか、オオタにはまるで理解できなかった。しかも、隣に坐《すわ》っていて逃げ道を塞《ふさ》いでいる図体《ずうたい》のでかいヒロタは、タケダとコイズミがともに行動しているのが信じられないと思うほど、強烈な体臭がし、オオタはときおり気を失いそうにすらなっていた。そしてさきほどまで目の前にいた、あのサラリーマン風の中年男に手渡された液晶テレビの画面には、男の妻とその愛人によって繰り広げられている、現在進行中のセックスを捉《とら》えた映像が、リアルタイムで送り届けられてくる。あるいはもうすぐそのポルノグラフィーは、一転してスプラッター・ムービーへと変貌《へんぼう》してしまうかもしれない。端的に、これは極めて異常な情況だと、オオタは思った。同時に、その極めて異常な情況を、自分はいま、どうすることも出来ないのだということを、彼は自覚していた。

「お前よお、マジでどうすうんの？　もう死ぬしかねえんじゃねえのが？」

タケダがそういうと、また一斉に、三人とも笑いあった。そしてオオタにはちっとも理解できない東北弁で、何事かを話し、再び大笑いしてみせる。どうしようもない馬鹿野郎どもだと、オオタは思ったが、けれどもやはり、何もすることが出来ず、ただ自分の無力さを感じているしかなかった。タケダがまた、話し掛けてきた。

「ところでかっぱらった物《もん》はよお、もってんのがよ、えっ？　まあもう銭はねえんだろうげどよお、なあ、どうせ風俗でも通いまぐったんだろうがらよお。物はちゃんともってんの？　オオタワケちゃん」

「うるっせえな！　日本語しゃべれ、このハゲ！」

オオタの左脇腹《わきばら》に、ヒロタの肘鉄《ひじてつ》が入った。体を丸めて苦しんでいるオオタに、タケダはもう一度、問い掛けた。

「この阿呆《あほう》、聞がれだごどだげしゃべってりゃあいいんだよ！　物もってんのがって聞いでんだよ！　いわねえどいますぐぶっ殺すぞ、この尿道野郎！」

ヒロタに髪の毛をおもいっきり引っ張られ、顔を上げさせられたオオタは、弱々しい声で、このように答えた。

「クロムハーツはもうねえけど、エクスプローラーⅡはまだもってる。でも、お前には渡さねえからな。ウノに俺が直接返す。絶対に。お前どうせ、横取りするつもりだろうが……」

そういわれたタケダは、ひどく不思議そうな顔をして、オオタの顔を見て、しばらく黙っていた。そこへさきほど注文した黒豚ロースカツカレーとコカ・コーラが届き、コイズミとヒロタはさっそく食べ始めたのだが、タケダはぼんやりとした表情になり、ジーンズのポケットに手を入れて何かを取り出して、それをじっと見つめ始めた。タケダが何を見ているのか、オオタには、テーブルが邪魔でわからなかった。だがオオタにとって、タケダが何を見ていようとそんなことはどうでもよく、ちっとも重要ではなかった。彼は、自分にとっていま最も重要なものを、隣のヒロタに気づかれないようにして、見てみることにした。つまり、自分がテーブルの陰に隠しもっている、液晶テレビの画面を。しかし、真っ黒で何もわからず、電源か、電波が切れてしまったのだろうかと、彼は思った。ところがそうではなかった。数秒後、画面が明るくなったかと思うと、そこには顔中を黒い液体で濡らしたような男の顔が大写しで映し出され、それが画面外に消えると今度はリビング全体の光景になり、スーツ姿の男が、素っ裸の女を、長い鉄の棒のようなもので滅多打ちにしている様子が、はっきりとわかった。むろん画像は不鮮明なものではあったが、オオタの記憶にはっきりと残された、あの男の予告の言葉が、映像の見えにくい部分を補い、一つの完璧《かんぺき》なイメージに仕立て上げていた。そのときオオタは、ただそのイメージだけを知覚し、ほかのものは何も見えず、何も聞こえなかった。ヒロタの体臭すら、気にならなかった。事は本当に、起こってしまった。いきなり頭部にひどい痛みを感じ、視線が液晶テレビから外され、オオタは自分を取り巻く現実に引き戻された。髪を引っ張るヒロタの手の力は、さっきよりも強くなっており、左斜め前に坐っているタケダの表情は、怒りに満ちていた。

「お前、エクスプローラーⅡも、偽物《にせもの》とすり替えやがったのが？」タケダの額の血管、その太い一本が、切れそうになっていた。

「ああ、それがどうした？」

オオタの胸元に、掌《てのひら》に乗るくらいの大きさの、硬い物が投げつけられた。股間《こかん》のところに落ちたそれは、一つの腕時計だった。よく確かめてみなくても、一目見れば、その腕時計がロレックス・エクスプローラーⅡの偽物であることは、オオタにはわかった。日曜に店に電話して、新人アルバイトと話したときは確か、エクスプローラーⅡが消えたと聞いたはずだ。そう考えた途端、オオタは大笑いし始めた。どこまでもタケダは馬鹿な男だと思いながら。

「何だ、お前、偽物かっぱらったのか？　本当に馬鹿だな、お前、救いようがねえよ！」

当然オオタの大笑いは永く続くはずもなく、すぐにヒロタの一撃を左脇腹にくらい、さらに左脚の脛《すね》をコイズミに蹴《け》られ、声が出なくなった。

「出せよ！　もってんだろ！　早ぐ！　時計出せっていってんだよ！」

その言葉が合図だったかのように、オオタはまた、ヒロタから肘鉄をくらった。声は出ないが、そしてひどい痛みを感じてはいるが、オオタは、まだまだおかしくてたまらなかった。タケダをもっと、悔しがらせてやらねばならないとも、思っていた。

「残念だなあ、タコスケ、時計はいま、俺もってねえんだよ、本当に。人に預けてあるんだよ。馬鹿だねえ、お前って、本当に、大馬鹿だよ、俺がこうなんの予想してねえわけねえだろうが！　この鼻糞が！　さっきからいってんだろうが！　物は直接ウノに返すんだよ、俺は！」

オオタの顔に、グラスの水が浴びせられ、左頬に、ヒロタの左拳《こぶし》が入った。殴られて頭を右へ傾けたまま動かなくなったオオタは、一瞬だけ気を失ったようになって何も見えなくなり、はっとして、体勢を整えた。タケダはすっかりキレており、「いづまでもいぎがってんじゃねえぞこのセンズリ野郎！　お前、自分の立場わがってんのが！　誰に返すどが何どが、んなごどはどうだっていいんだ！　時計もってんだったらさっさど出せばいいんだ！」などと喚《わめ》き散らしている。そんなことでは店員がやってきて、追い出されてしまうかもしれないというのに、この田舎者は、まったくお構いなしだ。下を見ると、Tシャツに血がぼたぼたたれ落ちており、鼻血を流しているのだとわかった。オオタはコイズミのおしぼりを勝手に取り、鼻をおさえて、気を鎮《しず》めようとして下を向き、しばらくじっとしていることにした。コイズミは、おしぼりを取られたことには気づかず、タケダと共に、ただ罵声《ばせい》を口にしながら黒豚ロースカツカレーを食べているだけだった。こいつらは本当に正真正銘の糞以下の馬鹿野郎どもだ、オオタはそう思い、液晶テレビの画面を、もう一度、見てみた。リビングの様子は、割とはっきりと映し出されており、かなりの散らかりようで、床には人が倒れているようにも見えているのだが、あの男の姿は、どこにもなかった。どこへ行ってしまったのだろう、オオタは、まるで映画の登場人物に対して抱く疑問のように、そう思った。タケダはまだまだ、喚き続けている。

「だいたいお前、自分で直接ウノに返せば、何にも問題ねえみでえに思ってっけど、馬鹿じゃねえのが?! んなわけねえに決まってんだろうが! ウノはもうきれまぐってんだよ! ただじゃ済まさねえっていってんだよ! お前、マジで殺されっぞ!」

オオタは相手にせず、液晶テレビを見ていたが、突然それを、横から取り上げられてしまった。

「おい、お前、人がしゃべってんのに、何見でんだ、おい! こいづ、テレビなんか見でやがったぞ!」

ヒロタはそういい、オオタから取り上げた液晶テレビを、タケダに渡した。「返せよ、俺んじゃねえんだ」と、オオタはいったのだが、タケダは「うるせえこのかっぱらい野郎!」と口にして、液晶テレビを床に叩《たた》き付け、それを足で踏みつぶしたのだった。

「馬鹿野郎!」

オオタは身を起こして、タケダにつかみ掛かろうとした。しかしすぐに、ヒロタに体を押さえ付けられてしまい、首を締められ、息が出来なくなった。ここでも彼は、どうすることも出来ず、ただ苛立《いらだ》つほかなかった。タケダやコイズミは相変わらず、馬鹿の一つ憶《おぼ》えのように、何やら怒鳴り続けているが、あるいはそれは、ただの笑い声なのかもしれない。気が遠くなっているオオタには、もはやそんなことすら判別できなかった。しかしいずれにせよ、いまここは、店内で最も傍迷惑な連中がいる騒々しい場に変わりはない。むろんそんな騒ぎを店員が見過ごすはずはなく、というか、周りの客からすればいささか遅すぎる対処かもしれなかったわけだが、やっとそこへ、この店の店長が現れたのだった。ところが、その店長が、一七番テーブルの騒動をおさめようとしてまず、タケダの腕をつかんだ途端、傍にいた一人の女性客が突然、驚きの叫び声を発したことで、事態はそう簡単には収束しそうにもないことを、多くの人が知ったのだった。場が数秒ほどの間だけ、鎮まりはしたものの、混乱の規模は、逆に拡大していた。

「何だよ?!」

タケダがそういい、自分の右腕をつかんでいた店長の手を払い除《の》け、腰を抜かしたように床にへたり込んでいる女性客の視線の先へ眼を向けると、そこには、血で汚れた金属バットを手にし、全身に返り血を浴びたスーツ姿の一人の男が突っ立っていた。店長も、その男の存在に気づき、慌てて数歩退いた。そこにいる誰もが驚き、何もいえず、体が固まっていた。オオタタツユキだけが、その男の正体を、知っていた。少なくともオオタ自身は、そう思っていた。しかし、たとえ正体を知っていようと、オオタにはどうすることも出来ず、周りの者たちと同様、何も言葉を発することは出来なかった。だから、最初に口を開いたのは、血だらけの男のほうだった。

「これ、どういうこと?」

あきらかにその問い掛けは、オオタに対して口にされたものだった。オオタは何を、どういっていいのかわからず、そして「これ」がどれのことなのか見当もつかず、「何が?」とだけ訊ね返した。すると男は、タケダの足許《あしもと》を指差し、低い声で、「だから! これ、どういうこと? 何でこんなになっちゃってるの? ひょっとして、見てなかったわけ?」と聞いた。オオタは血の気が引いてゆくのを感じながら、「これ」とは、タケダが踏み潰《つぶ》してしまった液晶テレビのことなのだと知り、自分に危害が及ばぬように願いつつ、「いや、こいつらが、こいつらが邪魔して、こいつらが勝手に取っちまいやがって、それで、俺は取り返そうとしたんだけど……」などと答えるしかなかった。それを聞くと、男は一度舌打ちしてからしばらく黙り込み、突然、金属バットを一七番テーブルに叩き付けた。ドン! という衝撃音が、ざわつき始めた店内の人々を、瞬時のうちに再び黙らせた。その後の何秒間かは、オオタの耳には、店のBGMだけしか聞こえなかった。どうやらまだ曲の前奏部のようだったが、どこかで聞いたことのある曲調だった。店内にいる誰もが、そのBGMだけを耳にしているようにも、思われた。それは心を和ませてくれるような、美しい曲だった。だから聞いているうちに、みんなが気分を落ち着けて、うまい具合に騒ぎをおさめてくれるような気すらした。もしかしたら本当に、店内にいる誰もが、そう考えているのかもしれなかった。しかしただ一人、血だらけの男にとっては、その美しい曲は、ただのBGMというか、単なる音に、すぎないようだった。

「何なんだよ！　冗談じゃないよ！　どうするんだよ！　俺はやっちゃったんだよ！　お前が見てると思って、おもいっきりやったんだぞ！　どうするんだよ！　どこまで俺を馬鹿にすれば気が済むんだよ！」

　オオタは、男の言葉が聞き取れないふりをするしかなかった。聞き取れないふりをしながら、一所懸命、男の話に耳を傾けているような態度を示すほかには、どうすることも出来なかった。男は甚だしい興奮状態にあるせいか、次に続く言葉を捜している様子だった。会話が途切れ、事態が沈静化へ近づいたと勘違いでもしたのか、タケダがとぼけた口調で、オオタに対し、「何なのこれ？　何なんだよ、こいつ。よお、早くなんとかしろよ、カレー食えなくなっちまったじゃねえかよ、オオタよお」などと話し掛けてきた。すると男は、次に何をいうべきかを思い付いたらしく、タケダに向かって、このように述べたのだった。

「お前は何だよ！　おい！　何なんだよ！　これ、お前が壊したのか?!」

タケダは迷惑そうに男を睨《にら》みつけ、次のように応じた。

「うるっせえな！　知らねえよ、いい歳《とし》こいて、テレビ壊されたぐれえでブチキレてんじゃねえよ！　臭えからさっさとか……」

タケダは最後まで言葉を話させてはもらえず、金属バットで叩きのめされた。頭部への、力強い、正確な打撃だった。ずるずると、足を引っ張られるようにして、タケダは床へ滑り落ちていった。一瞬のうちに、顔中を真っ赤に染めながら。そしてまたしても、一人の女の叫び声が、店内に響き渡った。さらに続いて、ほかの男女数名が、「うわー！」だの「きゃー！」だのという声を発していた。しかしオオタタツユキの耳には、どちらかというと、店のBGMのほうが、よりはっきりと、聞こえてきていたのだった。あるいはそれは彼が、無理矢理その曲だけを、聞こうとしていただけなのかもしれなかった。曲の前奏部はすでに終わっており、外国の女の歌声が、聞こえてきていた。英語の歌だった。そして曲同様、美しい、歌声だった。隣にいるヒロタが、体当たりをくらわせるような恰好《かっこう》で、男のほうに向かって、勢いよく身を放り出した。だがそれは、無駄な行動でしかなかった。金属バットは再び、振り上げられていた。オオタは咄嗟《とっさ》に眼を閉じて、外国の女の歌声だけを知覚しようと、努めた。それはこんな、歌詞だった。

There was a time when I was / In a hurry as you are / I was like you / There was a day when I just / Had to tell my point of view / I was like you / Now I don't mean to make you frown / No, I just want you to slow down / Have you never been mellow / Have you never tried / To find a comfort from inside you / Have you never been happy / Just to hear your song / Have you never let someone else / Be strong /

瞼《まぶた》を開けると、ヒロタは、腹這《はらば》いの状態で床に倒れていた。男は金属バットを握ったまま、床に尻餅《しりもち》をついていた。しかしすぐに立ち上がると、男は、今度は野球のバッティングの姿勢に構えて金属バットをもち、ゆっくりと起き上がろうとしているヒロタを、息を荒くしながら見つめていた。コイズミは、左手にフォークを、右手にスプーンを握り締めながら、ソファの上でじっとしており、青ざめた表情で、事態をただ見守っているしか、出来ない様子だった。実際、彼の体は、ぶるぶる震えていた。ヒロタがやっと起き上がり、顔を男のほうへ向けると、素早く、きれいな弧を描き、金属バットは振り回された。オオタは眼を閉じるのがわずかに遅れ、ヒロタの側頭部に金属バットがジャストミートする決定的瞬間を、見てしまったのだった。激しい嫌《けん》悪感《おかん》に襲われ、オオタは外国の女の歌声の中へと、逃避してしまいたい気持ちで、いっぱいだった。歌詞の意味など、さっぱりわからなかったが、そこにしか救いはないように、思われた。その曲が終わってしまうことだけは、何とかして防ぎたかった。しかし残酷にも、BGMは別の曲へと変わり、血だらけの男が、ここに現れたときよりもさらに濃く、全身を血で汚して、絶叫したのだった。

「あああああああ!」

カランカランカラン、という響きのよい音がし、金属バットが、床に転がった。そして男は、ばったりと床に倒れ込み、そのまま動かなくなった。タケダも、ヒロタも、床に倒れたまま、動かなかった。店の者や、何人かの客たちが、ゆっくりと近付き、倒れ込んだ男の周りを、取り囲んでいた。その中の一人が、ひどく焦《あせ》った声で、「電話! 電話! 救急車! 警察! 電話! した? 何やってんの! 早く! 電話して!」と、店の奥にいる店員らに、呼び掛けた。すると、「した、した、さっき、した」という回答がすぐに返ってきたので、「さっきって、いつ?」とさらに訊ねると、回答をよこした店員は、「さっきって……、ちょっと前」などと、自信なさそうに答えたのだった。そのやりとりを聞いているうちに、オオタタツユキは、自分がこれから、どういう行動をとるべきかを、明確に自覚したのだった。吐き気を催しているため、彼は、鼻血を拭《ふ》くためにずっと手にもっていたおしぼりで口を押さえながら、立ち上がり、少しずつ、その場から遠ざかっていった。一七番テーブルはすでに、一人取り残されたコイズミの吐《と》瀉物《しゃぶつ》で汚れており、彼はなす術《すべ》なく、ソファに腰を下ろしたまま、顔を歪《ゆが》めて、ただ泣いていた。オオタへ眼を向けている者は、何人かいたが、話し掛けてきたり、引き留めようとする者は、一人もいなかった。これならすぐに外へ出られそうだと判断したオオタは、トイレへ向かおうとしていたのをやめて、出入口のほうへ、目立たぬように、進んでいったのだった。ようやく、あらゆる危機的な事態から、解放されると信じて。しかし、レジの前に並んでいる数人の客たちの脇《わき》を通り過ぎ、出入口へと続く通路を早足で歩き始めた途端、背後から声をかけられ、彼は立ち止まらざるを得なかった。もう逃げられないのか！　オオタはそう思い、一気に走り去ろうかと考えたが、体の反応が鈍くなっており、タイミングを失い、仕方なく、振り向くしかなかった。見ると、あの男が血だらけの姿で金属バットをもって現れる直前に、一七番テーブルの騒ぎをおさめに来ていた、この店の店長が、近づいてきていた。店長は、息を切らしながら、オオタに対し、このように、問い掛けたのだった。

「あの人、あの、金属バットの人、あの人って、お知りあいなんですか？」

それに対し、オオタはこう答えた。

「まさか！　そんなわけないですよ」

「でも、何か、会話してましたよね？」

「いやだから、本当に知らないって。あれって、ただの頭おかしいやつなんでしょ、きっと」

そのように答えても、相手は納得できないというような顔つきで、じっと眼を向けていた。オオタは焦って、苛立《いらだ》ちを露骨に示しながら、「冗談じゃねえよ、こっちだって凄《すげ》え迷惑してんだよ、いますぐ行かなきゃいけないとこがあんのに、もう凄え遅刻だよ、やばいんだよ」などというしかなかった。

「でも、お連れさんは、どうするんですか？　バットで殴られちゃった人、二人とも、意識ないみたいなんですよ、一緒にいなくて、いいんですか？　用事があるからって、一人だけ帰っちゃって、それでいいんですか？」

「あんた見てたろ！　あいつらだって、俺の連れなんかじゃねえんだよ！　俺はただ、因縁つけられただけなんだよ！　もう勘弁してくれよ！」

オオタはもう泣き出したい気分だった。あきらかにこれは、警察が到着するまでの足留めに違いなく、相手はまたしても、「でも……」などといって続けて反論し、質問を重ねようとしている。どうにもならず、これはもう走り出して逃げるしかないと、オオタは思った。そう思ったオオタにはもはや、相手の言葉をきちんと聞き取る必要など、まったくなかった。いつ走り出すか、それだけを考えて、相手が隙《すき》をつくるのを、彼は待っていた。自分に向けられている視線が外れた瞬間が狙《ねら》い目だと思いながら、相手の眼の動きを注視していた。しかし、視線が外れるよりも先に、店の奥から、「店長！　店長！　店長どこー?!　店長！　ちょっと大変なんです！　お客さまが！　早く来てよ！　店長！」という呼び声が聞こえてきたのだった。するとそれに対し、目の前にいる男が、返事を送ったのを見て、オオタは体の力を抜き、笑みを浮かべた。そして心の中で、脱け出せない危機など、じつは一つもないのかもしれない、などと思ったのだった。店長は、二、三度、店の奥とオオタとを交互に見てから、少しだけ、残念そうな表情をしていた。最後に何かいいたそうだったが、結局口にはせず、仕方なさそうに、走って、その場から離れていった。店員の誰かの名前を呼び、出入口のところへ向かえといいながら。その、店長に呼ばれた店員が、出入口付近にやってきたときには、オオタタツユキの姿はもう、そこにはなかった。

あと数十秒、店を出るのが遅かったら、オオタはこの日、瞳と会うことは出来なかったかもしれない。彼が通りに出ると、もうそこにはパトカーやら救急車やらが到着していたところだった。極度の緊張のため顔が強張《こわば》ってしまい、とても落ち着くことなど出来そうにもなかったが、いま逃げ切るためには何としてでも平静さを装《よそお》うしかない。結局オオタは、警官たちが何人も車から降りてきて、次々にデニーズの中へ入ってゆく様子を、何も知らぬ、店内の出来事とはまったく無関係の通行人のような顔をして眺めながら、すぐに駆け出したいのを我慢しつつ、S公園のほうへ向かってゆっくりと歩いていったのだった。背後に視線を感じていたが、一度も振り返らずに。

S公園を通りぬけたオオタは、うちへ戻ろうと思い、アパートへ続く道を歩いていた。何気なく右手を見ると、自分がまだ、おしぼりを握り締めていることに気づき、血で汚れているそれを、オオタは路面に投げつけたのだった。彼はもう、自分があの場にいたことを、少しも思い出したくはなかった。だから、出来るだけ何も考えないようにして、ゆっくりと、歩いていた。時間はすでに、夕方近いはずだった。結局、ほとんど栄養をとれなかったオオタタツユキは、一歩進むだけで、倒れそうだった。蒸し暑く、喉《のど》も渇ききっていた。そしてもちろん、睡眠不足だった。もはやアパートまで辿《たど》り着けるかどうかさえ困難に思え、このままのたれ死ぬのではないかという気顔を俯《うつむ》けて、オオタは歩いていた。限界が、すぐ傍まで近づいてきているような予感を感じながら、顔を俯けて、オオタは歩いていた。しかし実際に近づいてきたのは、そうした予感とはだいぶずれた、むしろ彼にとっては非常に望ましいことだった。

「あれっ？　どうしたの？　待ちくたびれて、出てきちゃった？」

顔を上げると、瞳が驚いた表情で、こちらを見ていた。これは確かに、オオタッユキにとって、非常に望ましいことのはずだった。なにしろ彼は、この数日間、このことだけを望んで、つまり瞳と会うことだけを望んで、ずっと逃げ回り続けていたのだ。実際、このときもオオタは、歩くのをやめ、大いに悦《よろこ》びを感じているような表情で、笑みを浮かべていた。本当に、うれしそうにしていた。しかし、精神的にも肉体的にもボロボロのせいか、本心では、じつは特に、何も感じてはいなかった。ただ、これで楽になれるかもしれないという期待を、抱いていただけだった。そう思っているため、あまり話す気にも、なれなかった。だが、瞳が望んでいるのはまるで逆のことだった。彼女はオオタとの会話を望んでいた。約束していたのに何日間も会えず、まともに話も出来なかったため、とにかくしゃべりたいのだと、彼女みずから、そんなふうに述べていた。あるいはそれは彼女なりに、夫と過ごしていても退屈でしかなかったということを、暗に伝えようとしていただけなのかもしれない。と同時に、約束をやぶってしまったのを申し訳なく思って、元気に振舞ってみせることで、オオタの不愉快な気分を、少しでも取り除ければと考えていたのかもしれない。だが、仮にそのつもりで、瞳がしゃべり続けていたのだとしたら、それは大きな間違いだった。彼女の無邪気な物言いを、いつものように笑って受け止められるほどの余裕は、いまのオオタにはなかった。体調の悪さは限界に近かったとはいえ、神経はむしろ過敏すぎるほどで、感情の起伏も大きかった。だから、瞳は絶対に、しゃべりすぎるべきではなかった。

「だからそれでね、旦那《だんな》が、仕事に行くっていってたくせになかなか出ていかなくて、本当に、困っちゃって、ごめんねえ。もう苛々しちゃったから、勝手に出てきちゃったんだけど、ちょっとやばいかも。どこ行くの、とか聞かれて、友達と会ってくるっていってきたんだけど、何か、変な顔してたから。何で急に、とかいってた。それでね、本当に悪いんだけど、あの時計のことなんだけど、じつはもってこられなかったんだ、本当、ごめんねえ」

「何で?」オオタにそう聞かれ、瞳はやや話しにくそうに目線を下げ、このように答えた。

「あのね、じつはあの時計、旦那に見つかっちゃったのよ」そういうと、瞳はオオタの顔を見て、表情を確かめてみたのだが、特に変化はないように思えたらしく、彼女はすぐに、話を続けたのだった。

「そんでね、見つかっちゃって、どうしようか凄く困ったんだけど、旦那がね、あの人ちょっと鈍いっていうか、ズレてるから、その時計をね、何か、あたしが買ってあげたんだと思っちゃったらしくて、プレゼントか何かだと勘違いしちゃったみたいで、結局ね、自分のものにしちゃったのよ。もう、本当にむかつくでしょ。あたしもう、凄く困っちゃって、だってさあ、違うっていえないじゃない。じゃあ誰のなんだとか聞かれたら、答えようがないじゃない。ていうか、誤魔化しようはいろいろあったのかもしれないけど、そのときはただやばいって思っちゃって、もう何にも考え付かなかったのよ。本当にごめんねえ。絶対弁償するから、本当、許して。あれって、けっこう高いんだっけ？　一応、貸す分と併せて、二〇万もってきたんだけど……」

「一〇〇万」

「えっ？」

「一〇〇万」

「嘘《うそ》でしょ？　ねえ、嘘でしょ？　本当なの？　だって、全然そんなこといってなかったじゃん！」

「いった」

「えー！　そうだったあ？　そうなんだあ、ええ、どうしよう、そうしたら、どうしよう、やっぱり返してもらうしかないじゃん。ああ、困ったなあ、ねえ、何ていえばいいのかなあ？　ねえ、何ていえばいいと思う？」

オオタタツユキは、出来る限り冷静になろうと努力した。それは極めて困難なことではあったが、とにかくここは、冷静にならなければ、自分はもはや何を仕出かすかわからないと、彼は強く危惧《きぐ》していた。瞳には、必要な金は「一〇〇万」といったが、それは彼女を試しているわけではなく、時計の代金と、借りる分の現金を併せれば、額はほぼそれくらいで合っていた。そしてその「一〇〇万」は、ウノへの返済に充《あ》てるつもりなのではなく、瞳を連れて逃げるための、いわば逃亡資金となるべきはずのものだった。だから、時計そのものなど、オオタにとっては、どうでもよかった。ただ、「一〇〇万」ほどの金を手に出来れば、それでよかった。しかし金を手に入れるためには、どうしても時計が必要だった。それだけが、彼にとって唯一《ゆいいつ》の、すぐにまとまった金を手に入れるための、手段となり得るものだった。それをこともあろうに、瞳の夫に、奪われてしまったわけだった。しかも瞳は、やすやすと、夫がそれを自分のものにしてしまうのを、許してしまったのだという。オオタタツユキは、世界の何もかもが、どうでもよくなり、馬鹿馬鹿しくなっていた。もう本当に、うんざりしていた。これで自分の人生も、終わりかもしれないと、思ったほどだった。しかしそう思うと、今度は激しい怒りが、こみあげてきたのだった。なぜ俺だけが、こんな目にあわねばならないのだと思い、彼は甚だしく、憤慨したのだった。まだそこまでの気力が残っていたのかと、自分でも驚くほどに、全身に力が入り、オオタタツユキは本当に、頭にきていた。

「冗談じゃねえよ、いますぐ時計もってこさせろ！　早く！　電話しろよ！　お前の旦那にだよ！　早く！」

そういわれても、瞳に驚く様子はなかった。むしろ、そうなることを覚悟していたような態度だった。こんなことにはすっかり慣れているとでもいうような口調で、彼女は応じた。

「何よ、急にそんなに怒鳴んないでよ。もとはといえばあなたがうちに忘れてったんじゃない。馬鹿みたい」

「うるせえよ、早く電話しろっていってんだろ！　何考えてんだよ、何がプレゼントだと思われて取られちゃっただよ、お前こそ馬鹿なんじゃねえのか?!　おい！　早く電話してもってこさせろよ！」

「駄目、携帯忘れた」

「嘘つけ！」

「嘘じゃないよ！　本当だよ！　何なのよ！　そんなにいうんなら、自分の出せばいいでしょ！」

そういわれて、オオタはジーンズのポケットに手を当ててみたが、携帯電話はなかった。数秒の後、彼は自分の携帯電話を、デニーズの一七番テーブルの上に忘れてきたことに気づき、全身に鳥肌が立った。

「何よ、もってないの？　じゃあ駄目じゃん」

あまりの腹立ちに、オオタはしばらく立ち尽くし、どんな言葉も口にすることが出来なかった。

「ねえ、どうすんのよ？」瞳は露骨に苛立った口調でそう聞いた。

「うるせえ！　ちょっと黙ってろ！」オオタはやっとそう、口に出来たが、どうしていいのかは全然わからなかった。せっかくあの場からうまく逃げ出してこられたのに、これでは何の意味もない。金属バットを振り回したあの男には、自分の素性は一切知られていないので、警察に何を話されようと、何の問題もないように、オオタには思えていた。しかし現実には、まだあの場にはコイズミが無傷なままで残っているのだから、オオタがデニーズにいたということなど、警察はすぐに知ってしまうに違いなかった。だが、携帯電話を忘れてきてしまったことのショックで、オオタはすっかり、混乱してしまっており、あまり多くのことは、考えられなくなっていた。彼はもはや、自分一人ではどうにもならないと考え、瞳に助けを求めることのほかには、救いを得る道はないように思っていた。

「まずいよ、携帯忘れてきた。デニーズに、お前、取ってきて、俺の携帯、頼むよ」

「いやだ！　何よ、うるせえとかいってたくせに、もういい加減にしてよ、あたし帰る」

「何いってんだよ、ちょっと待てよ！　俺がどんくらい待ってたと思ってんだよ！お前をよお、なあ、おい！　マジで洒落《しやれ》になんないんだよ、やべえんだよ、なあ！おい！　携帯とってこいっていってんだろ！　なあ！　聞こえねえのかよ、この糞《くそ》女《おんな》！」

「うるっさいな！　糞男！　あたしもう本当に帰る！」

そういうと瞳は、二〇枚ほどの一万円札を財布から取り出し、「もう二度と会わないから！」と口にしながらオオタにその金を手渡して、早足でそこから去っていった。うしろは決して振り向かず、来た道を、彼女はどんどん、歩いていったのだった。あと数メートルも行けば、オオタの住むアパートが見えてくるはずだった。もうそこへ訪れることもないだろうと、早足で進みながら、彼女は思った。今まで二人で、あんなに愉《たの》しい時間を、過ごしてこられたのに。そんなふうに思っているうちに、何となく悲しくなってきて、足を動かす速度も遅くなってゆき、俯いたままで歩いていると、部活の帰りらしい中学生の野球部員とすれ違いざまに、勢いよく体がぶつかってしまった。瞳は、「ごめんなさい」と述べて、中学生が行くのを見送ってから、再び歩き始めた。両方の眼から、たくさんの涙が溢《あふ》れだしていたが、構わず、歩き始めたのだった。すると後方から、「お前のせいなんだぞ！　全部、お前のせいなんだぞ！」という声が聞こえてきて、彼女は振り返った。「お前のせいなんだぞ！全部、お前のせいなんだぞ！」そういい続けながら、オオタが追いかけてきていたのだった。そのオオタの姿を見て、瞳は気味が悪くなり、向き直って、駆け出した。そしてもう二度と、振り返るのはやめようと、彼女は思っていた。

　オオタタツユキは、完全に逆上していた。絶対に逃がさないつもりで、瞳を追いかけていた。とにかくあの女を捕まえて、どうにかしてやらないと気が済まない、そう思い、よろめきながらも、彼は走り続けていた。この絶望的な情況、こうなってしまったことのすべての原因は、あの女にこそある、だから何としてでも、あの女を捕らえて、どうにかしてやらねばならない、どうにかして、そう、例えば半殺しにでも、してやらねばならない、絶対に、あの女を、半殺しの目にでもあわせてやらなくてはならない、そうでなければ、この俺は救われないのだ！　俺が救われるためには、あの女をぶち殺すしかないのだ！　そのように信じて、怒りを保ち続けることで、オオタタツユキは、自分自身を支えていた。そのようにおのれに命ずることで、何とか手足を動かすことが出来ていた。瞳の姿が視界に入ると、彼の怒りはまたさらに膨れ上がり、体中の力も急速に増してゆくように感じられた。あとはもう、女を捕らえて、叩《たた》きのめしてしまえばいいのだった。ちょうどよく、部活帰りの野球部員が、こちらに近づいてきている。オオタはその、野球部員の中学生の傍へ行き、「貸せ！」といって強引に金属バットを奪おうとした。ところが、体中の力が増しているように感じられていたはずが、なかなか金属バットを奪うことが出来ず、結局オオタは、中学生に突き倒されてしまったのだった。

「この糞ガキ！　てめえもぶっ殺すぞ！」

そのように自分に対して罵声《ばせい》を浴びせ、立ち上がって再び近づいてくる男の形相が、中学生にはことのほか異様なものに感じられた。このまま金属バットを奪われてしまったら、確実に自分の身が危険に曝《さら》されるに違いない。それは誰が考えても、確かなことだと思われた。実際、男は、「ぶっ殺す」とまでいっているのだ。中学生は、何とかしなければならないと、どうにかして自分の身を守らねばならないと、強く自覚した。これは彼にとって、これまで生きてきた中での、最大のピンチといってよかった。男は、両手を差し出し、もうすぐ目の前まで近づいて来ている。よく見ると、男の着ているTシャツはひどく汚れており、血がついたような跡すらある。これは絶対に、危険な男に違いない、そう思って、中学生は、いつも教えられているのとはだいぶ異なるフォームで、金属バットを力いっぱい、振り回してみたのだった。すると、ゴン！という鈍い音が、彼の耳に入った。中学生は、バッティングで、これほどの確かな手応《てごた》えを感じた経験は、これまでに一度もなかった。そのためか、彼は衝撃の余韻を感じながら、金属バットを振りきった状態のまま、しばらく動けなかった。気分が悪くなりそうだと思い、下は見ないようにしているため、打ちのめされた相手がどのような状態なのかも、彼にはわからなかった。ふと、通りの先のほうへ視線を向けてみると、さきほどすれ違いざまにぶつかった女が、立ち止まってこちらを見ている。中学生は、瞳と眼が合い、見られてしまったと思って焦《あせ》り、この情況を、大人たちにうまく説明できそうにもないような気がし、突然恐ろしくなって、怯《おび》え始めていたのだった。

オオタタツユキは、ひどくぼんやりとした意識の中で、それでもまだ、自分は救われなくてはならないと、強く感じていた。というか、感ずることは、ほかにはもう何もなかった。痛みもなく、苦しみもなく、熱くもなく、痒《かゆ》くもなかった。ただ、耳の奥のほうでは、歌が聞こえていた。それはどこかで聞いたことのあるような、平凡な、どうってことのない歌だったが、しかし何か、心を落ち着かせるものがあった。ということは、どうやら俺はまだ、死んではいないらしい、そう思って、オオタは少しだけ、うんざりしたのだった。

やたらと先を急いだときが／私にもあったわ／ちょうど今のあなたのように／自分の意見を言わずにはいられない／そんな日もあったわ／ちょうど今のあなたのように／あなたの機嫌を損ねるつもりはないの／ただ少しペースを落としてほしいだけ／穏やかな気持ちになったことはないの？／自分の中に／安らぎを見いだそうとしたことはないの？／歌を口ずさんで／幸せな気持ちになったことはないの？／ほかの誰かを／力づけてあげたことはないの？

今日も彼は、S公園に来ていた。いつものように、ノート型パソコンとPHSを所持して。機嫌はというと、あまりよくはなかった。というか、むしろとても悪いといったほうがいい。彼は昨日、一人でベンチに坐《すわ》りながらインターネットにアクセスし、gifアニメ『せいぎのヒーロー　ピカプー』の「第三幕　災厄の日」を見て愉しんでいたのだった。するとそこへ、携帯電話を手にしたチンピラみたいな男がやって来て、突然馬鹿みたいな怒鳴り声をあげたため、気になった彼はほんのちょっとそいつの様子を見てみただけなのに、蹴《け》っ飛ばされてしまったのだ。そのことがまだ、彼には腹立たしく思えていた。しかも、S公園に来てみたら、昨日の出来事がより鮮明に思い出され、腹立ちもいっそう強まってしまったのだった。これは結局、あのチンピラみたいな男一人をどうにかすることでおさまるようなことでもないと、彼は考えていた。もっと沢山の人間が、連帯責任として、何か大きな罰を与えられるべきなのだ。でなければ、自分のこの怒りは到底おさまりそうにもない。そう考えながら彼はまた、インターネットにアクセスし、一人暮らしの女の子の部屋の様子を覗《のぞ》き見ることの出来るサイトを訪れ、気を紛らわそうとしていたのだった。むろんそんなものは、ただのヤラセであることは、充分に承知していたわけだが、しかし覗き見るという感覚はそれなりに味わえるし、実際、女の子の姿はきちんと映し出されてはいるのだから、これはこれで決して悪いものではないと、彼は思っていたのだった。

さて、どうしようかと、彼は思った。このままここで、いつものように、BBSの巡回ルートを回ることにするか。あるいは昨日のチンピラのように、デニーズにでも行って、飯でも食うか。当然、そのどちらもつまらないと、彼は思った。なにしろ彼はとても機嫌が悪いのだから、自分の気の済むようなことを、何か特別なことを、すぐにでもしなくてはならないのだった。ではそれで、どうしようか。どこかの女を犯すか、ガキでも一人ぶっ殺すか。むろん、そのいずれも間違いだと、彼は思った。なぜなら、そもそも自分の機嫌が悪くなったのは、あのチンピラのせいであり、この腹立たしさを解消するためには、あのチンピラだけをどうにかするくらいのことではおさまりそうにもないと、ついさっき考えていたはずだからだ。多くの人間の犠牲によってしか、自分の腹立ちは鎮《しず》まりそうもない。そういうことなら、もはや、やるべきことは一つだった。むろんそれは、サーバーの一つや二つを使いものにならなくする程度のことではない。もっとこう、大勢の人々が大迷惑するような、物凄《ものすご》く大胆な大技をぶちかましてやるのだ。彼の表情はいつもほとんど変わることはなかったが、さすがにこのときばかりは眉間《みけん》に皺《しわ》が寄り、コマンドを打ち込む指の動きも、ほんの少しではあるが普段よりも遅かった。いままさに、かつて人類が経験したことのない、深刻な危機が、訪れようとしていた。

ニッポニアニッポン

選択肢は三つに絞られた。

飼育、解放、密殺。

しかし実現可能な処置となるとさらに限られる。

三つのうち、飼育は除外すべきだと思われた。佐渡《さど》から都内までの運搬に苦労するだろうし、六畳一間の室内で放し飼い出来るほど小さな鳥ではない。実家ならば隣県だからまだ距離的に近いし環境的にも飼いやすいかもしれぬが、準備だけで何年も掛かりそうだ。知識や資金力に乏しいひ弱な一七歳の少年にとって、それは決して楽な仕事ではないだろう。そもそも国自体が、養うことに難儀しているのだから、ど素人《しろうと》の未成年には無理な話である。居場所が誰かにばれてしまったら、すぐさま略奪者の襲撃を喰らうに決まっているし、複数の勢力との争奪戦に展開することだって充分にあり得る。飼い馴《な》らすことは魅力的だが、費やす労力を考えると、割に合わない。

というわけで、逃がすか、殺すかの二者択一となった。

ここで新たに葛藤《かっとう》が生じた。

二つの情意が主張し合って譲らず、決定は後回しにせざるを得なかった。土壇場《どたんば》で迷ってなどいられない。だから、自問自答は常に怠るべきでなかった。

両極の情意を同等に抱く――これでは二重人格者みたいだと、鴇谷《とうや》春生《はるお》は考えた。

春生はいつも空想していた。消極性を残らず除去するために、想像力を絶えず活用する必要があった。逃がすにせよ、殺すにせよ、檻《おり》の中へ潜入するまでは同じ手順で進められる。最終段階だけが異なるのだ。結果は懸《か》け離れているが、殺す自分と逃がす自分、いずれの姿もリアルに思い描くことが出来た。どちらの自画をイメージしても、心に引っ掛かりは生じず、鮮明な像を結び、違和感がない。達成感の質や度合いすら違わぬ気がした。

逃がす立場は、囚《とら》われの身となった罪なき弱者の解放者であり、英雄的な気分を味わえて自分自身をとても誇らしく感じられる。他方、殺す立場は世間の善意と期待を打ち砕く秩序の破壊者であって、冷酷無惨《むざん》な処刑人に扮《ふん》しつつ、爽快《そうかい》な昂揚《こうよう》と恍惚《こうこつ》の状態に浸《ひた》れる。総《すべ》ては単なる絵空事、楽観だらけの予想図にすぎない。しかしいつだって、現実よりも遥《はる》かに満ち足りた実感を与えてくれた。

鴇谷春生は、これらの情景と感覚を毎日頭の中で反芻《はんすう》し、実践への意欲を高めていた。

自身の中に、正義と非道の観念が共存しているのだと思われた。いずれも錯誤という気はせぬが、常時必ず思考が影響を受けているわけでもなさそうだった。ただし所詮《しょせん》は心の中のこと、実態は判《わか》り得ない。逃がすこと、殺すことのどちらが正義でどちらが非道に当て嵌《は》まるのか、沈思するほどに判別が困難となった。両方を欲しながらも、それに矛盾すら感じず、右にでも左にでも自在に転換できる。だとすれば、やはり自分は二重人格者かもしれない――ほとんど癖みたいに、春生はそう思い込み続けた。

二者択一の決定は、二つの「人格」のうち一方が強まるのを待つほかなかった。その機会が訪れるまでの間、春生は二種類の空想それぞれと付き合うつもりでいた。計画を思い立ってから、実行日は未定のままもう何日も過ぎていた。だが、蛞蝓《なめくじ》の歩みのように鈍く少しずつではあるものの、春生の意志は着実に、トキの棲《す》む森へと近付いていた。

佐渡トキ保護センターがどの程度の警備体制を敷いているのか、春生には想像もつかなかった。保護センターのウェブサイトにも、そのことは特に示されていない。「Mainichi INTERACTIVE」の『「トキ」ウェブ資料館』に掲載された「トキ保護センタールポ」（「毎日新聞」サイバー編集部・平井桂月）には、「上野のパンダよりもトキの管理は厳重なような感じがした」と書かれてあるが、警備内容の詳細は不明だ。一般の見物客は、指定位置から双眼鏡を利用して、飼育ケージ内の様子を観察するのが通例らしい。飼育ケージや管理棟の置かれた敷地内はフェンスで仕切られており、見物客は立ち入りを禁じられているため、トキには一歩も近付けぬようだ。だとすれば当然、フェンスと飼育ケージとの間隔を考慮に入れねばならない。三台の双眼鏡が設置された観察指定地点と飼育ケージまでの距離は約五十メートル。これは近いと取るべきか、遠いと見るべきか。

いずれにせよ、地図を見ただけでは警備に関する具体的な事柄はほとんど摑《つか》めない。ヒントを得られるかもしれぬと考え、春生は「上野のパンダ」を見に出掛けてみたが、何の参考にもならなかった。正確な情報を知るには実地に出向くしかないが、他に手段はないものか春生は思案した。飛行機や船に乗るのが怖いので、佐渡島《さどがしま》へ行くのは一度きりにしたかったのだ。

　いくつかのウェブサイト上に掲示された佐渡トキ保護センターの写真や地図からは、飼育ケージと管理棟の各建物が別個に設けられていることが確認できる。飼育ケージは独立して外に建てられており、トキは常にそこで生活しているらしい。それならば、檻へ近付くまでは誰にも気づかれずに行動できるかもしれない。深夜にでもフェンスを越えて、立ち入り禁止の敷地内へ忍び込めばいいのだ。そのまま飼育ケージへの侵入を果たせたならば、トキを逃がすか殺すかするのも不可能ではないはずだ。「ルパン三世」みたいに、華麗で迅速な技巧を駆使して警備網を掻《か》い潜《くぐ》り、飼育ケージの扉を開け、トキと対面する自らの勇姿を夢想して、春生は興奮した。たったそれしきのことで、世界を一変させられるかもしれぬと彼は思った。国中がひっくり返ったような大騒ぎになるだろうし、称讃《しょうさん》と批難の混声合唱が巻き起こるに違いない。英雄視され、悪漢と見做《みな》されもする、大胆不敵な前代未聞《みもん》の行為。かつて多くの人々が、それを熱望しつつも失敗ばかりくり返してきたが、自分にだけは実現できるかもしれない──鴇谷春生は、そんなファンタジーを脳裏に組み立てていた。

　だが、たとえ夜間でも警備員が不在とは限らぬし、侵入の際に職員と出会《でくわ》さぬ保証もなかった。何しろトキというやつは、特別天然記念物であり国際保護鳥でもあるほどの貴重な鳥なのだから、保護センターには間違いなく宿直の者がいるはずだし、警備員が常駐している可能性も高い。

プロフェッショナルは絶えず最悪の事態を想定して行動するものだという話を春生は読んだことがある。自分は全くのアマチュアだけれども、ここはプロ的に取り組むべきだと春生は考えた。当然のことながら失敗は許されない。途中で捕まってしまえば、やり直しは利《き》かず、何もかもお終《しま》いなのだ。そうなればまた、あの忌々《いまいま》しい嘲笑《ちょうしょう》と冷視に耐えねばならない。豚の糞《くそ》以下の下等なごみ屑《くず》連中が着飾ってぞろぞろ寄り集まり、蕎麦《そば》屋の長男は本当に素直で感じのいい呆《あき》れた変態アマチュア野郎だとか、したり顔で噂《うわさ》しあって小便を漏らし、うっとりしながらゲロ塗《まみ》れになるのだろう。

つまり世界は今後もずっと、ただ一つの表情を頑《かたく》なに守り通すというわけだ。

武装の必要があると春生は結論した。警備員や保護センター職員に見つかった場合、戦闘は避けられぬはずだ。自分の身を護《まも》り、最終目的を確実にやり遂げるにはやはり戦うほかない。だが、肉弾戦を勝ち抜く自信はないし、そもそも素手でやり合うなど合理的でない。瞬時に相手を行動不能に陥《おとしい》れ、長時間拘束しておける道具を手に入れねばならぬと春生は考えた。最悪の事態を乗り切るためには、どうしてもそれが必要だった。

検索項目に「スタンガン」と入力し、結果を表示させると、「4195件」と出た。さらに、「通販」とキーワードを追加して再度検索すると、「1543件」がヒットした。しかしこれではまだ多すぎる。もう一度、「手錠」と加えて絞り込むと、「32件」になった。春生はその中から、「業界一の品揃《しなぞろ》え！　大特価販売中！」と謳《うた》う大阪の業者を選び、同社のホームページにアクセスした。

本当に「業界一の品揃え」なのかは定かでないが、確かに商品の数も種類も豊富だった。春生はオンライン・ショッピングを利用した経験は過去に数回あったが、護身用具の購入は初めてなので知識が足りず、選ぶのに時間がかかった。スタンガンだけでも十種類以上が展示されており、ボウガンやスリングショットの他に、種々のナイフ、ヌンチャクや特殊警棒、さらには暗視スコープまである。合法的な武器がそれだけの種類売られているという事実に春生はまず驚いた。

完全武装が理想だが、費用は仕送りの中から捻出《ねんしゅつ》せねばならぬため、総てを揃えるのは無理だった。商品説明を隅々まで読んだ末に、四種類の道具を春生は選び出した。使いやすさ、効力、装備のバランスを考えた上での選出だった。

スタンガンは、敵に奪い取られる危険が小さく攻撃力の高いロングバトン・タイプのものにした。全長四十六・七センチ、重量五百グラムの大型サイズだが、五十万ボルトの威力があり、「最強」と宣伝されている。わずか五秒ほどの接触通電により、約四十分以上もの間相手の動きを封じ得るという代物《しろもの》だ。定価は五万八千円と示されているが、「ただ今サービス期間中」とのことなので一万二千円に値下げされている。春生は最初にこれの注文アイコンをクリックした。

次に春生が目を付けたのは催涙スプレーだった。色々と取り揃えてあるが、今後の出費を考慮して最も値段の安いもの（二千二百円）に決めた。成分は、唐辛子ガスが三パーセント、芥子《からし》ガスが三パーセント、HFC－134aガスが九十四パーセントで、噴射を受けた者は激しく咳《せ》き込んだりくしゃみが止まらなくなり、目、鼻、喉《のど》にひどい痛みを感じて無力化する。有効射程範囲は約二メートル。これとスタンガンを併用すれば、撃退の力はさらに大きく増すに違いない。

手錠をいくつ用意するか迷ったが、二つもあれば足りるのではないかと春生は考えた。環境省のウェブサイトによると、佐渡トキ保護センターでは「獣医師、飼育専門員、補助員2名の計4名で飼育管理」が行われているという。だとすれば、宿直員がいるとしても、緊急時でない限りは恐らく一人きりだろうし、警備員と併せても三人以上はいないと推断した。仮にそれより多数の者が番を務めているにしても、五十万ボルトのスタンガンで即座に眠らせてしまえば済むはずだ。春生は二千八百円のニッケル製ダブルロック式ハンドカフを二つ、注文項目に加えた。

春生が最後に入手を決めたのは、サバイバルナイフだった。万一、スタンガンが使用不能な状態となった際の補助的な武器として必要だと彼は判断した。サバイバルナイフは、ボウガンなどに比べて遥かに扱いやすく、手軽でありながら近接戦闘には極めて有効と考えられる。スタンガンの電撃は殺傷力が低いが、刃物であれば相手の行動能力を永遠に断つことも可能であり、「最終解決」をトキの密殺と決定した場合にも有用だ。全長三十センチで刃渡り十七・五センチ、マッチ、コンパス、砥石《といし》、釣糸、釣針、錘《おもり》などの付属品の他に革製ケースが付いている七千円の商品を春生は選んだ。ナイフは特に種類が多かったが、佐渡に乗り込む際以外には持ち歩く機会はないはずだから、これも安価なもので充分だった。

四種類五つの商品総額に、消費税と代金引換の手数料千円が加算された。二万円以上の購入は送料が無料になるので、合計二万九千百四十円の支払いとなった。予《あらかじ》め限度額を三万円と設定していた春生は、うまい買物が出来たと満足した。あとは、品物の到着を待つだけだった。

一人や二人を片付ける程度なら、これだけの道具があれば事足りると思われた。警備員が携帯しているのはせいぜい警棒くらいだろうし、佐渡トキ保護センターがテロリストの侵入すら警戒しているとは考えにくい。ただし警察が通報を受け、その場に現れたら装備は不充分かもしれなかった。警察官は拳銃《けんじゅう》を持っているためだ。拳銃を出されては、スタンガンやサバイバルナイフなどでは到底太刀《たち》打ち出来ない。スリングショットやボウガンは飛び道具ではあるものの、いずれも速射や連射が困難なため有効とは言えないし、短時間でそれらを使いこなせるようになるとも思えなかった。この場合はやはり、目には目を式に応ずるしかないのかもしれぬと春生は考えた。

万全を期するのならば、銃器を所持すべきなのは確かだった。

だが、手に入れる方法が判らず、春生は悩んだ。フィクションの世界では、ヤクザから買い入れるのが一般的だが、そんな恐ろしい連中と直《じか》に交渉する気にはなれなかった。予算にも限界があるし、簡単に売人と知り合えるとも思えない。とはいえ、最悪の事態を想定して動くと決めたからには、銃器類の必要性は無視できなかった。春生は結局、これに関してもインターネットに頼ることにした。UG《アングラ》関連のリンク集から辿《たど》って「超裏ネタ」という違法な情報を主に扱うウェブサイトを見つけた彼は、このBBSに匿名《とくめい》で「本物のピストルが欲しい」と書き込んだ。連絡先としてフリーメールのアドレスを記入し、支払い可能な額は「十五万円まで」とした。十五万円は、家賃と生活費を併せた仕送り一ヵ月分の額だった。

一九九八年秋に実施された全国大学生活協同組合連合会の調査によれば、都内でアパート暮らしをする大学生が受ける仕送りの平均月額は十一万千八百三十円だという。

春生はどこの学校にも在籍しておらず、定職にも就《つ》かずアルバイトすらしていなかった。にもかかわらず、彼は平均額以上の仕送りを毎月得て、好き勝手に暮らしていた。

学校へも通わず仕事もせずに毎日何をやってるのかといえば、パソコンに向かい、もっぱらトキのことばかり考えていた。部屋に籠《こも》り、誰にも邪魔されず、昨二〇〇〇年の一〇月から毎日インターネットを閲覧していた。働きに出たこともあったが、二週間と続かなかった。完全な引き籠りと言えるほど外出しないわけではなかったし、日がな一日トキの情報のみを収集しているわけでもなかったが、月が変わるごとに彼の関心は一点に集中していった。

そして今年の一月末、春生はついに、彼にとっての「ニッポニア・ニッポン問題の最終解決」を考え付くに到《いた》った。ユウユウとメイメイそれぞれに、繁殖期の兆《きざ》しを示す生殖羽の着色が認められたと伝える記事が、彼にその決断を迫った。

申し込んで二日後に、注文の品が届いた。

宅配業者に二万九千百四十円を払い、受取書に判子を押すだけで、商品の収められた段ボール箱は春生の手に渡った。随分と簡単なものだと春生は思った。通販業者のホームページには、「護身用具類は未成年者への販売不可」と記されていたので、一応注文メールに「二〇歳」と嘘《うそ》を書いたのだが、結局身分証明書等の呈示は求められなかった。これで一つ目の関門は突破できた。

しかし銃器の入手は、諦《あきら》めるほかないのかもしれなかった。BBSに書き込んだ直後に送られてきた三通のメールには、「十五万? 馬鹿《ばか》かお前は! 貧乏人はエアガンにしとけ!」とか、「少年法が改正されたことを知らないのかい? ガキはガキらしくしていなさい」とか、「自衛隊に入れ」などと、子供扱いのお説教が書かれていただけだった。

以後しばらくは一通も返信がなかったため、春生は同じBBSに再び書き込んでみた。どうやら十五万では安すぎるらしいので、今回は三十万円に買値を上げた。すると、「トカレフ(弾8発付き)売ります」という件名のメールが約六時間後に届いた。差出人は「試射済み」の「本物」だと記している。だが、三十万円全額が指定の口座に振り込まれてからでないと受け渡し方法を教えられないとのことなので、春生は返答を躊躇《ちゅうちょ》した。

先に入金させて品物を出さないという、よくある詐欺《さぎ》の手口かもしれず、簡単には信用できなかった。やりとりを進める上での条件は「絶対厳守」と付記されてもいるため、前払いに応ずるのは、勝つ見込みの低い賭《か》けに挑むみたいなものだった。しかもこの場合、取引するものがものだけに、金を騙《だま》し取られてもこちらは警察に訴えられない。本当に売買を望む者からのメールかもしれぬが、どうすればその確証を得られるものか、春生には判らなかった。社会経験に乏しい彼には、自分にとって不利な展開を避けながら未知の人物との交渉を的確に行う自信もなかった。対処に困った春生は結局、同じ差出人からもう一度連絡が来るまでは応答せぬことにした。今後の相手の出方を見た上で、真偽を確かめるしかないと思われた。

●

自身の姓である鴇谷《とうや》の「鴇」の字がトキを意味することを、春生は中学一年生の頃に辞書を引いて初めて知った。

以後、彼にとってトキは身近な鳥となり、興味を向けるべき対象の一つとなった。

しかし初めのうちは、他の鳥よりも親近感が湧《わ》くといった程度であったので、文献を読むなどしてわざわざトキに関する知識を得たりしたことはなかった。新聞やテレビで報道された際に注目する以外は、普段はあまり関心を寄せなかった。

中学生当時の春生にとっては、トキそのものはどうでもよく、境遇にこそ惹《ひ》かれるものがあった。トキは、国の保護増殖事業によって飼育管理されている極めて稀少《きしょう》な鳥なので、ちょっとだけ自分も特別な存在になれたような気がして嬉《うれ》しかったのだ。「鴇」の字は貴種を証《しょう》する符牒《ふちょう》なのだと勝手に信じ込み、友人らに対して誇示することすらあった。だから、鴇谷という名字を春生はとても気に入っていた。誰一人、春生の自慢の根拠を理解する者はいなかったが、疎外感《そがいかん》はむしろ彼の妄念を強めることにしか役立たなかった。

春生はひどくおしゃべりなため、余計に敬遠されていたようだった。

自分は知力が高く特異な思想の持主だと主張したがり、周りにそれを認めさせたくて彼は常にうずうずしていた。饒舌《じょうぜつ》は人との会話に留まらず、書き物にまで及んでいた。自宅では毎日日記帳に己の心情を熱心に書き記し、学校では話し相手に向かって一方的に捲《まく》し立ててばかりいた。春生の多弁と過度の自己顕示に苛立《いらだ》つ者は多く、本当に目障《めざわ》りな奴《やつ》だと同級生の一部は陰口を叩《たた》いていた。疎《うと》まれていると気づいてはいたが、春生は自制が苦手だった。

中学での成績はそこそこ優秀で、体格は並だが、喧嘩《けんか》になると甚《はなは》だしく凶暴化して無茶をするので直接の暴力を受けることは少なかった。その分、持ち物を隠されたり壊されるなどのいやがらせが日常化した時期があった。

犯人は判っていたので、春生は相手に同じことをやり返して応戦した。完全には食い止められなかったが、一時的に泥仕合となった後は緩やかに沈静化してゆき、三年への進級とクラス替えによって事態は終息した。それ以前に、いやがらせの矛先もすでに別の爪弾《つまはじ》き者へと向けられていた。

中学の三年間を通じて、親友と呼べる者はおらず、どこに居てもいつも、春生はモノローグを述べているみたいなものだった。だがそれでも、悪印象を変えるために口数を減らそうとは思わなかった。彼は決して、自らを卑下することはなかった。他の多くの若者同様、世界の様相を色々なふうに誤解しながら、現実の遅鈍ぶりに歯痒《はがゆ》さを感じていた。大人になれば自《おの》ずと、自分にとってあるべき環境に身を置けるものと彼は信じていた。敵意や悪意を向けられることのない、好意と敬意に満ちたほのぼのとした世界が、春生の理想郷だった。そんな楽園の空を、トキたちが自由に飛び回っている風景をときおり思い描いていた。

トキへのシンパシーと周辺事情に関する認識は、春生の中で次第に変化していった。

高校入学の年の一月に、中国からヤンヤンとヨウヨウが贈られ、五月には日本初の人工繁殖による雛《ひな》の誕生が大きな話題となった。春生は自身のことのように悦《よろこ》んだが、世間の祝賀ムードに同調するのが厭《いや》なので周囲には黙っていた。当時の日記には、「世間一般の側に取り込まれそうだから、気持ちをうまく表せなくて困る」と彼は書いている。トキの保護増殖事業を、マスコミは国民的関心事のごとく取り上げているが、一過性の現象に終わるのは目に見えていた。そんな中、雛の名が小学生対象の公募によって決められることを知ると、春生はしらけ気分が増すばかりだった。絶滅寸前の崇高な生き物であるトキを軽々しく扱いすぎだとしか思えず、憤《いきどお》りすら覚えた。育雛《いくすう》の経過を報《しら》せるニュース映像がテレビで放送されるたびに、悦びの感情が冷めてゆくのを春生は自覚した。

何か違うんじゃないかという気がする——漠然とした懐疑心が日に日に膨らみ、日記にそれを綴《つづ》ることで、自分が何を受け入れ難く感じているのかを春生は把握した。

ユウユウと名付けられた雛の生誕により、日本におけるニッポニア・ニッポンの血統断絶は回避されたかに思えた。だが、ユウユウは中国のトキが日本で生《な》した子であって、日本産トキの絶滅はすでに決定的となっている。

このことに気づくと、「トキ二世誕生」を巡るお祭り騒ぎの総てが欺瞞《ぎまん》に映った。どんなことでもいいから、みんなただ万歳と叫ぶための口実が欲しいだけではないかと思えた。大方、「底なし不況」の暗い雰囲気がそうさせているに違いないと春生は見做《みな》した。相変わらず世の中の連中は、現実から目を背け、自分たちにとって都合の悪いことは忘れたふりをして、浮かれているだけだ――ありきたりな言い回しではあれ、無責任な立場から「世間一般」を腐《くさ》すのは心地よかった。

メディアの報道姿勢を吟味し、問題の核心を探るうちに、春生は次のような疑いを抱いた――国民的関心の実態とは要するに、トキの生殖活動それ自体に対する下劣な興味にすぎぬのではないか？　どうせその程度の社会なのである、と春生は断定した。

よく言われている通り、日本国民はセックスのことしか考えていない。しかも人間のセックスだけでは飽き足らず、鳥の交尾にまで好奇の目を向けて、新式のオナニーにでも励むつもりでいるらしい。散々《さんざん》殺しまくった上で態度をころっと変えて、たった一羽生ませただけで種の全体を救ってみせた気になり、トキもセックスするのだと知って大はしゃぎしているというわけだ。

こんなとち狂った連中の動物虐待《ぎやくたい》プレーに荷担すべきでないと、春生は思った。だからせめて、自分だけはもうトキに縋《すが》り付くのをやめねばならぬと、決心もした。彼なりに、「世間一般」に回収されてしまうのを拒んだ心算であった。

しかし春生は、トキへの関心を一切遮断できたわけではなかった。

昨年の一〇月一日に上京した彼は、深い孤独感に嘖《さいな》まれることによって再び、トキの境遇に吸い寄せられていった。元から友人は少なかったが、周りに顔見知りが一人もおらず、誰に語りかけていいかも判らぬ日々は、決して快いものではなかった。惚《ほ》れた相手の顔すら見ることの出来ぬ生活は、きつい心的苦痛をしばしば齎《もたら》した。そうした孤独な毎日の中で、心の拠《よ》り所を求めるうちに、「鴇」の字がまたしてもトキに結び付いた。春生はそれを、救いの糸口と理解した。

新たに芽生えた同一化の心情は、前のそれとはちょっと質が異なった。

昨年の初秋の時期、春生の人生は一変した。高校を自主退学して故郷を離れ、都内で一人暮らしを始めたのだ。必ずしも望んでそうしたわけではなかった。親の提案を受け入れただけだった。それを勧められた当初は、不当な仕打ちだとしか思えず、ひどく腹が立ったものだった。とはいえ、もはや後悔はしておらず、正しい選択だったと春生は納得していた。彼女に思いの丈《たけ》を充分に伝えきれなかったことも、高校を辞めたことも、地元で暮らせなくなったことも、どれも本意とは言えぬものの、何もかも運命に沿った出来事だったのだと、事態の推移を解釈した。皆が皆、互いに慕い敬う心暖まる世界など、どこにもありはしない――理想郷の断念を代償にして、春生の妄念は一段と強化されていった。

　以前は、孤独を感じぬためには空想や虚構の中へ逃げ込むしかなかった。差し当ってはそれ以外に、春生は有効な術《すべ》を見出《みいだ》せなかった。まだ若く、経験不足なせいもあった。東京に来たばかりの頃は、理不尽な現実を打破する手立てと自らの存在意義を模索し、鬱屈《うっくつ》としていた。

　しかし今はもう、己の進むべき道が明確に見えていた。時間は掛かったが、自分にも目的と呼べるものがあるのだと春生は知った。空想は、逃避の手段ではなくなり、目的を果たすための訓練となった。多大な犠牲を払ってでも、完遂せねばならぬことがある――幸か不幸か、トキの置かれた状況が、彼にそう思わせたのだった。

　トキの現状を知る上で、最も役立ったものはパソコンだった。単身生活を始めるに際して、新しいパソコンの購入とインターネット・サービス・プロバイダーへの加入は必須《ひっす》だと、春生は親に告げた。それともう一つ、高速回線による常時接続可能なネット環境を彼は要求した。見知らぬ土地への放逐を呑《の》む代わりの条件というわけだった。特別な理由があったのではなく、そのくらいは当然の権利と思って述べただけだった。自分専用のパソコンを得て、ウェブサイトを好きに見て回れるのなら、孤独な暮らしにも耐えられるかもしれない――里を出る前はそんなふうに考えて、東京への追放をいくらかでも前向きに捉《とら》えねば、現実と折り合えそうになかった。実家に住んでいた頃は、一般回線接続であったためウェブ巡りを制限されていたし、パソコン自体も弟との共有物なので自由に使える機会は少なかった。半ばやけくそ気味に、上京したらやりたい放題だと思い、春生は自身を慰《なぐさ》めていた。

新生活の準備は、様々な面で父親の旧友の世話になった。三沢史郎という名の男で、春生の父、俊作の高校の同級生だった。アパートの物件探しから職の手配まで、大概のことは三沢に任されていた。細々とした生活用品なども、三沢の妻が用意していた。春生は、引っ越しの当日に親と共にノートパソコンや携帯電話を買いに出掛けただけで、あとは特に何もする必要がなかった。夜までに大体の室内整理も終わり、インターネットへの接続も可能になった。翌日は三沢が経営する洋菓子店に連れてこられ、今後はそこで働かされることを知らされた。蕎麦屋の息子を立派な菓子職人に仕立ててやる、などと述べて、三沢は高笑いしていた。

三沢史郎は、友情に篤《あつ》いというよりはむしろ見栄《みえ》っ張りな印象の強い男だった。春生はうんざりしながら、両親と三沢が白々しい笑みを浮かべて語り合うのを横目で見ていた。とはいえ、洋菓子店の職に就くのはさほど厄介とは感じなかった。菓子職人にさせられるのを望みはしなかったが、仕事を持つこと自体は悪い気がしなかった。

昼は洋菓子店で働き、帰宅後は明け方近くまでインターネットを閲覧する日々がしばらく続いた。おかげで寝不足になり、一週間も経《た》つと職場に出向くのが面倒になって、遅刻が多くなった。これはいわゆる「ネット依存症」というやつだと自覚しつつも、春生は生活を改めなかった。洋菓子店にいる間も、雑用を適当に片付けながら、昨夜読み耽《ふけ》ったBBSの書き込みを思い出すなどしてそわそわしていた。もはや仕事にはすっかり飽きており、外出するのも煩《わずら》わしく感ずることが増えた。一人で部屋にいると憂鬱《ゆううつ》になったり怒りの衝動に駆られることが頻繁にあるが、それでも職場に行くよりはましだとさえ考えるようになっていた。

ウェブサイトの巡回は、菓子作りを会得《えとく》するよりも遥かに有益な点が多く、自分にとって必要なことに思えた。

以前なら、些細《ささい》な思い付きやちょっとした興味などは少し経つと薄らいでゆき、それきり忘却しがちであった。

しかし今はそうしたことが減り、何か気になる言葉を見つけると即座にインターネット検索エンジンを利用して、納得のゆくまで調べるのが習慣化した。

春生はそうやって孤独を癒《いや》し、ウェブ上から様々なことを学んだ。

上京して間もない頃は、無為に過ごす日も多かったが、目的を見出して以後は意識が変わった。話し相手がいないため、日記に書き付ける文字数は増大するばかりであったが、パソコンが記憶し続ける限り欲求を抑える必要などなかった。パソコンで書いた文章は、理路整然としていて、曖昧《あいまい》さの欠片《かけら》もないように映った。そのせいか、春生は自身が常に正しい道程を歩んでいると認識していた。これまでの人生は、何もかも辻褄《つじつま》が合っているように思えた。

己の人生に意味がないと悟ることは、春生にとっても、恐怖以外の何ものでもなかった。

検索エンジンの利用に嵌《は》まったのも、自身の姓に対する関心がきっかけだった。

春生は手始めに、軽い失望を味わった。鴇谷という家名の稀少価値を確かめてみたところ、期待外れに終わったのだ。

キーワード「鴇谷」の「49件」という比較的少数の検索結果は、一旦《いったん》は彼を満足させた。ただし、その印象は簡単に覆《くつがえ》った。まず、「鴇」の字を有す名字は、鴇谷の他にも意外に多く存在するのだと知らされて、春生は中学生当時の自らの言動をいささか恥じた。彼が見つけただけでも、鴇田、鴇沢、鴇巣、鴇波、鴇根などがあり、さらに鴇の一文字のみの姓すらあった。こうして並べてみると、鴇谷はむしろ平凡に感じられて、面白くなかった。ならば「鴇」の付く名字の中ではどれが最も珍しいのか、春生はそれも調べてみたのだが、落胆が強まるばかりであった。検索結果数の多い順から、鴇田「1640件」、鴇沢「157件」、鴇巣「69件」、鴇波「30件」、鴇根「2件」と出た（鴇は絞り込めぬので除外した）。鴇谷は「49件」だから、順位的にはほぼ中間の位置であり、平凡な印象はついに変えられなかった。

がっかりはしたが、「鴇」というキーワードを起点にして、春生はいくつかの興味深い情報に辿《たど》り着いた。

千葉県長生《ちょうせい》郡長柄《ながら》町に鴇谷という地名があること。千葉には「鴇」の付く地名が他にも数箇所あること。そして千葉にはかつて、トキの群棲《ぐんせい》地があったらしいということ。

NTT東日本各支店制作の地域情報紹介ウェブサイト「ハローねっとジャパン」の「千葉発」には、千葉県東金《とうがね》市に関する説明として、次のような記述があった。

室町時代の末ごろ、辺田方村《へたかた》といわれた今の八鶴湖畔の一角に千葉氏一族が鴇《とき》が嶺《みね》城を築きました。〝鴇が嶺〟の名は、当時この地に鴇がたくさん生息していたためにこう呼ばれていたようです。この〝鴇が嶺〟がのちに「東金」といわれるようになったとの説があります。

恐らく、自分の先祖は千葉に住んでいたのだろうと、春生は推測した。千葉県長生郡長柄町鴇谷が、その地かもしれない。きっとそこでも、無数のトキたちが空から舞い降りてきて、サワガニやらタニシやらドジョウやらを啄《つい》ばむ風景が日常的に見られたに違いない。それを待ち構えて、狙《ねら》い、生け捕り、または撃ち殺し、羽根を毟《むし》り、肉を喰らう者たちが、昔は大勢いたというわけだ。一つの種が絶滅に追い込まれるほどに、大挙して押し掛け、無闇矢鱈《むやみやたら》と、徹底的に、殺しまくったのだ――思考が短絡し、諸々《もろもろ》の事実を混同した末に、独自に作り上げた惨劇の情景を春生は思い浮かべていた。

あるいは俺の先祖も、そのうちの一人だったんじゃないのか？――春生は直感的に、そんな疑念を抱いた。千葉の鴇谷という地域に暮らし、トキ狩りで生計を立てていた一家が、我が祖先なのではないか？　だからこそ、トキへの執着が、俺の中から完全に消え去らぬのではないのか？　結局のところ、それが真実なのかもしれない……。

春生は、これらの淡い妄想の真偽を質《ただ》すことはしなかった。正確な過去を知るのは、どのみち無理だと思われたからだった。春生の実家は大分前から、鴇谷の本家とは絶縁に等しい状態となっているため、手掛かりを摑むのはもはや困難だった。鴇谷という姓を名乗りはしているものの、当主は不在であり、地元の近辺に同姓の血縁もいなかった。

祖父の守は、一九八八年九月一九日に出奔《しゆつぽん》したまま消息不明となっており、祖父方の親戚《しんせき》筋とはそれ以前からすでに疎遠《そえん》になっていた。祖母の実代は、祖父の話題に触れることを家族の者に一切禁じ、孫に何か訊《たず》ねられても頑なに口を閉ざし続けた。一言も理由を告げずに家を出た憎むべき夫の存在自体を、実代は忘れ去ろうとしていた。

五歳の頃の出来事であり、親からは大した説明もないため実情は想像するほかなく、祖父は愛人と駆落ちでもしたのだろうと春生は見当をつけていた。だが、真相を突き止めたところで、状況が好転するわけでもないだろうし、有益とも思えぬので、追求はしなかった。祖母に同情しているわけではないが、春生は祖父に会いたいと望んだことは一度もなかった。印象が薄く、特に可愛《かわい》がられたという記憶もないため、遠い親戚みたいにしか感じなかった。

真偽がどうであれ、春生は自身の妄想を棄却しなかった。

春生は、自分のルーツが「トキ・ハンター」であったという物語を、思い付いた矢先にすっかり信じ込んでいた。鴇谷家の血統を遡《さかのぼ》り、事実を調べることもせずに、そう確信した。ほとんど無根拠な思い込みでしかなかったが、必然的な成行きと捉えるほうがしっくりきた。

鴇谷という家名は、貴種を証する符牒《ふちよう》ではあらず、先祖から受け継がれたトキ殺しの血を示す烙印《らくいん》ではなかったか——そのように考えると、一際《ひときわ》露骨なイメージが現れ、強い寒気を感じて春生は身震いした。実に忌《い》まわしく、嘆かわしい推論だが、なぜだか想像は止まらず、興奮してしまった。血塗られた過去の幻視に襲われた彼は、堪《たま》らず股間《こかん》を押さえ、気分を落ち着けようとした。誰かに語りかけたかったが、一人きりなので、留処《とめど》なく浮かぶ言葉は発せられぬまま頭の中で渦巻いていた。

そうしているうちにふと、一つの興味が湧いた——途端に追懐の情が呼び起こされ、春生はその只中《ただなか》へ逃避したくなった。

佐渡のトキたちは今、どうしているのだろうか……。

一〇月一四日の夕方、朱鎔基《しゆようき》首相の来日に伴い中国から新たに贈られた雌のトキ、メイメイが、新潟県新穂《にいぼ》村の佐渡トキ保護センターに到着した――一〇月一五日日曜の午前中、テレビのニュース番組がこれを報じた。

毎月第一・第三日曜日は洋菓子店の定休日なので、昨夜から寝ずにウェブを彷徨《ほうこう》していた春生は、やっと床に就きかけたところでそのニュースを目にした。メイメイは、ユウユウのペアリング相手に選ばれたのだとキャスターは語っていた。「ペアリング」と聞いて、血の巡りが早まり、眠気は消えた。

メイメイ到着を伝えるニュースは、その事実以上の何かを自分に告げているような気がしてならなかった。ちょうどまた、トキに対する興味を持ったことと、直後にメイメイのニュースを見たことは、偶然ではあり得ぬように思われた。

トキに惹かれて、春生の脳裏に運命という言葉が浮かんだのは、このときが最初だった。運命、と口に出してみると、大袈裟《おおげさ》に感じつつも、強い胸騒ぎを覚えた。不安というよりは、畏《おそ》れに近い心情だった。

トキのことを、もっとよく知っておくべきだと春生は考えた。

翌日から彼は、二度と仕事に行かなくなった。

インターネット検索エンジン「goo」の「便利ツール国語辞典」は、「鴇」という語の意味を以下のように示した。

■［鴇］の大辞林第二版からの検索結果　情報提供：三省堂

とき【鴇・〈朱鷺〉・〈桃花鳥〉】
コウノトリ目トキ科の鳥。学名ニッポニアーニッポン。全長約75センチメートル。全身が白色の羽毛に覆《おお》われ、後頭部に長い冠羽がある。翼や尾羽は淡紅色（鴇色）を呈し、顔の裸出部と脚は赤色。繁殖期には羽色が灰色となる。黒く長いくちばしは下方に湾曲する。日本では1981年（昭和56）に野生種は絶滅し、現在、中国陝西（せんせい）省で繁殖が確認されているのみ。特別天然記念物および国際保護鳥。朱鷺（しゅろ）。

これともう一つ、「鴇」には「つき」という読み方があり、意味は「鳥トキの異名。［新撰字鏡］」と説明されている。いずれにせよ、「鴇」の語意はトキ以外にはないということだ。そのことを再確認した春生は、続いてキーワード「トキ」を検索した。

「トキ」に関する情報を扱うウェブページは九千件以上もあるため、とりあえず主要なものだけに絞り込む必要があった。春生は最初に佐渡トキ保護センターや環境庁（二〇〇一年一月六日以降は環境省）等の公的機関のサイトを巡覧し、次にいくつかの新聞記事を選んで目を通した。それだけでも総て読み終えるのに多くの日数を費やしたが、少しも苦ではなかった。むしろ夢中になって、何よりも真剣に、春生はそれらを熟読した。

保護増殖事業の現状を詳《つまび》らかにしてゆく中で、ユウユウ誕生時の世間の昂揚を振り返ると、以前に感じたよりも強い違和を覚えた。ボタンの掛け違いがあるように思えてならず、相変わらず肝腎《かんじん》な事柄が有耶無耶《うやむや》にされている気がした。

春生は、日本のトキを巡る状況を次のように日記に書き表わしている――**「トキは、沢山の樹木に囲まれた中に設けられた管理施設内に隔離され、手厚い保護を受けながら、国家によって生かされている。そこには日々大勢の観光客が訪れて、トキたちの生活の様子を見物する。人々の関心はもっぱら、トキたちの交尾と出産に向けら**

れており、その機会が一度でも多く生まれることを誰もが願っている。ニッポニア・ニッポンの血統は、決して断たれてはならぬからだ」

しかし現時点では、日本産トキの絶滅はやはり確定的な事態だった。一九九五年四月三〇日に日本産トキ最後の雄ミドリが急死し、ミドリと中国から借り受けた雌のフォンフォンとの間に産まれた卵の総てが無精卵と判明した結果、事実上、それは避けられぬこととなった。日本産トキは現在、高齢で生殖能力を失したキンを残すのみである。

環境庁自然環境局のページの行政資料「トキ情報」欄は、日中のトキの現状を以下のように告知している。

日本と中国のトキの現状

1．トキ

○世界で日本と中国のみに残存　分類学的には同種

○学名　ニッポニア・ニッポン

○平成10年末現在、日本には1羽、中国には130羽余り

2．日本のトキ

○現在「キン」1羽のみ　雌31歳　すでに繁殖能力なし

○環境庁の保護増殖事業として、佐渡トキ保護センターで飼育中

3．中国のトキ

○1981年（昭和56年）陝西《せんせい》省秦嶺《しんれい》山脈で再発見　当初7羽

○1983年　陝西省洋県にトキ保護所設立

○1998年（平成10年）野生60羽あまり、飼育71羽に増加

4．日中トキ保護協力

（1）日中協力による繁殖事業

○ホアホアの借り受け　昭和60年〜平成元年（四繁殖期）

・北京《ペキン》動物園からホアホア（雄）を借り受け、キン（雌）とペアリング

・成功せず、中国に返還

○ミドリの婿《むこ》入り　平成2年～4年（三繁殖期）
・ミドリ（雄）を北京動物園に送り、中国のヤオヤオ（雌）とペアリング
・成功せず、佐渡に引き取り
○中国ペアの借り受け　平成6年～7年（一繁殖期）
・ロンロン（雄）フォンフォン（雌）のペア　洋県トキ救護飼養センターから
・飼育中、ロンロン急死　フォンフォンは返還

(2) 中国のトキ保護への協力
これまで、JICA、環境庁、民間基金・募金等により
・飼育繁殖施設の整備　監視カメラ、車両等の機材提供
・調査や飼育の専門家派遣　生息状況調査の支援
・普及啓発事業の支援
　等の協力を実施

これは「平成10年末現在」の状況なので、翌年誕生したユウユウ、そしてその後に

生まれたシンシンやアイアイの名は含まれていない。

「日本と中国」という図式の中に据えた場合、ユウユウやシンシンやアイアイらの立場はどうなるのか——春生はこの点に興味を持った。血筋は中国、生誕地は日本という出生事情は、色々と厄介な問題を招来しそうに思えた。

ユウユウやシンシンやアイアイら新世代のトキたちの曖昧《あいまい》な立場を、世間はどのように受け止めているのか。これに関してはまず、春生は以下の新聞記事に注目した。

「トキ1ページ特集」国籍はどっち？　ユウユウの独り言

2000．06．17　共同通信　共A3T637社会308S02（全537字）

ぼくの名前はユウユウ。新潟の佐渡島で生まれて一年になり、今年はきょうだいもできた。でも気になることがあるんだ。日本生まれのぼくらだけど、やっぱり〝中国鳥〟なのかな。周りの人たちも意見がばらばらなんだ。

「ひなに戸籍を作ってやるか。属地でいくか、属人主義でいくか」。ぼくが生まれた昨年五月、故小渕恵三《おぶちけいぞう》前首相はこう話したそうだ。環境庁に聞いてみると「管理責任者は当庁だから国籍は日本」と野生生物課の人。でも「元をたどると中国…。国籍はないというのが正確かもしれない」と苦しくなってくる。

「日本のもの」と話すのは篠塚昭次早稲田《わせだ》大名誉教授（民法）だ。「天皇に贈与されたものだから、個人所有物を環境庁に委託したと考えられる」そうだ。

野生生物学者の村上興正京都大大学院理学研究科助手は「日本のトキと先祖が違う可能性がある。遺伝子解析で同一種かどうか調べるべきだった。ただ、来てしまった以上、国籍取得したと考えるべきかも」。

「飼育費を税金で賄《まかな》う住民理解が現状では得られていないと思う。日本の鳥になるには住民合意が必要だ」とは、新潟市民オンブズマンの大沢理尋弁護士。

ぼくの悩みはどうも解決しないけれど、隣のキンおばあさんを見習って長生きし、日本のトキ増殖に頑張ります。

欺瞞だらけだと、春生は思った。

春生は次のように考え、日記に認《したた》めた――「単に保護増殖事業の推進にこそ重点を置いているのであれば、『国籍』に関する議論に価値はないはずだ。『ニッポニア・ニッポン』という学名を付けられてしまったばっかりに、トキの問題は常に国家の話と結び付いてしまうらしい。というか、『ニッポニア・ニッポン』という学名を持つからこそ、トキの保護増殖事業は今や例外として位置づけられ、入念に進められているのではないか。今日、絶滅の危機に瀕《ひん》する他の種と比べて、トキが優遇されていることは間違いなさそうだという気がする……。

つまりこの国の連中は、ユウユウらは『ニッポニア・ニッポン』であって日本の鳥だと言い張りたいのに自信がないのだろう。誰にとってどんな利益が生ずるのかはさっぱり判《わか》らぬが、トキという生物それ自体以上に、『ニッポニア・ニッポン』という名称に執着している者が少なからずいるわけだ。まるでそのことが、国の命運に多大な影響を及ぼすとでもいうかのように……。

しかしたとえトキが優遇されているにせよ、どれもこれも所詮《しょせん》は人間の側の都合にすぎない。ユウユウら新世代のトキたちは、そうした事情に振り回されているような印象を受ける。あるいはユウユウらは、日本産トキの復活と学名『ニッポニア・ニッポン』の存続のためだけに必要とされ、生かされているのではないか」

――思案を続けるうちに、春生はそんな不審すら抱いた。

情報を集めるほど、不審の念は深まった。

「新潟 asahi.com」の「企画特集」ページに連載されている「トキ日記」二〇〇〇年一一月一九日付けの記事は、「早稲田大学の石居進教授（生物学専攻）が、日中のトキの遺伝子を分析した結果について報告があり、両国間のトキの遺伝子は比較的近いことが分かった」と報じている。さらに、「石居教授は『分類学上だけでなく、遺伝子学上でも同じ種であることが裏付けられた』と話している。将来的には、年齢や相性だけでなく、遺伝子からもペアリングの選別の手段になるという」などと同記事は伝えている。「両国間のトキの遺伝子は比較的近い」という点に春生は引っ掛かりを感じた。「比較的近い」ということは、同一ではないという意味だと受け取れるからだ。

春生は試しに、「石居進　早稲田大学　トキ　遺伝子」とキーワードを入力し、検索してみた。その結果「9件」の関連ページが表示され、春生はそこから早稲田大学の広報紙「早稲田ウィークリー」のウェブサイトに辿《たど》り着き、より詳しい事情を知った。
同紙には、早稲田大学の教員の研究内容を取材対象とする「研究最前線」という記事が連載されており、第919号（二〇〇〇年一一月二〇日）では石居進教育学部教授が取り上げられている。「**絶滅寸前のトキを救え！　遺伝子研究が挑戦する生命の神秘　早稲田と佐渡を結ぶ早稲田人ネットワーク**」と題されたその記事の中で、石居教授は次のように説明している。

親子や兄弟など遺伝的に近すぎても、近親交配であまり良くない。また、遠すぎても、種が違うということで、日本のトキの種の保存にとっては困ったこととなります。しかし、今回の検査で、いい具合に近い遺伝子を持つことが判明した。例えて言うなら、日本人と中国人の違いみたいなものかな

要するに、ユウユウやシンシンやアイアイは「日本人」ではなく、「中国人」ということだ。石居教授の見解を踏まえると、「分類学上だけでなく、遺伝子学上でも」ユウユウらは中国のトキだということになる。とはいえ、これ自体はさほど重要な事実ではない。春生が最も着目した箇所は、石居教授の以下の発言である。

中国のトキが日本のトキの遺伝子を持つ卵を産むことが可能になるかもしれないよ

皮肉なことに、「早稲田ウィークリー」第919号の「研究最前線」は、クローン技術を利用した日本産トキの再生実現に向けた動きに主眼を置いて書かれていた。ミドリの遺骸《いがい》から取り出され、現在凍結保存されている主な臓器の細胞などを用いて、将来的にそれが試みられる可能性が高いという。石居教授の提言を受けて、「トキ保存・再生プロジェクト」の名目で環境庁がそうした計画を推進しているというのだ。

これは危険な発想であると、春生は判断した。誰にとってかといえば、トキにとって危険であると彼は考えた。「トキ保存・再生プロジェクト」の実践は、ユウユウやシンシンやアイアイらを一層危うい境遇へ追い込むに違いないと思われた。

春生はこんなふうに自説を書いた——「『トキ保存・再生プロジェクト』の関係者らは是が非でも、日本産トキを復活させねば気が済まぬらしい。彼らはあくまでも、日本産の血統に拘《こだわ》りたいわけだ……『国籍』の場合と同じように。つまり彼らは、トキという稀少《きしょう》動物の保護増殖こそが課題であるかに触れ回りながら、実情は何のことはない、『にっぽん』という名と血と国の『保護』であり、『増殖』であり、『保存』であり、『再生』を最大の目的としているわけだ。

むろんそれは、国家という制度にとっては全く妥当な理念であり、当然すぎる判断と言える。国にとって大事なのは、国という枠組み以外にはないのだから、その意味では誤りは微塵《みじん》もない。それゆえに、一方では容赦なく環境破壊を推し進めつつ、他方では『絶滅危惧《きぐ》種の保護増殖』を謳《うた》ってトキの繁殖に努めるという矛盾に臆《おく》する必要すらないのだろう。国にとっては、単にトキという生物が増えたところで、何の意味もないというわけだ。

しかしその場合、ユウユウやシンシンやアイアイらは、どうなるのか。やはりこれら新世代のトキたちは、クローン技術による日本産トキの復活のためだけに必要とされ、生かされているにすぎぬのか。『中国のトキが日本のトキの遺伝子を持つ卵を産むことが可能になるかもしれないよ』という石居教授の言葉が、そのことを裏付けているように思えてならない。『中国のトキ』とは、確実にユウユウやシンシンやアイアイらも含まれているわけであり、彼らはいわば、『日本のトキの遺伝子を持つ卵を産む』ための、単なる媒体だと考えられているのではないか。仮にそうやって、ミドリら日本産トキの血筋を引く雛《ひな》が生まれたら、ユウユウやシンシンやアイアイらを彼らはどのように扱うのか。そのとき、日本で誕生した中国産二世のトキたちが、遺伝子差別だとかの対象となって蔑《ないがし》ろにされぬという保証は、果たしてあるのか……」

トキのために、とりわけユウユウやシンシンやアイアイのために、一肌脱いでやらねばならぬと春生は考えた。しかし義憤に駆られた、というわけではなく、どちらかというと、当たり籤《くじ》を引いたような感覚だった。運命の中身が、半分ほど見えた気がした。

春生の抱いた疑問は概《おおむ》ね、一九九九年六月一七日付け「毎日新聞」東京朝刊に載った「〈記者の目〉トキのおめでた報道『国内初』騒ぎ過ぎた」（新潟支局・鈴木泰広）という記事でも取り上げられていた。「ただ、騒ぎ過ぎだ、という思いもある。だれのための人工繁殖なのか。中国生まれのペアを親に持つひなは、日本国籍になるのか。いくつもの問いに答えを見いだせないまま、『おめでた報道』を続けている」と冒頭で述べ、「『中国産』と断りながらも『国内初』と騒ぎ立てている自分自身を含めたマスコミと、『しょせん中国産』と初めから取り合おうとしない人たち。表面上、両者は相いれないように見えて、実は、ある種のナショナリズムを、ともに潜在意識として持っているのだと思う」という見解を交えながら、記者は最後にこう書いている。

ひな誕生に「トキ外交の成功」と、はしゃぐ人たちがいる。観光客の減少に悩む地元経済界も、この機を逃してはならないとばかり躍起になっている。「環境問題」だったトキの人工繁殖を、人間は、いつの間にか「外交問題」に、「経済問題」にしていった。すべてが、人間の書いたシナリオ通りに進んでいる。そんな気がしてならない。

全くの正論だと、春生は思った。しかし正論を吐いているだけでは、何の解決にもなりはしない。このように心で呟《つぶや》くと、**この俺が、「人間の書いたシナリオ」を全部ぶち壊してやる**——このように心で呟くと、春生はとてもいい気分になれた。久方ぶりの、刺激的な決意だった。

自分自身もまた、トキを出汁《だし》にして自己満足を得ることを目論《もくろ》む側の一人にすぎぬのではないか、などとは、春生は考えてもみなかった。この時分の彼は、自らの善意を信じて疑いもしなかった。とはいえ結局のところ、春生はトキを出汁にして「人間の書いたシナリオ」をぶち壊したいだけだった。彼がそれをはっきりと自覚するのは、もうしばらく先のことだった。

ともかく、過激な目的を探り当てた悦《よろこ》びが、否定的感情を抑え込んでもいた。「人間の書いたシナリオ」をどうやってぶち壊すかと、想像を少し巡らすだけで、興奮が大きく膨らんだ。世間を驚かせ、失望させることが、深い感動を齎《もたら》しそうだという期待も興奮の中に伏在した。本木桜から引き離されたことの理不尽な試練を、やっと克服できるかもしれぬと春生は思った。

●

洋菓子店の仕事に出なくなったことを、春生は三沢史郎のせいにした。奴隷《どれい》みたいに扱《こ》き使われるだけでなく、過度の暴力を振るわれるので、あんな男の店で働くのは御免だと春生は親に告げた。他の従業員から陰湿ないじめを受けた、とも話した。どれも嘘《うそ》だった。

三沢は全く殴らぬわけではなかったし、職場の雰囲気も、春生にとっては快適と言えるほどは良くなかった。だが、三沢の洋菓子店が他所《よそ》の店と比べて劣悪で過酷な労働環境を強いているかといえば、そんなことはまるでなかった。客受けも悪くなく、一度だけ雑誌で紹介されたこともある、地元ではそれなりに知られた店だった。三沢自身も、旧友の息子だしいささか込み入った事情があって一人暮らしを始めた問題児だからと配慮し、春生には甘めに接していたつもりだった。問題児を預かるのは初めてではないし、春生は反抗的な不良少年というタイプでもないので、手懐《てなず》ける自信が三沢にはあった。毎日顔を合わせているうちに、頼りにされているとすら三沢は感じていた。それが誤算だった。

欠勤三日目の朝、執拗《しつよう》なノックの音で春生は叩き起こされた。ノックの主は、三沢史郎だった。一日目に店から電話が掛かってきた際は、風邪をひいたと偽って誤魔化したのだが、そのせいで二日目に三沢の妻が食事と薬を届けに来てしまい、仮病がばれた。

春生は三沢を部屋に入れなかった。三沢は合鍵《あいかぎ》を持っていたが、ドアチェーンを外すことまでは出来ず、対処に困っていた。しかしそれでも猶《なお》、強引に体を中に入れてドアを抉《こ》じ開けようとするため、春生は三沢の顔や手をチャッカマンの火で炙《あぶ》り、退けた。短い悲鳴を上げてドアから離れた三沢は、すぐさま本性を剝《む》き出しにして春生を罵《ののし》り、警察に突き出すぞとまで言い放った。呼吸を整えて、一旦《いったん》気分を落ち着けた三沢は、態度を和らげつつも抑揚のない声で淡々と説教をたれ始めた。春生が無視したまま一時間ほどが経つと、三沢はついに諦《あきら》めて帰った。

それから三日後の土曜日、今度は両親が田舎から出て来たが、春生はまた入室を拒否した。両親は、春生をなるべく怒らせまいとして、強硬な態度は取らずに優しく話しかけて粘った。理由は何であれ、無理に仕事を続けなくてもいいからと譲歩し、せめて顔だけは見せて欲しいと懇願した。顔を見るまでは帰れないと、母親が洟《はな》を啜《すす》りながら話し、父親は無言でときおりドアをコンコン叩いていた。

ドアの覗《のぞ》き穴から外を窺《うかが》うと、葬儀にでも参列しているかのように沈み込み、悲哀丸出しの様子の中年カップルが並んで立ち尽くしていた。春生は、映画みたいだと思いながら、魚眼レンズの映し出す間の抜けた像を数秒間ほど見つめ続けた。レンズを通して見るのは初めてだが、両親のそんな姿を目にすること自体はもう日常の一コマでしかなかった。梅雨の頃からずっと、春生の両親は人に頭を下げてばかりいた。長男の為出《しで》かした不始末のせいで、高校や警察や本木家の者らに対して、二人は厭《いや》というほど謝り続けた。親というのは損な役回りだ、などと考えはしたが、春生は全く同情を感じていなかった。謝罪の他に適当な対応を思い付けぬ両親を、浅薄だとすら彼は見做していた。親父《おやじ》は元自衛官なのだから、ガタガタ吐《ぬ》かす連中は全員ぶっ飛ばしてやればいいのにと、いやみを言ってやったこともあった。

春生の父、俊作はかつて、陸上自衛隊第20普通科連隊に所属していた。鴇谷家に婿《むこ》入《い》りして六年後に義父の守が失踪《しっそう》してしまったことが契機となり、翌年彼は除隊して家業の蕎麦屋を継いだのだった。四〇を過ぎた今の俊作は、十年間の戦闘訓練生活で鍛え上げたはずの体は見る影もなく痩《や》せ細っていて、性格も穏やかな平和主義者に変《へん》貌《ぼう》していた。昔は酒乱の気のあるお調子者の遊び人だったのだが、転職後はめっきり落ち着き、蕎麦屋の婿は真面目《まじめ》な人柄だと近所でも評判だった。そんな父を春生はナメきっており、高校に進学した頃からは露骨に馬鹿にした態度で接していた。家業を嫌っている春生は、父が自衛官を辞めたことを無様な撤退だと決め付けてさえいた。俊作は、増長する一方の春生の言動をただ無視することしか出来ず、家の中にいても口数が減るばかりだった。

春生は結局、母親だけ部屋に入ることを許した。外に残された父親は、三沢史郎に改めて詫《わ》びるため洋菓子店に出向くことを告げて、アパートの階段を下りていった。いかにも寂しげな父の後ろ姿に春生は軽蔑《けいべつ》の眼差《まなざ》しを向けただけで、声を掛けることもしなかった。

床に正坐《せいざ》している母親をベッドの上から見下ろして、春生は自らの言い分を述べた。久しぶりに従順な聞き手を得た彼は、誇張や出任せを存分に喋《しゃべ》り、三沢史郎を悪者に仕立てた。春生の母、瑞恵《みずえ》は、息子の虚言を信用するふりをして、うんうん頷《うなず》きながら聞き入っていた。自分は味方だと判らせたいからか、そんなにひどい目に遭わされたのなら警察にでも訴えるべきなのだろうか、などと唐突に母親が話すので、別にいい、と春生は言い捨てた。瑞恵はそれにも相槌《あいづち》を打ってから、幼児にでも語りかけるようにやんわりと訊ねた。

「んだらば、どうする？　別な仕事でも、探すが？　アルバイトどが、探してみっか？　どうする？　春ちゃん……」

春生はしばし黙り込んだ。この頃はまだ、トキに関する調査を始めたばかりだったので特別な目的も見出せずにおり、だらだらと過ごすことも少なくなかった。地元に帰り、本木桜に会いたいと心の底では切望していたが、もしまた娘に一歩でも近付いたら即刻警察に逮捕させると本木の親に釘《くぎ》を刺されているため、そうするには相応の心構えと準備が必要だった。

今はその時機でない、と思う一方で、出来ることならもう、本木桜を忘れてしまいたいと春生は考えてもいた。あの女のせいで、俺は馬鹿の一つ覚えみたいにチンポを擦《こす》り続ける猿になっちまい、いつの間にやら動物園の檻《おり》の中に閉じ込められた挙句、気力や知力すら奪われかけている——このように危機意識を募らせて、春生は欲望の自制に努めることもあった。本木桜に恋い焦《こ》がれているうちは、思考が堂々巡りに陥るばかりで、人生の足踏み状態からいつまでも脱け出せぬと、一応は自覚してさえいた。しかし若い春生には、そう容易《たやす》く気持ちを割り切れるはずもなく、上京後もずっと心は揺らいでいた。深い孤独が、余計に葛藤《かっとう》を煽《あお》りもした。

どうする？　と再び母に問われて、仕事はせずに勉強をする、と春生は答えた。来年にでも大学入学資格検定を受験して、合格したら大学入試を受けることを伝えると、母は途端に表情を明るい笑顔に変えて、一度軽く手を叩いて拝むような格好をしてみせた。彼女はどうやら心から、素直に悦んでいる様子だった。

半年前と比べたら、春生の言う嘘を見抜く眼力はかなり向上したはずなのだが、本人の口から前向きな言葉を聞いてしまうとつい、瑞恵の母性愛は懐疑の警戒を解いてしまった。この一週間、将来のことをじっくり考えてみて、そう決めた、などと春生が言い添えただけで、瑞恵は息子の希望を何でも叶《かな》えてやりたくなった。春生が学業を再開する気になるのを、上京を勧めた当初から期待していた瑞恵は、すでに大検の資料を取り寄せて目を通してもいた。それゆえ彼女にしてみれば尚更《なおさら》嬉《うれ》しい発言だったわけであり、少々目が曇るのも仕方がないのかもしれなかった。

春生は受験を盾に取り、母の親心に付け入って、今後は一切干渉せずに金だけ寄越せと催促した。予備校に通うなり、通信教育を受けるなり、してみてはどうかと瑞恵は恐る恐る提案してみたが、春生は鰾膠《にべ》もなく、必要ないと断じた。本当に一人で平気なのかと、叱《しか》られるのを覚悟で瑞恵が訊ねてみると、間髪を容《い》れずに舌打ちしてから、これがあるから大丈夫だと言って、春生は自分のノートパソコンを指差した。インターネットを利用して、勉強はもう始めているのだと話す春生の脳裏には、トキの姿が鮮明に浮かんでいた。

受験勉強などを始める意図は更々ないものの、春生の意思はいま明らかに、学習活動へと傾いていた。トキのことを考え、調べるうちに、本木桜への執着から解放されるかもしれぬという予感も芽生えていた。少なくとも、ここ数日トキに関する記事を読み耽っている間は、興味の対象は一点に絞られていた。「鴇谷」の検索結果から「千葉県長生郡長柄町鴇谷」や「東金」の情報に辿り着き、その後メイメイのニュースを見て以来、多少の焦燥も含まれた妙な使命感に駆り立てられている——母との会話を続けながらも、春生はそれを実感していた。一日も早く、本木桜を忘れるためにも、積極的にこの使命感に導かれてみるべきかもしれぬと、彼は思っていた。

春生は母に対して、うちの先祖は何者だったか知っているかと、試しに質問してみた。

「さあなあ、何だっけべ……判らねなあ……。爺《じい》ちゃんが、あの通りだがらね、お母さんも聞いでねのよ、聞いだ憶《おぼ》えがないのよ……」

知らないほうがいい、と呟きかけて、春生は不敵に微笑《ほほえ》んだ。なぜそう聞くのか、問われたが、彼は笑みだけ向けて答えなかった。

瑞恵は不審を抱き、顔付きを卑屈の色に戻して、不安げな口調で本意の一部を述べた。

「春ちゃん、やっぱりね、一人では、何かど大変だべがら、お母さん、毎週こっちまで通ってみっかど思うんだげど……勉強するんであれば、家事もこなすの大変だべがら、心配で……」

春生はゴミ箱を蹴飛《けと》ばし、ティッシュの箱を投げ付けて、母親を黙らせた。伝達済みの意向を改めて喋らされることが、彼には我慢ならなかった。自身が足蹴《あしげ》にされると直感したらしく、瑞恵は急いで壁際《かべぎわ》に後退し、団子虫のごとく体を丸めた。その姿を見てさらに腹が立ち、春生は母を怒鳴り付けた。

「ぶっ殺すぞ！」

仕送りの増額と絶対の不干渉を約束させて、春生は母に罵声《ばせい》を浴びせるのをやめた。これがきっかけで、仕送りの総額は十二万円から十五万円に引き上げられた。春生は二十万円を要求したのだが、さすがにそれは無理だから勘弁してくれと瑞恵は掌《てのひら》を合わせて哀願した。その代わりに、教材代と季節ごとの洋服代を別に与えることを彼女は申し出て、息子を渋々承知させたのだった。

散らかった床を片付けて、持参した手作りの惣菜《そうざい》などを冷蔵庫にしまい、財布から一万円札を三枚抜いてテーブルの上に置き、瑞恵は靴を履いた。交渉を終えるとすぐにパソコンに向かってしまった春生は、母親が玄関口に立っても、液晶モニターから視線を外す気はないようだった。

「んだらね、帰ります」

返事はなく、依然として、春生は顔を上げることすらしなかった。瑞恵はノブを回したが、ドアを開けるのは待った。自分は好きでこんなところに住んでいるわけじゃない、などと少し前に愚痴を言われたのを思い出した彼女は、最後にもう一回だけ息子の機嫌を取るつもりで、次のように述べた。

「春ちゃん……もしも、どうしても、お金、足りねぐなったら、言えな。出来るだげ、お母さんも、頑張ってみっから……頑張って、稼ぐがら、今だげ、あどしばらぐの間だげ、我慢してでな……」

応答があるのをちょっとだけ期待して、春生の横顔を五秒間ほど黙って見守ってから、瑞恵は部屋を出た。アパートの階段を下りながら、天神様にお参りに行かねばならぬと、彼女は思った。

●

飼育、解放、密殺という三つの「解決方法」の発案は、春生なりの論理的な帰結だった。

春生はまず、次のように事態を認識した――「トキたちは今、明らかに、『人間の書いたシナリオ』の犠牲になっている。そしてその、『人間の書いたシナリオ』とは要するに、国の管理そのものであるのは間違いない。『保護』だの『保存』だのと言いつつ、連中はこれまで実際に、人為的と言っていいミスで何羽も死なせているのだから……」

日本におけるトキの保護増殖事業は、すでに幾度も対応の遅れや方法的不備を指摘されており、評判も決して良くはない――新聞記事を読み漁《あさ》る過程で春生はそう理解した。

中でも「Mainichi INTERACTIVE『トキ』ウェブ資料館」に収められた、「ニッポニア・ニッポン」という題名の長文記事（一九九七年三月二三日から一週間おきに合計六回、「毎日新聞」に連載された）は示唆《しさ》的だった。筆者は、本間寅雄《とらお》佐渡博物館館長（当時）。終始ペシミスティックな調子で語られる同記事は、人工繁殖計画自体の有効性に疑問を呈しつつ、環境庁の推し進めた「全鳥捕獲」を初めとする方策の数々を失敗と見做している。

（略）6月と7月に「黄」と「赤」が死んだ。狭いケージで身体《からだ》をぶつけたときの傷からブドウ球菌が侵入して発病した。2年後の83年には「白」。これは輸卵管閉そくで野生ではあまりないアクシデントだった。いわゆる卵詰まり。輸卵管の末端部に詰まっていた卵に気づくのが遅れた。運動量が極端に不足するからで「緑」とは相性がよくメスでは最良の個体とされた「白」を失う。取り出した卵も孵化（ふか）しなかった。重なる技術ミスで、残ったのは「緑」と、捕獲前から右足関節の悪かった「青」。そして以前から飼っていた老齢の「キン」の3羽。史上最少羽数になった。

人工か、自然か。全鳥捕獲に先立って国論？　が二分した感があった。79年に国際鳥獣保護連盟のS・ディロン・リプレー会長から、当時の大平正芳《まさよし》首相に「成鳥を捕獲して人工増殖を早急に」といった書簡なども届いていた。環境庁は「(全鳥捕獲は)国際世論も背景にあった」とする。

が、増殖事業が結果的にトキの絶滅を早めたとする見方が強い。大切な成鳥4羽が5年以内に相次いで命を落としたのだから。

筆者はさらに、以下のように嘆いてもいる。

(略)67年に始まった巣上のヒナの捕獲。翌年には放送局のヘリが上空からトキの群れを追い、驚いた12羽が黒滝山を放棄して、一山越えた立間(両津市)に集団移転するという意外なことが起こった。立間はトビやカラスの多い海岸寄りで、絶滅への加速度をさらに早める。このあと、78年の採卵作戦、81年の全鳥捕獲と、トキには受難の日々が続いた。何のための全鳥捕獲だったか。

引き続き、春生は日記に考えを綴《つづ》った――「『国籍』問題にせよ、『遺伝子』問題にせよ、『捕獲』問題にせよ、いずれにしても国が絡《から》むと碌《ろく》なことがないというわけだ。トキたちにとっては、この国の管理体制は害悪でしかなかったのだし、中国産二世のユウユウやシンシンやアイアイらにとっては、今後はそれがより深刻な形に発展しそうな気配すらある。乱獲の続いた時代と今とで、不幸の度合いは大して差がないのかもしれない。

このまま国の保護増殖事業に身を委《ゆだ》ねることは、トキたちにとって屈辱以外の何ものでもないはずだ。下手をすると、彼らは完全な絶滅に到《いた》るまで檻の中に幽閉され続け、見世物として扱われるばかりでなく、人工繁殖やらクローン技術やらの実験材料の役目を負わされて、単に日本人の罪悪感を癒《いや》したり自尊心を満たすためだけの道具にされかねない。『ニッポニア・ニッポン』という忌《い》まわしい名が、トキたちを泥沼の底の底まで引き摺《ず》り込むだろう。

この国において、真の意味でのトキ救済とはつまり、学名『ニッポニア・ニッポン』を破棄させると共に、『人間の書いたシナリオ』にすぎぬ保護増殖事業を粉砕し、中でもとりわけ『トキ保存・再生プロジェクト』を撤廃に追い込むことであろう。拘禁・見世物・実験材料の状態からの解放、そして無名化、これらの他に、トキたちの救済はあり得ない」

ならば自分は、具体的に、いったい何をすべきなのか？——必然的に辿り着くべきこの自問に答えられず、春生の手はキーボードから離れた。朧《おぼろ》げに回答が見えてはいるものの、なぜか、それを即座に明確化する気が起きなかった。頭の中が乱れて、意気が上がらず、どことなく違和感もあった。その違和感を言葉で表すことも難しく、思案は一旦《いったん》中断せざるを得なかった。

自身が必ずしも、「トキ救済」を志しているわけではないことに、春生は未《いま》だ無自覚だった。あるいは薄々それに気づきながらも、良心が防壁となり、承認を拒んでいるのかもしれなかった。結論に到るまであと一、二歩のところで思索が捗《はかど》らなくなり、気持ちも未整理のまま、春生は二〇〇一年一月二六日を迎えた。

春生はその日、普段と変わらず夕方に目を覚まし、コンビニで弁当を買って食べてから、インターネットにアクセスした。巡回対象サイトの一つ、「新潟 asahi.com」の「トキ日記」が更新されていたので、彼は追加分の記事を読んでみた。ユウユウとメイメイの生殖羽の着色開始を伝える内容のその記事には、最後にこんなことが書かれてあった。

繁殖期が始まるため、トキの一般公開は来月一日から繁殖期が終わる夏まで中止される。

こうなることを、春生は全く予期していなかった。

繁殖期の一般公開自体は、去年も行われておらず、大分前にその事実は確認済みではあった。だが、当時は現状理解の段階であったため、春生はそれを特に重要視せず、すぐに忘れてしまっていた。状況が変わった今、現実の不意撃ちに面喰らいつつも、彼は急いで頭を働かせねばならなかった。

春生はまだ、トキを実際に見た経験はなかったし、佐渡トキ保護センターの見学を本気で計画したことも一度もなかった。いずれはそうするだろうという程度に、漠然と思い描いていただけだった。様々な情報を掻《か》き集め、トキたちは悲惨な生活を強いられていると解釈し、将来を憂《うれ》え、そのことを日記に書き表して「**救済**」の方途を探ってはみた。しかし、所詮《しょせん》それらは無責任な思弁のゲームにすぎず、日記の趣意とは裏腹に、春生は現実と切り離して考えていた面もあった。無責任ではあれ、思弁のゲームは常に徹底して真剣に進められてはいたものの、ネット回線をオフラインにして、パソコンのスイッチを切ってしまえば、問題意識は次第に霞《かす》んでいった。すっかり熱が冷めるわけではないにせよ、空想を怠ると、積極性は薄れた。

だから、運命の実感が弱まり、使命感の強度が保たれねば、春生は仮想現実の中でのみトキを救い出し、**「人間の書いたシナリオ」**をぶち壊した気になって満足したのかもしれなかった。その可能性も充分にあったが、実際はそうならなかった。彼の自負心はより高い達成感と確かな手応《てごた》えを渇望《かつぼう》しており、仮初《かりそ》めの自足を許さなかった。それゆえに、目的の実質は不明瞭《ふめいりよう》であるにもかかわらず、責務の念だけはオフライン時であれしぶとく彼に付き纏《まと》った。本来の意志が、想像の域から現実の側に踏み出す時機の到来を、春生の潜在意識は静かに待ち続けていた。

「来月一日から」ということは、あと五日の間に佐渡島へ渡らねば、約半年後までトキの姿を実地で観察することが出来ぬわけだ。そう考えると、途端にまた、焦燥まじりの使命感が激しく疼《うず》いた。

まずいことに、トキ問題への対処の具体内容は未決のままだった。仮に今後もその答えを見出せなかったら、自分の人生は本当に無意味と化すのではないかと、春生はひどい不安に駆られた。目的を突き詰め得ぬ状態で機を逸し、半年近くかもしくはそれ以上、アパートの一室に燻《くすぶ》っていることを想定すると、極度の耐え難さを感じて吐き気すら催した。トキへの関心が再び芽生えたことにより、堂々巡りの足踏み状態から脱け出せたかに思えていたが、結局、自身を取り巻く状況は今以《いまもつ》て全く変わらず、もしかしたら一生それが続いてしまうかもしれなかった。

いったい何のために、この三ヵ月と十日もの間、我ながら呆《あき》れるほど熱心に、トキ問題の探究に取り組んできたのか。これではせっかく悟った運命もご破算になりかねない。一刻も早く、自分に課せられた任務を見定めねばならぬと、春生は意を決した。

たった五日間というタイムリミットが、滞っていた思索を再起動させて、春生に一つの自覚を与えた。

何のために、と悲嘆の言葉を心で呟《つぶや》くと、これまで進めてきた自身の考えに一点の捩《ねじ》れがあることに彼は気づいた。自分は何をすべきなのかを数日前に検討した際、言い表せなかったあの違和感は、トキのために、という動機に向けられたものだったのだ——春生はようやく、それを把握した。そもそも総ては己のため、自己の存在意義を知る上での観想から始まったはずなのだが、ある時期から興味の対象がトキに固定してしまったせいで、彼は思索の原点を見失いかけていた。

春生は、このときの自らの心情を以下のように表現した——「俺はそんなにお人好《ひとよ》しじゃないし、自分以外の何かのために献身できるほどの余裕などこれっぽっちもありはしない。トキと同じくらいか、それ以上に、今の俺は切羽詰まった状況にあるのだし、このまま何もしないで引き籠《こも》っていたら、人生がどんどん無価値で駄目な方向に傾きかねない。

きっとあの糞《くそ》どもは、俺がそうやって零落《おちぶ》れてゆくのを見越して、地元から出てゆけと責付《せっつ》いていたのだ。間違いない。そうなれば、俺があの町にいたことや、俺があいつにしてやったことの一切を、どれも無かったことに出来る気でいやがるのだ。俺という存在と、俺に関わる記憶を、ゼロにしてしまいたいのだ。

つまりあいつらは、完全に俺を甘く見ている。遠くへ追いやって、一人にしてしまえば、腑抜《ふぬ》けになるとでも勘違いしてやがる。全く馬鹿《ばか》な連中だ。俺はいつだって本気の男だぞ。やるときはやるのだ。本木の親はその辺のことをまるで理解していない。このご時世に、警察に頼ってさえいれば安心だと高を括《くく》っていやがる。俺の能力を低く見積もりすぎているのだ。あいつらは、俺にどれだけの回数家の中に忍び込まれたのか、きちんと認識しているのかね。平和ボケというか、お目出度《めでた》いにもほどがあるぞあの親は。やろうと思えば、俺は何だってこなす男なんだ。そんなことで、大事な一人娘を守っていられると思っているのか！　クソッタレが！　だからお前らには任せておけぬのだと、俺は何度も言ってやったのに！

でもまあいい。本木桜のことは、もういいのだ。また同じことのくり返しに陥ってしまうから、あいつへの執着はとりあえず断つ。忘れるのは難しいし、実のところは今も変わらぬ思いを持ってはいるが、抑える。今なら、そう出来る。はっきりと判《わか》ったから。俺には重大な使命があるのだ。今度こそ俺は、自分自身のための目的を正確に見据えて、それを確実に果たすべきなのだ。そのことがよく判った。

俺にとって今、真に重要なことは、『人間の書いたシナリオ』をぶち壊す、この一点に尽きている。トキ救済は、単なる名目にすぎない。そう言い切る。俺は俺自身のためにそれをやる。それをやるために、俺はまず一人になったのだ。運命が、俺を一人にしたのだ。

学校を辞めねばならなくなり、実家からも追い出されて、この狭苦しい部屋に閉じ込められたのは、俺自身が、『人間の書いたシナリオ』の壊滅を企図する上で絶対に必要なことだったのだ。これらの経緯全部が、俺の人生を一つの軌道に乗せるために予《あらかじ》め定められていたわけだ。初めから、運命として決まっていたことなのだ。

決してトキのために、やるのではない。トキは、俺にとって分身のような存在だが、それと同時に、俺の人生に大逆転劇を起こすための有力な起爆剤なのだ。むろん俺は、気高く偉大な生物であるトキを軽んじてはいないし、いい加減に扱って無下にするつもりもない。俺は国の役人や学者どもとは違うのだ。トキはいわば、俺の手を介して初めて、この国に対する復讐《ふくしゅう》を遂げることが可能となる。日本という国家の思惑を、俺の力を借りて、台無しにしてしまうというわけだ。

崇高な稀少動物トキは、何しろあまりに非力であり、抵抗の術《すべ》すら剝奪《はくだつ》されてしまい、もはや操り人形みたいなものに改造されかけているため、俺の援助を強く必要としている。俺もまた、世間から自分という存在を消されぬために、トキの境遇を利用して、独自の行動を起こさねばならない。それゆえに運命が、俺とトキを固く結び付けた。トキは、復讐の協力を得る代わりとして、俺の人生に多大な意味を付与し、有意義な変革へと導くだろう。必ず、そうなる。

俺を一人にしたことを、この国の連中すべてに後悔させてやる……」

トキの、というよりも、自らの復讐心によって春生が衝《つ》き動かされているのは明白だった。本木桜から引き離されたことの怨《うら》みが、そのまま世間に向けられて、「人間の書いたシナリオ」を破綻《はたん》に追い込むための動機を形成していた。それはほとんど、八つ当たりに等しい情動だった。体中に染《し》み渡った憎悪《ぞうお》の念が、強い衝迫の活力となっていた。

こうした思惟《しい》を経て、飼育、解放、密殺の三選択肢を春生は考え出した。要は、国の管理を無効化すればいいわけだから、まずはそれらが妥当と思われた。三つのうちいずれかの処置を取り、佐渡トキ保護センターの飼育ケージを空っぽにしてしまえば、「人間の書いたシナリオ」は瓦解《がかい》し、世間は落胆するだろう。あるいは自然繁殖論者たちなどは、快哉《かいさい》を叫ぶかもしれない。そのように、春生はご都合主義的に考えを巡らせて、勝手な絵図を思い描いていた。

最初に発想したのは解放だった。生まれてから一度も大空に羽搏《はばた》いた経験のないユウユウやシンシンやアイアイらを檻の外へ解き放つ。極めて単純かつ美しい善行でありながら、世間に与える衝撃も大きい。

次に、飼育の案が浮かんだ。トキたちを佐渡から連れ出して、自前で養う。無謀な行為だと判ってはいるが、ずっと前に放棄したはずの理想郷のイメージが復活し、トキたちとの共棲《きようせい》を夢見させた。困難であるがゆえに、実現は大きな幸福を齎《もたら》すであろう。

最後に、春生は密殺を思い付いた。これが一番、「人間の書いたシナリオ」をぶち壊すのに効果的であり、現実的と言える解決手段かもしれぬと彼は考えた。たとえ保護センターから姿を消しても、生存しているうちは、トキたちは絶えず国から追われ続けるに違いない。単に逃がしても、捕獲されてしまえば状況は何ら変わらぬのだから、完璧《かんぺき》を期するのならば殺すしかない――春生はそう理解した。トキたちも、永遠の獄中生活を強いられるくらいなら、潔《いさぎよ》く死を選ぶかもしれない、などと推察もした。

それぞれに固有の価値があり、どれも魅力的な方法だと感じられた。

これを機に、三種類の幻想が春生の脳裏に宿った。そのうちの一つは早期に取り除かれたが、残り二つは、日が経つに連れて細部が充実して、内容がより具体化し、映像が鮮明化していった。春生はそれらの幻想を基にして、「**計画書**」というテキスト・ファイルを作成した。そのファイルの一行目に、彼は、「**ニッポニア・ニッポン問題の最終解決**」と標題を記した。

●

春生は、一般公開が一時中止される二月一日以前の佐渡行きを見送った。たった五日の間に総ての用意を整え終えて行動に移るのは、やはりどうやっても無理だと思われたからだった。とはいえもはや、彼に焦《あせ》りは少しもなかった。己の使命は明確に見えており、それについて思案するのがいつも愉快でならなかった。「**ニッポニア・ニッポン問題の最終解決**」の計画を立てることに最上の生き甲斐《がい》を感じてすらいた。逃がすか、殺すかの二者択一は彼を悩ませ続けはしたが、そのこと自体もまた、愉《たの》しみの一部と受け止めて日々を過ごしていた。

「**最終解決**」を実行するのは一般公開が再開されるという夏以降とだけ決めて、当面は計画を煮詰め、佐渡に乗り込むための準備を念入りに進めることにした。時間はたっぷりあるので、思い付く限りの必要事項を挙げて、それらをじっくり一つずつ片付けていった。

その過程で、春生は武装を決意し、護身用具類を購入した。

国家の定める罰則の確認も、必要事項の一つだった。警察に捕まる気など毛頭ありはせぬが、最悪の事態を想定して行動する上ではそれを知っておくのも大切と春生は考えた。

佐渡トキ保護センターにて飼育管理されているトキたちを、逃がすか殺すかした場合、果たして国の法に抵触するのか。仮に裁かれるとすれば、どのような法令に叛《そむ》くことになるのか。春生はいつも通り、インターネットを利用してこれらについて調べた。

環境庁が、一九九八年六月一二日に公表した鳥類の「レッドリスト」（日本国内で絶滅の危惧《きぐ》される野生動植物の種をまとめた一覧表）の分類によれば、トキは「野生絶滅（EW）」に当たる。「野生絶滅」とは、「過去に我が国に生息したことが確認さ

れており、飼育・栽培下では存続しているが、我が国において野生ではすでに絶滅したと考えられる種」と定義されている。

日本を生息地とする動植物のうちで「野生絶滅」種と認定されたトキは、法制度的には、一九九三年四月一日に施行された**「絶滅のおそれのある野生動植物の種の保存に関する法律」**、いわゆる「種の保存法」により保護されている。

第一章　総則

第一条（目的）

この法律は、野生動植物が、生態系の重要な構成要素であるだけでなく、自然環境の重要な一部として人類の豊かな生活に欠かすことのできないものであることにかんがみ、絶滅のおそれのある野生動植物の種の保存を図ることにより良好な自然環境を保全し、もって現在及び将来の国民の健康で文化的な生活の確保に寄与することを目的とする。

つまりはこれこそが、「人間の書いたシナリオ」の本文というわけだ。「人類の豊かな生活に欠かすことのできないもの」だとか、「現在及び将来の国民の健康で文化的な生活の確保に寄与する」などと謳《うた》っている点が、いかにも人間中心主義的であり、「人間の書いたシナリオ」に相応《ふさわ》しい記述だと、春生は思った。

春生は、「第二章　個体等の取扱いに関する規制（平六法五二・改称）」における「第二節　個体の捕獲及び個体等の譲渡し等の禁止（平六法五二・改称）」の「第九条（捕獲等の禁止）」、さらに「第四章　保護増殖事業」と「第六章　罰則」の全文を読んだ。それにより判明したのは、トキを逃がしても殺しても、確実に罰せられるということだ。「人間の書いたシナリオ」はそのことを以下のように規定している。

第九条（捕獲等の禁止）

国内希少野生動植物種及び緊急指定種（以下この節及び第五十四条第二項において「国内希少野生動植物種等」という。）の生きている個体は、捕獲、採取、殺傷又は損傷（以下「捕獲等」という。）をしてはならない。ただし、次に掲げる場合は、この限りでない。

一　次条第一項又は第二項の許可を受けてその許可に係る捕獲等をする場合

二　生計の維持のため特に必要があり、かつ、種の保存に支障を及ぼすおそれのない場合として総理府令で定める場合
三　人の生命又は身体の保護その他の総理府令で定めるやむを得ない事由がある場合

第六章　罰則

第五十八条
次の各号のいずれかに該当する者は、一年以下の懲役又は百万円以下の罰金に処する。
一　第九条、第十二条第一項、第十五条第一項又は第三十七条第四項の規定に違反した者
二　第十一条第一項（同条第三項において準用する場合を含む。）、第十四条、第十六条第一項若《も》しくは第二項又は第四十条第二項の規定による命令に違反した者

春生が自らの計画を実施すれば、「一年以下の懲役又は百万円以下の罰金に処」せ

られるわけだ。罪状に比してこの刑罰は軽いのか重いのか、法的知識を持たぬので判断しかねた。ただし自分にとっては、「一年以下の懲役」であれ「百万円以下の罰金」であれ、大したことではないと春生は見做した。懲役はともかく、罰金刑ならば、自ら払う必要すらないと彼は楽観した。調べる前は、もしも逮捕されてしまい、起訴に到った場合、三年以上も懲役を喰らったら堪《たま》らないとやや不安視していた面もあったので、この事実は春生をそれなりに勇気づけた。

計画を練り、準備を進める上で、佐渡島での交通手段の確保が大きな課題の一つとなった。

春生は、佐渡滞在日数は最低でも二日は要ると考えていた。一日目の昼夜と二日目の日中を警備体制や周辺事情等の下調べに当てて、最後の夜に佐渡トキ保護センターの敷地内へ潜入するという筋書きだった。

トキを逃がすにせよ、殺すにせよ、やるのは深夜の時間帯に限られる。それゆえバスは利用できず、タクシーは運転手に怪しまれて根掘り葉掘り問われたり事前に警察へ通報されかねぬので避けるべきだと思われた。保護センターの近辺に宿泊所や歓楽街などはないため、未成年の観光客がたった一人で夜間に出歩けば間違いなく不審を抱かれると予想された。

一般の見物客がトキを観察するには、まず新穂村トキの森公園に赴いてトキ資料展示館に入館せねばならない。トキ資料展示館は、保護センターに隣接しており、それらの建物を取り囲むようにして森林公園が整備されている。朝の八時半から一七時までがトキ資料展示館の開館時間だが、入館自体は一六時半に締め切られる。定休館日は毎週月曜日（月曜が祝日の場合は翌火曜が休館）。年末年始の一二月二九日から一月三日までの期間も閉館される。入館の際は、「環境保全協力費」の名目で、小・中学生が一人百円、高校生以上の大人が一人二百円、徴収される。保護センターのウェブサイトから確認できる情報はこの程度のことだけだった。

地図で見ると、保護センターは新穂村の人里離れた地域に位置しており、有効に時間を潰《つぶ》せそうな施設は周囲に全く見当たらない。『新穂村』公式ホームページによれば、両津港から新潟交通佐渡路線バス（南線）に乗り、最寄りの行谷《ぎょうや》停留所まで辿《たど》り着くのに約二十分、さらにそこから保護センターへは歩いて約三十分も掛かるという。従って、両津の市街地から徒歩で向かえば相当な時間を要するだろうし、到着と同時に体がへばってしまうに違いない。途中で誰かに姿を見られてもまずいし、それほどの距離を歩ききる自信もなかった。

飼育ケージ内へ入り込むまでは、絶対に体力を温存しておくべきである。春生はそう思っていた。宿直員や警備員との攻防戦を展開せねばならぬかもしれず、檻の中でも、相手は鳥だけに、トキたちが大人しく捕まってくれる可能性は低い。計画の最終段階以前に体力を使い果たしてしまっては、積み重ねた努力が水の泡になりかねない。それに、今はまだ、計画の大部分は仮定の域で考えざるを得ず、実際の佐渡の状況を正確には摑《つか》みきれていない。実地検分を行う上でも、移動の自由度や利便性は当然高いほうが望ましい。目立たずに、楽に動き回れて、体への負担の小さいことが、交通手段の理想条件だと言える。必然的に、自ら車を運転するほかないという結論に達したものの、春生は運転免許証を持っていなかった。あと一ヵ月ほどで一八歳の誕生日を迎えるとはいえ、これからわざわざ教習所へ日参するのには躊躇《ためら》いがあった。

代案として、バスの最終便を使ってトキの森公園へ行き、日付が変わるまで公園内のどこかに潜むという手を春生は思い付いた。

新潟交通佐渡路線バスの時刻表は、ウェブ上でも確認できる。終バスが二〇時四七分に両津港を発《た》つということは、二一時七分辺りに行谷の停留所に着くのだろう。そこから三十分かけてトキの森公園まで歩いたとして、夜更《よふ》けを待つのであれば、少なくとも二時間以上は公園内に隠れて過ごさねばならぬわけだ。

二時間以上、とはいっても、身の置き場と空き時間を埋めるのに適した道具さえあれば、苦ではないという気がした。森林公園なのだから居場所はいくらでも見つかるだろうし、ノートパソコンと携帯電話を所持していればモバイル・コンピューティングが可能だ。両機器の充電池が切れぬ限り退屈とは無縁だし、計画の最終調整にも役立てられるはずである。

意外に名案かもしれない、と春生は結論しかけたが、数日後、肝腎《かんじん》な点を考慮に入れていなかったことに気づき、これも却下せざるを得なかった。このやり方では、逃走の術《すべ》を欠いているため、目的を果たせても直ちに逮捕されかねない。夜明けまで公園に留まるのも危険だろうし、土地勘がないので行動範囲は限定されてしまい、警察が出動した時点で逃げ道は断たれるだろう。

というわけで、またしても振り出しに逆戻りとなった。

悩んだ末に、折畳み自転車を島内へ持ち込むという手立てを春生は考案した。車で追跡された場合に不利であり、長距離の走行はスタミナを極度に消耗させるだろうから、最善の策とは言い難いと判《わか》ってはいた。しかし不可の判定をくり返すうちに、何もかもが現実的な方策とは思えなくなり、自身が投げ遣《や》りになりかけていることを春生は自覚した。ここらで歯止めを掛けねば、計画自体の進展が危ぶまれるため、適当なところで妥協しておくのが賢明と思われた。自転車の使用は好都合な面も少なくないし、春からジョギングでも始めて毎日体力づくりに精を出せば、夏までにはかなり体を鍛えられるだろうから心配はない――とりあえずそう前向きに考えて、彼は覚悟を決めるしかなかった。

●

解放か、密殺か。どちらの道を辿るべきなのか、結論が出ずじまいのまま二ヵ月近くが過ぎようとしていた。

トキに対する深いシンパシーが、逃がしたいという念願の源泉となり、計画を立案する上での合理性追求の意思が、殺すべきだという信念を生み出していた。

シンパシーと合理主義の相対が持続する限り、**「ニッポニア・ニッポン問題の最終解決」**の決行には移れない。両者の拮抗《きつこう》は春生にとって最大の足枷《あしかせ》であり、最後の安全弁でもあった。

この二ヵ月間、シンパシーと合理主義の均衡が一定に保たれていたのは、春生が自覚するような人格分裂に由来するのではなかった。足踏みの状態に陥るのを回避すべく、焦燥や使命感に煽られながらも、春生は目的通りの結果を出すことを恐れてもいた。馬鹿な真似はやめるべきだ、こんなことは絶対に成功するわけがない、と自重を促す声が聞こえることも度々あった。これ以上後戻りの利かぬ領域に踏み込んでしまって大丈夫なのかと自問しては、回答を先送りしていた。なぜ、これ以上、なのかといえば、春生にとっては郷里から排除されたこと自体が明確に落伍《らくご》を意味した。この落伍は、春生の人生設計をものの見事に打ち砕いた。人生設計といっても、特異な将来を夢想しているわけではなく、この点では「世間一般」の慣例に沿うことしか彼は知らなかった。いわゆる一流どころの大学に進学して東証一部上場企業へ就職するという道筋を経て、本木桜と幸福な家庭を築くことが春生の人生設計の総《すべ》てだった。単に自ら招いた挫折《ざせつ》とはいえ、自身の意図や期待から悉《ことごと》く外れてゆく現実の進展に戸惑い、混乱した挙句、原状回復は無理だと観念するほかなかった。だからこそ彼は、自分の「**人生に大逆転劇を起こす**」ことを本気で目論《もくろ》んだ。「**人生に大逆転劇を起こす**」ための機会は恐らくもう二度と訪れないと春生は思い込んでいた。この機会を逸すれば、もはやどう足掻《あが》いても再起不能な終幕に到ると認めねばならず、失敗しても同じことだと考えられた。それゆえ春生はシンパシーと合理主義を秤《はかり》に掛けつつ、トキというただ一つの標的に向かって慎重に躙《にじ》り寄らざるを得なかった。

しかし均衡とは、遅かれ早かれ破れるものではあった。

二〇〇一年三月二七日の朝、以下の記事（「Yomiuri On-Line」社会欄）を読んだことにより、春生の意識に変化が生じた。

トキ「優優」のお嫁さん「美美《メイメイ》」が産卵

佐渡トキ保護センター（新潟県新穂村）で飼育され、雄のトキ優優（ユウユウ）と繁殖期に入っていた雌の美美（メイメイ）が産卵したことが二十六日、わかった。

センター職員がモニター画面で巣の中に卵一個があるのを確認した。優優と交代で巣の中で卵を抱いており、有精卵であれば来月下旬にもひなが誕生すると見られている。

美美は、一九九九年に国内初の人工ふ化で誕生した中国産トキ二世の優優の〝お嫁さん〟として昨年十月、中国から贈られた。二羽は初めての繁殖期を迎え、今月二十日以後、交尾と見られる行為が観察されていた。

（3月26日20：07）

この報道に触れて、最初に感じたのは憤《いきどお》りだった。

一月二六日の時点ですでに、繁殖期の始まりを告げる記事に目を通していたのだから、こうなることは予測済みのはずだった。だが、現実にそれが起きたと知らされた途端に、春生は不愉快なイメージを沢山思い浮かべてしまい、腸《はらわた》が煮えくり返るのを抑えられなくなった。そんなふうにはこれまで一遍も考えたことがなかったものの、人間たちの思惑に従順すぎるユウユウとメイメイのその行状が、あまりに長閑《のどか》で無遠慮に思えて腹立たしかった。春生はこのとき初めて、トキに対して強い怒りを覚えていた。

春生が特に許し難く感じていたのは、この切迫した（と彼自身が考える）状況下にあって、ユウユウとメイメイが思う存分交尾に励み続けていたことだ。事実、後に見つけた「読売新聞　新潟支局のホームページ」の三月二七日付け記事には、「優優と美美のペアには二十日以後、交尾と見られる行為があったが、二十四日からは毎日交尾が確認されていた」などと書かれている。

ということは、こちらが一生懸命に計画を練り上げて、適切な交通手段を思い付けずに頭を抱え込んでいた間、ユウユウとメイメイのペアは大いにやりまくっていたというわけだ。いくら繁殖期だからとはいえ、いったい何という強欲な、浅ましい家畜どもであろうか！　俺は未だにただの一発もやったことのない、ずぶの童貞だというのに！　――これが春生の怒りのあらましだった。

本計画の推進は、トキ救済のため、といった利他的行動ではなく、あくまで自己利益追求を目的とした使命と自らに言い聞かせていたにもかかわらず、春生は恩着せがましい文句ばかりを心で呟き、それを日記に書き綴《つづ》りもした――「俺はトキらの境遇を憐《あわ》れみ運命の紐帯《ちゆうたい》さえ感じ取って、もう何ヵ月もの間打開策を模索し続け種々の欲求を制御してきたというのに、ユウユウとメイメイはそんなことはお構いなしに交尾に明け暮れていやがった。

裏切られた気分だ。正直いって、失望した。ユウユウは、二年前に生まれたばかりのくせに、少しの苦労もせずにつがいの相手メイメイを得て、近頃はセックスし放題の生活をエンジョイしてやがるというわけか。しかもその淫《みだ》らな様を、『毎日』人間どもに見せつけて『確認』させてすらいるほどの露出狂ぶりである。

要するにもう、トキたちはすっかり骨抜きにされてしまっているのだ。本当にそうなのだ。今回の件で、そのことをしっかりと『確認』できた。俺は今まで、それを充分には理解していなかったのだ。同胞意識があったし、たとえ操り人形に改造されかけているにせよ、それでも猶《なお》トキたちには反逆心がいくらか残されているのではないかという期待も多少は持っていた。しかし、あの鳥どもは、もはや救いようがないほどに堕落しきっている。『野生絶滅』とはよく言ったものだ！　尊い存在であるトキは、今やこの世のどこにもおりはせず、とうの昔に死に絶えていたというわけだ。佐渡でのうのうと暮らしているのは、くたばり損ないの腐った家畜にすぎない……」

とんだお門違いの批難だが、それを気づかせる余裕も術も春生は持ち合わせていなかった。憤怒《ふんぬ》の念は堰《せき》を切ったように湧出《ゆうしゅつ》し、理性の域にまで深い影響を及ぼしていた。昨年の一〇月からずっと我慢を重ね、多大な犠牲を払うことさえ厭《いと》わず佐渡行きの準備を進めてきた心算の春生にとっては、トキの享楽《きょうらく》などあってはならぬことだった。トキは常に、苦境に追いやられ続ける憐憫《れんびん》の対象であらねばならなかった。「**尊い存在**」は、いつも弱々しく可哀相《かわいそう》な風情《ふぜい》を示すべきものだという偏見が、いつの間にか思考に定着してしまい、それ以外のイメージを春生は受け入れられなくなっていた。トキに対する同一化の心情が強まるほどに、彼はますます偏狭に傾き、誇大妄想に嵌《は》まったという次第だった。

とりわけそれがユウユウの所業だったことが、春生の自尊心を余計に傷付けた。

ヤンヤンとヨウヨウならば、ユウユウやシンシンやアイアイらの親鳥であるくらいだから、交尾の経験は豊富と判っているので一応は納得できる。だが、誕生時から知っているユウユウは、まだ幼鳥という印象が強く、春生にとっては一番の自己投影対象であったため、事態の意味と大きさが違った。

この半年間、春生が努めて禁欲的であったかといえば、全然そんなことはなかった。トキに関する情報入手以外のインターネット利用は、ポルノサイトの観覧が主であったし、自慰行為は日課であり、一日のうちの最大のイベントですらあった。ただし彼には、残念ながらペアリングの相手がいなかった。有り余る性欲は、単独で処理するしかなかった。

つまりはこういうことだった。なぜこの自分よりずっとあとに生まれたのに、彼は先に童貞を捨てられるのか。なぜ彼にはあっさりセックスの機会が訪れて、自分にはその予兆さえ見られぬのか。なぜユウユウとメイメイはうまくいっているのに、俺と本木桜の仲は引き裂かれねばならぬのか……。

あろうことか、春生はユウユウに嫉妬《しっと》していた。自身とユウユウとの関係が非対称であるという厳然たる事実を、まざまざと思い知らされた——そんな気持ちを彼は抱いていた。可哀相なユウユウ、そして同じく可哀相な俺、というように等号で結ばれていたはずの関係は無惨《むざん》にも崩れ、単に可哀相な俺だけが残ったというわけだった。

こうなってしまうと、彼の怨念《おんねん》を抑止し得るものは何一つなかった。甚だしく幼稚な嫉《ねた》みであるがゆえに、念の深さは底知れず、容易には断ち切れぬ意志が脳裏に根付いた。人であろうと鳥であろうと見境なしに憎むべき的にして、春生は己のうちに殺意を育《はぐく》み始めていた。

「だとすれば、殺すか。やっぱり、殺しちまうか。あのユウユウを、サバイバルナイフで滅多刺しにして、真っ白な羽根を血だらけにして赤く染めてやるか。そうやって俺の手で、全部おしまいにしてやるか」――これらの言葉をローマ字入力し、リターンキーを押して確定したところで、携帯電話の着信音が鳴った。

電話を手に取り、受話口を耳に当ててみると、本木桜の声が聞こえてきた。初の出来事ではなく、むしろしょっちゅうあることなので、春生は全く驚かなかった。本木桜本人が連絡してきたのではなく、何者かによる悪戯《いたずら》電話だということも、彼には判っていた。上京して半月ほど経った頃から、二、三週に一回の頻度でその電話が掛かってくるようになり、最近は週一度の割合に増えていた。

本木桜の声は、恐らくテープに録音されたものだった。なぜなら、いつも同じ言葉だけを聞かされるので、それ以外に考えられなかった。本木桜は常に、「もうやめてください」と話してから、「これで終わりにしてください」と喋った。春生にとってそれらは、面と向かって何度も言われたことのある、馴染《なじ》みのフレーズだった。本木桜の声だけが発せられるのであれば全く問題はないのだが、悪戯電話だけにそうはいかなかった。無言が続くことも頻繁であったし、このところは出鱈目《でたらめ》な話を延々と語る手口を悪戯電話の主は気に入っているようだった。

出鱈目を語る悪戯電話の主は、正体不明の男だった。自らは名乗らぬし、顔が見えぬため、それが誰なのか春生は突き止められずにいた。本木の父親ではないかと春生は見当を付けていたが、声自体は自分の父のそれに似ていた。

出鱈目の内容は、要するに本木桜の近況報告だった。単なる近況報告であれば、春生にとってはむしろ望ましいことではあるので構わぬのだが、悪戯電話だけにこれも悪意の込められたものだった。

本木桜に新しい彼氏が出来たとか、彼女はレイプされたとか、複数の男とやりまくっているとか、複数プレー自体が好きなのだとか、妊娠したみたいだとか、妊娠しても猶やりまくっているとか、高校の教師と結婚することが決まったとか、結婚後も不倫を続けるだろうとか、そんなような嘘情報ばかりを悪戯電話の主は披露した。

ひどいいやがらせだと思ってはいたが、春生は着信拒否設定をしなかった。親と悪戯電話の主以外に電話を掛けてくる者はいないので、彼はそのままにしておいた。嘘情報自体は、当初はかなり不快に感じられたが、悪戯電話だと判っているためいつしか気にならなくなった。今ではそれを、週に一度のお愉しみとして受け入れてすらいた。短気を直せと言われてばかりいた昔と比べたら、随分と寛容になったものだと、春生は自身を評価していた。

今回も、本木桜の近況と称して嘘情報が告げられた。

本木桜は、ここ数日ストーカーに付け狙われていて、大層悩み苦しんでいるという。そして相変わらず、男たちとやりまくっているのだと、悪戯電話の主は述べた。

本木桜がストーカー被害を蒙《こうむ》っていると聞き、嘘情報だとは知りつつも、春生は胸騒ぎを覚えた。そうした事態の起こり得る危険性を、彼は実家で暮らしていた頃からずっと感じ続けていたためだった。本木の両親に対して散々それを訴えてきた末に、春生は田舎から追い出されてしまった。そのせいで、彼は本木桜の護衛を続行できなくなった。本木桜の身を守り通せなくなったことが、上京後の春生にとって唯一《ゆいいつ》の心残りとなっていた。唯一の心残りであり、思考を堂々巡りに陥らせる最大の要因でもあった。

田舎に帰り、実情を確かめてみるべきかどうか、春生は迷った。

二〇〇一年四月一五日、鴇谷春生は一八歳になった。

この誕生日に、春生は二つの重要な決定を下した。

まずは、自動車運転免許を取得することを彼は決めた。計画の中身を再検討した結果、折畳み自転車持ち込み案は不安を拭《ぬぐ》えず、最悪の事態を想定して行動する上では適さぬと判断せざるを得なかった。懸《け》念《ねん》を抱えたまま実践に臨むのは危険であり、目的を完遂するには出来得る限り最善策を取り入れるべきだと考えられた。ちょうど年齢が一八歳に達したことだし、時間的余裕はそれこそ次回の繁殖開始時期まであるわけだ。こうした都合を踏まえて、運転免許を取るのは必然の流れなのだと捉え、春生は自らにそれを義務づけた。

問題は教習所への通学だが、これは合宿制を選択することで面倒の大部分を解消できると思われた。合宿制を利用すれば、通うのが煩わしくなって教習を中途で放棄することはないはずだ。スケジュールは予め組まれており、技能教習の予約手続き等に時間を割《さ》く必要もなく、修学にのみ集中し得る。

学校選びは難しくなかった。都内ではなく、故郷の学校が適当と春生は考えた。「教習所　合宿　山形」とキーワードを入力した検索結果の筆頭に「合宿教習予約センター」というウェブサイト名が表示された。春生は同サイトの紹介する中から「村山自動車学校」を選び出した。「村山自動車学校」は、かつて在籍していた高校に程近く、周辺の道路事情はほぼ完璧に頭に入っている。ここならば、都内の教習所よりは遥《はる》かに楽な気分で運転を学べるだろうし、ヘマをやらかすことも少なくて済むに違いない。卒業までの最短日数は、ＡＴ《オートマチック》車の場合は十四日間、ＭＴ《マニュアル》車の場合は十六日間と示されている。運転免許センターでの本免学科試験を加えても、ミスを犯さねば二十日間程度で運転免許が手に入るというわけだ。

合宿といっても、個室での逗留《とうりゅう》が可能なので教習時以外は普段通りの生活を営めるはずだった。昼間は自動車運転教習、夜間は体の鍛練というように、合宿期間全体を計画の演習に充《あ》てるのもいいと思われた。実家にさえ戻らなければうるさい連中に絡《から》まれることもないだろうし、変装してしまえばどこを歩いていようと誰にも気づかれぬかもしれない。そうだとすると、本木桜の姿を遠方から一目見ることだって必ずしも困難ではない。一目どころか、気の済むまで彼女を見守り続けることさえ不可能ではなかろう——**いつも一緒だった、あの頃のように。**車の運転技術を会得《えとく》しつつ、本木桜が本当にストーカー被害に遭っているのかを確かめられもするのだから、合宿教習を受けるのは一石二鳥というわけだ。

春生は早速実家に連絡し、費用の全額二十三万円を母親に振り込ませて、五月の連休明け直後の入校を申し込んだ。当初は連休中の入校を考えたが、本木一家が旅行に出掛けることを見越して、時期をずらした。本木桜への執着を断つと決意したにもかかわらず、そんなことは綺麗《きれい》さっぱり忘れ去ったかのように、今度こそ彼女を守りきらねばならぬと春生は意気込んでいた。そうすれば、思考の堂々巡りに決着を付けられるかもしれぬと彼は期待していた。

春生は次に、計画の実行日時を定めた。**「ニッポニア・ニッポン問題の最終解決」**の実行日時は、二〇〇一年一〇月一四日日曜日の深夜とした。つまりこの誕生日から丸半年後に、彼は宿願を果たすつもりだった。

半年もの間、現在と同等の意欲を保ち得るという確固たる自信があるわけではなかった。積極性を失わぬよう心掛ける気ではいるが、精神面の不安定はそう容易《たやす》く処理できるものではないと自覚してもいた。しかしそれでも猶、彼は半年後にやると心に誓った。

春生はこのときもただ、自らの運命を信じていただけだった。半年前に直感した運命が錯覚であらず、真理に沿ったものならば、これから先何が起ころうと自分は絶対に佐渡へ向かうはずと、彼は確信していた。

一〇月一三日土曜日の朝、この部屋を出て佐渡島に渡り、翌日の夜中にトキの棲《す》む飼育ケージ内へ潜入する。中国から贈られたメイメイが佐渡トキ保護センターに到着し、自身が運命を初めて実感してから一周年となるその日に、春生はユウユウを殺すと決心した。

上越新幹線Maxあさひ313号は、東京駅21番線ホームから時刻表通り一〇時一二分に発車した。

春生は9号車2階の29番A席に坐《ざ》した。9号車2階はグリーン席であり、29番A席は車両の最も端に位置する窓側の席だ。27、28、29番の三列は左右両側に各一席だけが設けられており、通路側の座席はないので隣に他の乗客が来ることはない。新潟駅に到着するまでの二時間五分の走行中、車掌以外の者には話し掛けられずに済むと判り、春生は安堵《あんど》した。その間、彼は寝て過ごすつもりでいたのだ。

春生は昨夜《ゆうべ》から一睡もしていない。緊張や興奮のせいで眠れなかったのではなく、列車に乗り遅れるのを避けるため、意図して睡眠を取らなかったのだ。馴れ馴れしく鈍感な旅行者に眠りを妨げられでもしたら、かっとなって咄嗟《とっさ》に相手をナイフで刺し殺してしまいかねぬと少々心配していたのだが、どうやらそういうことは無さそうだった。

春生は相変わらず今も夜型の生活を続けており、インターネットでの情報収集も欠かしていない。半年前と変わった点があるとすれば、外出の機会が増え、体付きが幾分か引き締まったことだ。自ら掲げた努力目標に従い、彼は真面目に体力づくりに励んでいた。計画の実行日時を定めた翌日から散歩などを始めて段々と本格的な鍛練に近付けていったわけだが、八月下旬以降はほぼ毎日外に出て走っている。大抵二〇時から二一時の間に部屋を出て、人気《ひとけ》のない夜道をひた走り、零時半頃に帰宅するという手順を日課としていた。夜とはいえ、夏の間はひどい暑さが続いたが、耐え抜いた。ただ単に町中を駆け回っていたのではないし、コースも一定ではなかった。常時、というわけではないが、夜のランニングの際、春生はスタンガンを所持することが多かった。

佐渡への出発日が近付くに連れて、スタンガンの威力を予め確かめておかねばならぬと春生は考えるようになった。未使用のままでは、不良品を摑《つか》まされていたとしても知りようがなく、本番で役立たなかったら馬鹿を見るだけだ。しかし、致死性はないと承知してはいても自身に試す気になど到底なれない。本番では即座の対応が要求されるわけだから、実際の扱いにも慣れておくべきである。それゆえどうしても、スタンガンの威力を試せる被験者が必要だった。

最初の被験者は、地下道にいた浮浪者だった。次の被験者は公園にいた浮浪者で、三度目も道で擦れ違った浮浪者に試した。それだけでスタンガンの威力は充分に確認できたわけだが、春生は満足しなかった。スタンガンをくり返し使用するうちに、通り魔的襲撃そのものに彼は嵌《は》まっていった。不意撃ちで人を痛め付けることが面白いと感じて、すぐにやめてしまうのは勿体《もったい》ないと思っていた。佐渡トキ保護センターでの実戦に備えての予行演習であり、同時にちょっとしたストレス解消法というわけだった。

四人目からは、酔っ払いの学生や中年サラリーマンに標的を変えた。駅で待ち伏せしたり、歓楽街をぶらついて泥酔者《でいすいしゃ》を探し出し、尾行した。スタンガン内部の電圧増幅回路を消耗させてしまったら使い物にならぬため、毎回放電攻撃を試みたわけではなく、打撃のみの場合もあった。ロングバトン・タイプは、殴り付けても大きな効果を発揮し、力一杯打ち付ければ骨を砕きもした。殴打《おうだ》の手応《てごた》えもまた、なかなかの快感を齎《もたら》した。

やるのはいつも近隣ではなく、電車に乗って数駅離れた地区を選び、二度と同じ場所では行わず、次回までの期間も空けた。その程度の警戒は怠らずにいたので、警官の職務質問に遭うのは避けられたが、簡単には手頃な対象者を見つけられなかったし、危うく逆襲を喰らいかけたこともあった。しかしそうしたことの一切が、経験値を高め、計画内容を調整する上でも有益と思われた。

九月の半ば、事態はまずい方向に発展した。被験者数が八人に達したところで事件化してしまい、テレビのワイドショーでも取り沙汰《ざた》されるようになったのだ。そのため、春生は九人目を探し回ることを断念せねばならなかった。

被害者の証言によると、犯人は一〇代後半から二〇代前半くらいの中肉中背の男と見られている。だが、事件現場が広範囲に亘《わた》っていて、ほぼ同時刻に別地域で同様の手口の犯行が行われていたこともあるため、複数犯の可能性も否定できぬとワイドショーは報じていた。他局の番組では、現在までに被害届の提出された全犯行の発生日時と場所をまとめた図表が示されたのだが、なぜか十三件も挙げられており、春生は不可解に感じた。公表される以前にどこで事件を嗅《か》ぎ付けたか知らないが、傍《はた》迷惑なことに、便乗犯がいるらしいと彼は思った。

幸い、第三者の目撃情報は一つも寄せられていなかった。検挙率は年々下がる一方だというし、未解決の重大事件をいくつも抱えて人手も足りぬだろう、などと考えて、春生は警察を見縊《みくび》っていた。絶対に捕まりはせぬと高を括《くく》っていたわけだが、その反面、一時も安心は出来ずにいた。護身用具類の販売元から足が付く可能性もあり、夜陰に乗じたとはいえ幾度か顔を相手にしっかりと見据えられてさえいる。しかも、碌でもない便乗犯のせいで事件の規模が拡大し、余計に目立ってしまった。

ここで逮捕されでもしたら、当然佐渡行きの計画はおじゃんになり、元も子もない。そう考えると、全く阿呆《あほ》なことを仕出かしたものだと後悔し、春生は塞《ふさ》ぎ込んだ。あるいは自分は本心では、計画が駄目になるのを望んでいるのだろうか、などという疑いも持った。そのような弱気を認めてしまうのは腹立たしく、急いで空想に耽《ふけ》り、消極性の除去に努めた。二、三日の間は気持ちが落ち着かず、夜のランニングも一時中断せざるを得なかった。

しかし春生は運が良かった。報道のあった五日後、便乗犯のほうが先に逮捕されたのだ。捕まったのは、都内のアパートで一人暮らしをしている一九歳の浪人生だった。その浪人生は、春生の所業を盗み見て便乗したのではなく、偶然犯行時期が重なっただけの不運な男だった。春生にとっては好都合なことに、世間の大多数が、その浪人生を十三件総ての犯人と目しているようだった。

浪人生といっても、予備校だとかに通っているわけではなく、日中はまるで外に出ぬ、いわゆる引き籠《こも》りみたいな人ではあったと、アパートの大家はテレビ局の取材に対して語っていた。隣町に住む母親が毎日訪れて世話をしていたようだが、怒鳴り声が絶えぬので苦情を述べたこともあると大家は話した。たまに顔を合わせても一言も喋《しゃべ》らず、友人らの訪問もなく、部屋の中は散らかし放題の有り様でひどく臭《にお》ったという。モザイクで顔を隠し、ときおり声を低めたりしてはいるが、大家はさも起こるべくして起きた事件だと言いたげな態度でそれらを口にしていた。

春生は、浪人生の境遇が自分のそれとやや似ていると判っても、共感を覚えたりはしなかった。屑は屑でしかないと嘲《あざけ》り、むしろ楽観的になって自信が湧いた。同じような立場であっても、運命次第でこれほどはっきりと明暗が分かれるのだと具体的な証拠を提示された気分だった。この事件の顚末《てんまつ》は、春生にとって、己の強運と使命の確かさを裏付ける適度な補強材料となった。

犯人が一人捕まり、スタンガン通り魔の犯行も途絶えたため、事件の話題は沈静化しマスコミが言及することもすぐになくなった。だが、警察の捜査自体は依然続けられているかもしれず、春生は念のため、ランニングの時間帯を夜から朝に変更した。

これを機会に、自らの風貌《ふうぼう》も大きく変えた。髪形を丸坊主《まるぼうず》にして、眉毛《まゆげ》も細く整えた。ファッション誌を携えて原宿に出向き、今風のお洒落《しゃれ》な衣類を一式買い揃《そろ》えてもみた。流行《はや》りの文化に関心が芽生えたわけではなく、捜査攪乱《かくらん》目的の変装であり、計画の実践に移る上での彼なりの通過儀礼だった。別人に変身したかのような実感を得て、自己過信や強気を取り戻したところで、春生は一〇月一三日を迎えた。

上越新幹線を利用するのも、二階建て車両に乗るのも、グリーン席に坐《すわ》るのも、春生にとっては初の体験だった。とはいえそのこと自体には何の感慨も生じなかった。往復の乗車券とグリーン券代として二万七千五百二十円を出費したが、これも親の金なので高いとか安いとか感ずることもなかった。新幹線を選んだのは、高速バスやレンタカーを使うよりも到着が早く疲労が少ないからだった。佐渡島からの帰りは、一〇月一五日一〇時一〇分新潟駅発のあさひ310号に乗車し、一二時二〇分に東京駅に着く予定となっていた。

椅《い》子《す》の背《せ》凭《もた》れを後方に傾けて、しばらく外の景色を眺めた後に、春生はオレンジジュースを飲み干した。それからカーテンで窓を覆い、頭に被《かぶ》ったポークパイ・ハットのつばを鼻先までずらして光を遮り、瞼《まぶた》を閉じた。

バックパックは荷棚に載せず足元に置いた。寝ている間に盗まれぬための用心だった。中身は単なる旅具ではなく、精密機器やら武具やらをごっちゃに詰め込んでいるので相応の注意を払わねばならなかった。

鞄《かばん》には計画に必須《ひっす》のものだけを収めた。ノートパソコン、携帯電話、スタンガン、催涙スプレー、手錠が二つ、サバイバルナイフ、超薄手のゴム手袋が二組、スポーツタオル、パイプレンチやドライバー等の工具類、懐中電灯、ピッキング・セット、メモ帳とボールペン、履き古しのスニーカー、目出し帽、ツナギの作業着。これら以外の入り用な品は現地で調達することにしていた。

飼育ケージのドアに鍵《かぎ》が掛かっていた場合、ピッキング・セットは不可欠な道具だった。春生は二年前にこれをマニュアル本と併せて通販で購入しており、実際に使用した経験もあるので扱いには困らなかった。国内で最も普及しているシリンダー型構造のピン・タンブラー錠やディスク・タンブラー錠の解錠は、焦《あせ》らず的確にこなせば最短で十分以内に可能であり、出発前の数日間は自室のドアの鍵穴で練習してもいた。飼育ケージのドアに取り付けられているのが一般的なシリンダー錠でなかったり、何らかの理由で錠前を外せぬ際は、パイプレンチやドライバーを用いて無理矢理抉《こ》じ開ける気でいた。

指紋を採取されぬように、一連の作業はゴム手袋を嵌めて行う。足跡はどうやっても残るため、中古のスニーカーを買った。目出し帽やツナギの作業着も古着屋にて入手した。暗闇に紛れやすいはずだと考えて、どちらも濃紺色のものを選んだ。返り血を浴びたら、夜が明けぬうちに港へ行き、それらを一括りにして海に捨てると決めていた。

旅費は十五万円を用意した。新幹線の往復費用に加え、新潟港と両津港の往復乗船費、一晩の宿泊費と二日分のレンタカー料金を合計すると、大体六万五千から六千円は掛かる計算だった。残りの八万数千円からさらに食事や現地調達品の代金を差し引いても、少なくとも六万円程度は余ると予想された。

　春生はその残金を、目的を遂げて無事に都内へ戻った後、成功を祝う打ち上げのつもりで一度に遣いきってしまうことを考えてみたが、好適な用途はまだ何も浮かばずにいた。旨《うま》いものを食べたいとか、純粋に観光旅行を愉しみたいとか、手に入れたい商品があるとか、自身にそうした遊興に関する欲求が稀薄《きはく》なことを気づかされただけだった。

　この半年間、「ニッポニア・ニッポン問題の最終解決」に傾倒しすぎたせいで、自分はすっかり味気ない人間に成り果ててしまったのだろうか、などと思いもしたが、必ずしも完全な無味乾燥の気質と化したわけでないことは判っていた。いかにも一〇代の若者らしく、性欲だけは不動の欲望として春生の中に巣くっていた。しかし六万円分のセックスについて考えてみても、未だ童貞で風俗店に足を踏み入れたこともない春生にとっては抽象的な想像しか描けなかった。アダルト・ビデオであれウェブ上のポルノ画像であれ、所詮《しょせん》は己の現実と直接し得ぬただのイメージにすぎない。それに彼は、見知らぬ相手と金銭を介して肉体関係を結ぶことに強い躊躇《ためら》いもあった。春生はその点では純情な少年であり、一途《いちず》な性格の持主だった。

仮にもし、六万円で本木桜と再会できるのならば、まさに願ってもないことではある。だが、いくら金を積んだところでそれは土台無理な話だった。春生が今後、どれほどの苦労や善行を重ね、信頼に足る人物と周囲から認められるまでに成長したとしても、本木桜との面会はもはや永遠に不可能だった。何をどう頑張ろうと、故人は甦《よみがえ》らぬのだし、ほんの些細《ささい》な会話を交わすことですら、叶《かな》うはずもなかった。

●

普段も今頃が床に就く時間帯ではあるので、直ちに入眠できるものと思っていたのだが、瞼を閉じても眠気は一向に訪れなかった。坐ったままの姿勢ではすんなり寝られぬ質《たち》だと自覚してはいたものの、グリーン席の役立たずぶりに苛立《いらだ》ってしまい、春生はますます就寝から遠ざかった。

車掌がまだ切符の確認に来ていないと気づき、春生はとりあえず睡眠を諦《あきら》めて帽子を取った。横へ目をやると、上野駅を出たときは空席だったはずの29番D席に、一〇代前半くらいの年頃の小柄な少女が収まっており、流れゆく風景を静かに見つめていた。春生はその少女を真似て、カーテンを開けて窓外へ視線を向けた。当分の間そうやって過ごし、睡魔の到来を待つことにした。

大宮駅を越したところで車掌が現れた。財布から乗車券とグリーン券を取り出し、また横へ目をやると、少女と車掌が何やらちょっと揉《も》めていた。どうやら少女は2階がグリーン席だと知らずに坐っていたようだった。この席に留まりたければ差額分の料金を支払わねばならぬと車掌から教えられるまで、彼女はきょとんとした顔をしながら切符はちゃんと買ってあると訴え続けていた。ようやく事情を呑《の》み込んだ少女は、いささか頰を赤らめて席を立ち、自由席車両へ移動した。恥ずかしそうに後頭部に右手を当てて立ち去った彼女の手荷物は、肩から斜め掛けした橙色《だいだいいろ》のボディバッグのみだった。

春生は結局、新潟駅に到着するまで一寝入りも出来なかった。計画の実行を明日に控えたことの緊張と旅立ちの興奮が、眠気を抑え込んでいた。

駅を出ると、時刻は一二時二〇分を回っていた。寝られずにいるだけでなく、昨夜以来まともな食べ物を口にしていないが、乗船を予約してあるジェットフォイルは一三時発の便なのでのんびりしてはいられなかった。佐渡汽船ターミナルへ行くのはタクシーを利用した。七分ほどで着き、乗車賃は千九十円だった。

一三時発のジェットフォイル「みかど」は、一四時ちょうどに両津港へ到着予定となっている。食事は佐渡に着いてすぐに摂《と》ればいいと考えて、春生は売店で五百ミリリットル・サイズのペットボトル入りスポーツドリンク一本だけを買った。新幹線に乗車中から喉《のど》が渇いてしょうがなかったのだが、水分を流し込むばかりで胃袋を永く空にしていたせいか、食欲はなかった。

搭乗手続きを済ませ、佐渡汽船旅客名簿の用紙に現住所、氏名、年齢等を偽って記入し、春生は待合室に入った。待合室の青い椅子は大半が空いていて、そこにいるほとんどの者が地元の人間に見えた。春生は奥へ向かい、NHK番組専用のテレビ台が設置された場所の正面の席に荷物を下ろした。出港案内の電光掲示板には、一三時発の「みかど」は未だ「空席有」と表示されており、この時期は週末でも佐渡島へ渡る観光客はあまり多くないようだと春生は思った。

テレビ台の右脇《みぎわき》に置かれてある、黒地に所々赤い模様の塗られた大きな彫刻柱が目を引いた。彫刻柱の説明看板には、「万代島フェリーターミナル竣工《しゅんこう》記念」として一九八一年七月に贈られた、「クワギラスインディアン〝オオワシとシャチ〟トーテムポール」と表記されている。寄贈者は「ボーイングマリンシステムズ」で製作者は「トニー・ハント」だという。看板の下半分には、「シャチ」と「オオワシ」に込められた意味の解説（「シャチ」は「偉大なる力と幸運」、「オオワシ」は「強さと友情」）が書かれてあるものの、乗船の待合室にトーテムポールというのは唐突で場違いな印象を受けた。

振り返ると、向き合う二羽のトキを後方から捉《とら》えた写真のポスターが視界に入った。ポスターの上部に赤い文字で「朱鷺《とき》のいる島『佐渡』」と記されてあるのを見て、ついにあと一時間と少々で念願の地に辿《たど》り着き、トキらと直《じか》に対面できるのだと知り、春生は動悸《どうき》が高まるのを感じた。何ヵ月もの間、くり返し空想し意識に刷り込み続けた場面の総てが、これから一つずつ現実化してゆくわけだ。改めてトーテムポールを見直した春生は、次のように思った――「偉大なる力と幸運」、そして「強さと友情」、これらの言葉は、この俺を言い表すのにぴったりの標語かもしれない。

改札口に係員が立ち、一三時発「みかど」の乗船客が列を作り始めた。列の最後尾に春生が加わると、続いて並んだ者が躓《つまず》いて転びかけて、彼の背中にぶつかった。反射的に相手の顔を確かめてみて、春生は少し驚いた。新幹線のグリーン席に間違って坐っていたあの小柄な少女が、掌《てのひら》を合わせて「ごめんなさい、すいません」と小さな声で謝《あやま》っていた。少女の謝罪に対し、春生はただ無言で頷き返した。

ジェットフォイルの旅客定員数は二百六十名、客席はツーフロアに分かれている。

下の階の左後方部に位置する13‐A席が、春生の指定席だった。窓際《まどぎわ》の席なので進行中は海の様子を見渡せるはずだが、春生は今度こそ眠ると決めていた。同じ列の又隣の席に小太りの老婆《ろうば》が腰を下ろし、笑顔で会釈《えしゃく》されたが、春生は無視して瞼を閉じた。

佐渡島内での交通手段の確保が大きな懸案事項となる以前に、本州からの渡航方法の選択に春生は頭を悩ませた時期があった。陸地から離れて他人任せで長距離移動するのは、彼にとってじつに耐え難いことだった。最悪の事態の想定は、この問題に関してはとことんやり切れぬ思いにさせられるばかりであった。今年の二月九日にハワイ沖で起きた、アメリカ海軍の原子力潜水艦「USSグリーンビル」と愛媛県立宇和島水産高校の実習船「えひめ丸」の衝突事故には深甚《しんじん》な衝撃を受けたし、本木桜の誕生日である一九八三年九月一日は大韓航空機撃墜事件の発生した日付として記憶してもいた。

船と飛行機、いずれに乗るのも同程度の恐怖感を抱かせはしたものの、今回ばかりは海路を選んだ。どちらかといえば船のほうが不安要素が少ないと考えられたわけだが、と同時に、佐渡汽船のウェブサイトに掲載されたジェットフォイルの紹介文に春生は説得された。

その紹介文によると、全没翼型水中翼船ジェットフォイルは「宇宙航空技術を駆使した究極の超高速船！」であり、「3・5mの荒海でも船体を海面より浮上させ時速80㎞の超高速で疾走」し、「航空機と同じシステムによるコンピュータ自動制御装置の働きで、荒海を時速80㎞で疾走してもピッチング（船の縦揺れ）、ローリング（船の横揺れ）があ」らず、「時速80㎞からの緊急停止距離は180mで通常の船に比べ安全性・確実性に富んで」いて、「衝撃緩衝装置…海上浮遊物との衝突にも、乗客にはショックを感じさせない装置」が付いてさえいるという。これを一読し、途方もなく素晴らしい船なのだと春生は思い込み、快適な船旅を期待したという次第だった。

実際に乗船してみると、確かに縦にも横にも大した揺れは起こらず、ジェットフォイルは滑らかに海上を進行した。仮にここでも眠れず、航海に退屈を感じたら、船内の数箇所に備え付けられたテレビでも眺めていればいいわけだ。随時表示される航行の速度と船外の景色を見比べてみるのも暇潰《ひまつぶ》しにはなるかもしれない。運航中のシートベルト着用を義務づけられているので、トイレを使う際以外に立ったり歩いたりは出来ぬが、たった一時間の我慢なのだから文句を言うほどのことではなかった。

しかし春生にとっては、そのたった一時間ですら、心の落ち着きを保つのが難しそうだった。たとえ船体の揺れはなくとも、辺りに陸がまるで見当たらぬ洋上をひたすら進むのは、やはり少しも快適ではなかった。一箇所に縛られたまま立ち上がれぬ状態の持続は、春生の神経を一際過敏にし、眠気をすっかり消滅させた。

悪い印象を挙げだせばきりがないので、思考を制御し、気を紛らわす必要があった。とはいえ頭の切り換えはそう楽ではないし、悲観は容易に断ち切れはしなかった。ふと、忘れ物はないかと心配になり、隣の座席に置いた自分のバックパックを開けてみて、春生ははっとした。サバイバルナイフやらスタンガンやらの武器が、鞄の中に詰め込まれているわけだが、手荷物検査など一度も受けずに、それらをあっさり船内に持ち込めてしまった。ということは、つまり、シージャックを行うのも決して不可能ではない。そのことに思い当たると、春生の気分は一変した。途端に世間に対する憎悪《ぞうお》と怨念が呼び起こされ、悪逆無道の血が騒いだ。さて、どうしてやろうかと彼は自問した。

不自由な座席からの解放と地上への帰還を望むあまり、一発やっちまおうかという衝動に駆られた。ただし意思が本気に傾く寸前で気持ちを抑え、他者への怨《うら》みと憎しみの情念だけを増幅させるに留めた。さすがにここまで来て、計画を棒に振るつもりはなかった。直前まで近付きながら目的地に到れず、真の標的の姿を一瞬たりとも目にし得ぬまま旅を終わらせることなど、自らの宿志と運命が許すはずはなかった。船旅への不満と突発的暴走を促す衝迫もまた急速に膨張してはいたが、人生最大の使命のためだと己に言い聞かせて、春生は何とか自制した。

今この場でなくとも、もうすぐ、あと一日だけ待ち、明日の夜になれば本当に、ここにいる暢気《のんき》な連中や世間のクソッタレども総てに辛酸を舐《な》めさせることが出来るのだ。どうせこいつらは、両津港行きジェットフォイルの同じ便に乗り合わせていたにもかかわらず、あの少年がそんな大それたことを考えていたとは思いも寄らず、大変無念なことに、ユウユウ殺しを未然に食い止められなかった、とか言って、アホ面《づら》をして嘆いてみせるに決まっているのだ。とりわけそこで眠りこけている婆《ばあ》さんなどは、ユウユウを仕留めたのがこの俺だという事実が、仮に世の中に広まりでもしたら、そのようにほざいて自分らの無力を痛切に悟り、悔恨の情に噴《さいな》まれるに違いない。

春生は勝手にそう予想しながら、二つの瞳《ひとみ》に強い敵意を込めて、視界に収まる範囲にいる他の乗客ら一人一人の顔を眺め回した。目が合っても構わず、どんな相手でも睨《にら》み付けた。不安な現状からの逃避ではあれ、それ以上に任務遂行の覚悟の再認であり、彼なりの自意識強化の作法だった。

敵の中に、一人だけ、見知った顔が含まれていた。

春生は戸惑い、一旦眼を逸らしてから、三秒ほど後に彼女の横顔へ視線を戻した。小柄な少女は、フロア中央区域の後方部に位置する列の左端、15-D席に坐り、眠そうな表情をしてテレビを見ていた。

ちらりと目が合い、春生は瞬《まばた》きしながら咄嗟に俯《うつむ》き、もう一度少女に注目した。少女もまた、合わせ鏡のごとく同じ動作をしてから再び頭を下げ、上目遣いで春生の顔色を窺《うかが》っていた。どうも彼女は、乗船の改札口で背中を押されたことを責める意味で春生が睨んだと勘違いし、対処に困っている様子だった。春生はそれを薄《うす》らと察してはいたが、彼女を強く意識していると見做《みな》されたらまずいなどと思い、天井を見上げて誤魔化した。

十分後、改めて15-D席へ眼をやると、少女はぐっすり寝込んでいた。

少女の寝顔を眺めているうちに、思えばあの子とは朝からずっと一緒なのだと、春生は気づいた。**まさか行先も同じで、列車も船も同じ便を利用することになるとはね**――そう心で呟《つぶや》くと、彼の思考は忽《たちま》ち、いつもながらの迷妄へと移行した。

偶然というには、ほんの三時間程度しか経っていない中で接する機会が多すぎるし、詫《わ》びを言われただけとはいえ、彼女のほうから一度話し掛けられてすらいる。これは、俺と彼女の間に、ちょっとした縁があるのだと思わざるを得ない。恐らくそういうことなのだろう、というか、そのことは確実と見ていい。それがどのような縁であって、俺たちをどこへ導こうとしているものなのかは、よく判らないけれども。いずれにせよ、何らかの巡り合わせが作用し、俺と彼女は同じ列車、同じ船に乗り、佐渡島へ向かっているということだけは、確かだ。
このような想像を巡らすのは日常の一部であるせいか、適度なリラックスの効果を齎《もたら》し、穏やかな心持ちにさせた。トキに関するのと同様に切実な実感を伴いつつ、無我夢中で妄信にのめり込んだりはしなかった。ただ、春生は一貫した運命論者の態度でもって、彼にしては比較的冷静に状況を分析していた。軽い気分転換みたいなものだった。
しかし比較的冷静でいて、軽い気分転換だからといって、短絡や混同の生ずる余地が一切消されてしまうわけではなかった。いかにも彼らしく、春生は次第に、数年かけて培《つちか》った自らの強い願望を少女に投影し始めていた。あるいは彼は新幹線の車内で出会った時点からすでに、少女をそのような目で見ていたのかもしれなかった――**彼女はどことなく確かに、本木桜と見た目が瓜《うり》二つ、というか、まるで生き写しだ。面影が似ている、そっくりだと言っても過言ではない、**
その少女は、本木桜のように眼鏡を掛けてもいなければ、髪を三つ編みにしているわけでもなく、色白でもなければ、垂れ目ですらなかった。両者の容姿の明確な一致点は、背丈が低く、丸顔であることくらいだった。だが、春生の妄想が拡《ひろ》がる上ではそれだけで充分だった。充分すぎるほどの同一性であり、危うげな雰囲気を漂わせてもいて、切羽詰まった印象さえ感じさせ、庇護《ひご》欲を掻《か》き立てた。その少女は、見目形を若干変えて実体化した、本木桜の亡霊なのかもしれなかった。肉体を得た本木桜の幽霊が、重大な使命を帯びた俺のこの旅に、わざわざ同行してくれているのかもしれぬと、春生は思った。

あいつはそういう、奥床《おくゆか》しいところのある、いい奴《やつ》だったんだ……。

●

春生と本木桜が最初に言葉を交わしたのは、二人が中学二年生に進級した一九九七年の四月、一学期の始業日、二年七組の教室でだった。中一の頃は、それぞれ校舎の両端に位置するクラスで学び、小学生時代は、互いの家が異なる学区内に属すため別の学校に通っていた。学級再編を経て初めて同級生となった二人は、籤引《くじび》きによる席決めで隣同士となった。それまでは物理的に遠く隔たっていた二人の距離が、一日のうちに急接近したというわけだった。

　春生と本木桜の一番はじめのやりとりの内容は、姓名に関することだった。

「と、ぅ、や？」

「そう。と、ぅ、や」

「鴇谷、鴇谷くん。……何か、珍しい名字。言われない？」

「ああ、ええと……そうでもないよ！」

「そう？　でもあたし、聞いたことないけどな……。やっぱり珍しいと思うよ、あたしが無知なだけかなあ……だって、この字も見たことないもん」

　本木桜はそう口にしてから、春生の名札に刻まれた「鴇」を指差した。その指摘を受け止めて、春生は少々慌《あわ》ててしまったが、吃《ども》りがちになるのを気をつけながら、「鴇」の字の意味を説明した。他人に理解された例のない自慢話の一端を、本木桜に対して披露してみたわけだ。

　このときの春生は、誰の目にも明らかなくらいに昂揚《こうよう》していた。とはいえそれでも彼は、留処《とめど》なく湧き出る喜悦の感情を精一杯封じ込めていたほどだった。本木桜に、自身の姓を「珍しい」と言ってもらえたことが、春生は心底嬉しかったのだ。それに彼女は、こちらの長話をにこやかに聞いてくれてさえいる——これは春生にとって異例の経験だった。

　姓名を巡る二人のおしゃべりは、もうしばらく続いた。

「何月生まれ？」

「えっ、どうして？」

「俺、四月なんだけど」

「……うん」

「そっちも、四月か、五月じゃないの？　違う？」

「ううん、違うよ。九月だもん。……でも、どうして？」

　春生はいささか残念そうでもあり、照れ気味でもある口調で返答を述べた。

「名前がさ、君、あの、桜でしょ！　だから……」

「ああ、そっか。ふうん、なるほどね……」

「俺、春に生まれたから、春生なの。親がね、全く単純！　何も考えてないんだ！　生まれたのが春だから春生って、いい加減でしょ。馬鹿にしてるよね、生まれたての赤ん坊をさ！　しかも長男だってゆうのに！　……てっきりそっちもね、桜さん……だから、同じかなあって思ったんだけど、春に生まれたから桜？　そういうことかと思ったわけ。そっちはイメージいいよね……桜ちゃん！　でも九月か……。九月何日？　何日生まれなの？」

二人が交わした中で、この日のやりとりが最長であり最良の会話だったと言っていい。少なくとも、二人きりで永く話し合う機会はその後一度も訪れなかった。春生が、暖かで親しみのある素直な態度で本木桜から言葉を掛けられたのも、このときが最初で最後となった。前々から好意を寄せていた女子と初めて直接対話できて、鵜谷が稀《まれ》な名字だと認められもして、彼は有頂天になってしまい、喋《しゃべ》りすぎたのだ。彼女に気に入られたい一心で、聞かれてもいないことまでべらべら話すうちに、春生は放談に没頭していった。全開で熱弁を振るい続ける彼には、本木桜の露骨な困惑を看取する精神のゆとりなど、あろうはずもなかった。

春生は中一の頃から、色白で眼鏡を掛けた三つ編みの小柄な一年八組の女子生徒と、廊下や体育館や校庭で擦れ違う度《たび》に、淡い恋心を感じていた。その女子生徒の名が、本木桜と知ってからは、日記に「桜ちゃん」と書き記す日々が続いた。「桜ちゃん」と呼び掛けるのは日記の紙面と心の中のみに留め、普段は擦れ違う一瞬に彼女の顔をじっと見つめることしか出来ずにいた。それゆえ進級してお互いに二年七組の生徒となれただけでなく、席が隣同士となり、手始めに彼女のほうから姓名の話題に触れてくれて、本人を目の前にして「桜ちゃん」と呼び掛けられたことは、春生にとっては望外の悦《よろこ》びであったわけだ。

新学年新学期の初日は、最高に幸福な一日として生涯忘れはしないと、春生は日記に赤字で書き留めた。そして三年に上がるまでの一年間、この幸福は単に持続するばかりでなく、日毎《ひごと》に度合いを深めてゆくであろうと予想し、信じた。席が隣同士という学級環境は、春生にとってそれほどの価値があり、一年もの間その状態が保たれることになれば、二人の親密度上昇は確実と考えられた。だが、一年間同じ席順を通すなどと、担任教師は一言も約束しなかったし、現に一年生の頃は二ヵ月毎に違う席で授業を受けていたはずだった。春生の楽観、というか夢物語は、当然裏切られるものでしかなかった。

六月第一週の月曜日、二年七組は席替えを行った。この日以降、春生は本木桜の隣席に坐ったことはない。

二学期に入ると、厄介な事態が立て続けに生じた。春生に対する本格的ないやがらせが始まったのだ。同級となった当初から彼ととりわけ反《そ》りが合わなかった三人の男子生徒が共謀し、ほぼ毎日、大小様々な攻撃を仕掛けてきた。一〇月後半の文化祭期間辺りからは手口が特にひどくなった。そして一一月初旬のある日の授業の合間に、「桜ちゃん」に纏《まつわ》る書き込みだらけの一冊のノートを三人組に盗み出されてしまった。放課後、合唱コンクールの練習に移る前に、担任からプリント配付の用事を言い付けられて春生が職員室へ出向いた隙《すき》に、「桜ちゃん」に剃毛《ていもう》を施したり彼女の放尿姿を観賞するなどの性的妄想の記述箇所を皆の前で読み上げられ、各頁《ページ》の切れ端を教室内にばらまかれた。教室に戻り、状況を理解した春生は逆上し、犯人の一人の耳朶《みみたぶ》を嚙《か》み千切って頭髪を二、三十本ほど毟《むし》り取り、あとの二人は逃げられたので鞄を汚水槽に捨ててやった。この一件を契機として、いやがらせの応酬は泥仕合の様相を呈し、冬休みの直前まで続けられた。

三日間の出席停止措置を経て、春生は二年七組に復帰した。とっくに見抜いていた者も数名いたとはいえ、同級生の全員が「桜ちゃん」を慕う春生の胸中を正確に把握しており、教室の雰囲気はあからさまに前と違っていた。当の本木桜本人は、ひたすら局外者を装《よそお》い、「桜ちゃん」と名指されてノートに書き記されたことの一切を徹底して無視していた。春生は怖《お》じ気《け》づいたら負けだと考え、とりあえずは敵対する三人組との攻防戦に再び精力を注ぎ、開き直るほかなかった。胸が張り裂けそうな気分になるため、「桜ちゃん」を呼び止めて、ノートに記した内容について直《じか》に弁明を行うのは、当分は無理だと思われた。それ以前に、「桜ちゃん」自身が、春生の半径三メートル以内に近付こうとはせず、絶対に目を合わせようともしなかった。

昼休みに屋上で、友人の女子生徒らに慰められながら、本木桜が泣いている姿を見掛けたこともあった。何人かの男子生徒にからかわれたせいだと耳にした春生は即刻、「敵討《かたきう》ち」を強行してはみたものの、逆効果でしかなかった。からかった者らの一人が階段の上から突き落とされたことを、放課後に伝え聞かされた本木桜は、とうとう自ら春生の正面に進み出た。泣き腫《は》らした眼を怒りの色に変えて睨み付け、「もうやめてください！」と言い捨てて、彼女は駆け去った。直接的にであれ、間接的にであれ、春生が関わろうとするほどに「桜ちゃん」は離れてゆく一方だった。

しかし二人は同級生なのだから、授業や校内行事の内容次第で接触は避けられず、完全な没交渉には及ばなかった。春生のほうから半径三メートルの境界を越えて、折に触れて話し掛けてもみた。月が変わり、ほとぼりも冷めた頃と彼は判断したのだが、雪の積もる時季になっても「桜ちゃん」は相変わらずご機嫌斜めだった。多くの女子生徒らの間で「超変態」と噂され、本木桜と親しい友人の一人からは「死ね！鈍感！」と罵られたりもしたが、春生は聞く耳を持たなかった。変態かどうかはともかく、この自分が鈍感でなどあるはずがないと、彼は思っていた。

中学生活最後の一年間は、ぱっとしない日々が続いた。本木桜とは別クラスに振り分けられてしまい、二人の距離を一向に縮められぬまま、一年生当時のごとくただ擦れ違う機会を愉しみに待つだけの永く不毛な期間となった。とはいえ、きっと時間が解決してくれるものと楽天的に推測し、春生は望みを捨てなかった。高校へ進学し、環境や周囲の人間が変わってしまえば、本木桜の態度も軟化するであろうと彼は期待していた。先入観を捨てて、周りの目を気にせず普通に接してくれさえすれば、彼女はこの俺の良さを充分に理解できるだろうし、いずれは惚《ほ》れ込むに違いない、などといつもの調子で勝手な想像を描いてもいた。ただしそうなるためには、同じ高校に入学することが前提であると春生は考えたわけだが、彼はまずこの点で躓《つまず》き、あとは坂を転げ落ちてゆくばかりの有り様となった。

高校受験に失敗したわけではなかった。春生は志望校には合格できた。彼の躓きは、誕生時からすでに決まっていたことだった。たとえ春生が大学入試レベルにも対応し得るほどの猛勉強に勤《いそ》しんだとしても、女子高を受験するのは不可能だった。しかし躓きの要因は、性別に限ったことではなかった。本木桜の第一志望が女子高と判明した時点で、その近隣の高校への進学を決めておけば良かったのだが、春生はそうしなかったのだ。彼は、自身の学力に見合った学校を選んだことにより、本木桜とは逆方向の電車に乗り、通学しなくてはならなくなった。互いの在籍校の所在地は、間に二つの市を挟むほど遠く隔たっていた。結果的には、このことが春生を転落へと導いた。

中学生時代は、ただ学校へ行きさえすれば本木桜と会えた。いくら会話を避けられ、軽蔑《けいべつ》の目を向けられても、休日以外は常に顔を合わせられたし、声を聞くことも出来た。それなのに、高校入学後は、この世から存在自体が消え去ってしまったかのように、本木桜の姿を全く見掛けられなくなった。一日二日ばかりでなく、何週間も何ヵ月間も、何年間もそれが続くかと思うと、気が狂いそうになり、春生は居ても立ってもいられなくなった。

過去の思い出に浸っているうちに、中学の頃に戻ろうと春生は決心した。自分は今は、決して彼女に会えぬのではなく、会おうとしていないだけなのだと、彼は発想を転換させた。肝腎なのは何を優先すべきかであって、本木桜との共棲《きょうせい》をこそ我が人生における最重要目的と定め、それのみを積極的に志し、成就《じょうじゅ》に必要な方策を真剣に考え抜いて、一心不乱になり、本気を出して心血を注げば、絶えず二人で寄り添って歩くことさえ可能なはず——危機感と飢餓感の増大に追い詰められて、妄執に支えられながら、春生はかつてないほど前向きに思考していた。

こうした過程を経て、彼は、本木桜に対するストーキングを開始したのだった。

春生は、いわゆるストーカー行為と世間で見做されていることの大抵は試みた。高一の夏休みから尾行を始め、高二の一学期半ば以降は、自身が籍を置く学校へは全く通わなくなった。本木桜に関わる全情報を正しく認識しておかねば気が済まず、見境なく、闇雲《やみくも》に、やれるだけやってみた。「桜ちゃん」を追い回す毎日は、とても充実していたし、これでいいのだと自らを肯定できた。しかし何事も愉しいのは最初だけ、というのはその通りで、次第に苦しみを味わうことが増えていった。

外出中の様子ばかりを観察していても、彼女の本質には迫りきれぬと春生は考えた。「桜ちゃん」本来の姿は、彼女が自室に一人きりでいるときにこそ、現れ出るだろう。もしかしたら、その間は、中二の頃の同級生、鴇谷春生に対する正直な気持ちを表してさえいるかもしれない。本当は俺のことが好きなくせに、あのノートの一件以来、恥ずかしがって避け続けているうちに、告白の機会を逸してしまい、不幸にも別々の高校へ進学してしまったというのが、真相なのかもしれない……。

真偽を確かめてみようと春生は思い立った。しかしいつ電話を掛けても、「桜ちゃん」の応答は一言も得られなかった。父親が出てすぐさま切られてしまい、ある日突然電話が繋《つな》がりもしなくなった。仕方がないので何か新たな手を、案出せねばならなかった。

ピッキングの道具を入手したのは、高一の二学期半ば、一〇月の中旬だった。春生は初めて、オンライン・ショッピングを利用してみた。翌月は、同じ業者から盗聴の発信機と受信機のセットを買った。それぞれの購入資金は、毎月の小遣いに加えて、店のレジから毎日千円ずつ抜いて貯《た》めた。

マニュアル本を熟読しつつ、美和ロック社製のシリンダー錠をいくつか手に入れて、毎晩遅くまで解錠の訓練を行った。手先の器用な質《たち》ではないため、習熟には文字通り血の滲《にじ》む努力を要したが、冬休みに到ってほぼ完璧《かんぺき》に会得した。むろん、解錠可能な錠前の種類は限られているが、本木家の玄関さえ開けられたら何の問題もなかった。

年末年始休みの間に本木一家が旅行に出たのを機に、春生は早速ピッキングの腕前を試した。彼はその際、本木桜の部屋に盗聴器を仕掛けてもみたのだが、お宝の山を目前にして、未知の緊張と興奮のせいで頭が通常通りに回らず、室内を碌《ろく》に物色できなかった。盗聴器を取り付けた後は洗面所へ行き、洗濯物籠《かご》の中から本木桜の使用済み下着を探し出すのに手間取ってしまった。どれが「桜ちゃん」のもので、どれが母親のものなのか、見分けが付かなかったのだ。やっとそれらしきパンツを一つ得られたことで満足した春生は、あとは何も取らず、急いで自宅へ帰ったというわけだった。

常識的に見れば、春生はこの時点で相当おかしく成り果てていたと言えるかもしれない。だが、彼が本当に壊れてしまうのは、盗聴器を仕掛けるのに成功してさらに数ヵ月後のことだ。より正確には、本木桜の日記を通読した日から、春生の精神はもっとやばい状態に傾きだした。本木桜が、女子高の数学教師に恋愛感情を抱いていることを、彼は知ってしまったのだ。

盗聴器の活用自体は、大した成果を挙げられなかったどころか、とんだ目に遭わされた。積雪量は昔に比べて減っているとはいえ、冬の山形の夜中に、盗聴電波の受信機片手に外に居続けるのは苦行に近かった。三日連続でそれをやった挙句、春生は四日目に高熱を発して倒れた。三十九度五分まで上がった体温は次の日も下がらず、医者の診断を受けた結果、インフルエンザに罹《かか》っていると告げられた。彼は結局、一週間一歩も家から出られなかった。

予期した以上に効率が悪く、どうせまともな音声などちっとも聞き取れぬのだからと思い、春生は盗聴器に頼るのをやめた。そして彼は再び、「桜ちゃん」の部屋に忍び込むことを決意した。そのチャンスはなかなか到来せず、春休みの期間中に二度ほど決行しかけたが、夜間警ら中の警官に危うく見つかりそうになって中止せざるを得なかった。ようやく目的を果たせたのは、五月の黄金週間《ゴールデンウィーク》中だった。五月三日、一家が三泊四日のハワイ旅行に出掛けた隙に、春生は再度本木家への侵入に挑んだ。

玄関のドアを開ける前から、目標物は一点に絞られていた。あの真面目《まじめ》な性格の「桜ちゃん」のことだから、まめに日記を付けているに違いないと春生は推定していた。何しろこの自分ですら、毎日欠かさず書き付けているくらいなのだから確実だと、彼は思っていた。彼女はその紙面に、自らの繊細な心情を事細かに綴《つづ》っていることだろう、などと予想して靴を脱ぎ、階段を駆け昇りながら春生は胸を躍らせていた。

本木桜の日記は、あまりに呆気《あっけ》なく探し出せてしまい、肩透かしを喰らった気分だった。机の一番下の引き出しの中に、中一の初期から高一の終期までの日々を記録した四冊の日記帳が収められていた。高二の分が見当たらぬのは、ハワイ旅行に持っていったためだろうと考えられた。「桜ちゃん」はやっぱり、几帳面《きちょうめん》な子だなあ、と春生は感心した。

春生はそのまま丸一日、本木家の家屋に滞在し、本木桜の日記帳全頁に目を通した。それにより彼は、四年間に亘《わた》る「桜ちゃん」の心の変遷《へんせん》を見渡せたつもりになった。相手の本性を知り抜いたという充実感を得て、自分自身の器が拡大したかのごとく感じられもした。頁を繰りながら、俺はちゃんと知っていたぞ、俺には全部判《わか》っていたぞ、俺はいつも見ていたぞ、などと呟《つぶや》いて、春生は「桜ちゃん」直筆の文面を余すところなく脳裏に焼き付けた。つまりは興奮しっぱなしだったわけだが、最後の一冊だけは全く戴《いただ》けぬ内容だった。

文中に、「鴇谷」や「春生」という表記が一つも見当たらず、「あの人」とか「クソバヤ」とか「×」などと示され、ひどい言葉で罵られていたことには少しも衝撃を受けなかった。覚悟はしていたし、悪い印象は今後いくらでも変えられるという自信を持っていたからだ。教師を好きになったと読んでも、幻滅はしなかったし、女子高生に特有の一種の流行《はや》り病《やまい》みたいなものだと考えもした。だが、感情的には甚だ不愉快ではあるし、これ以上病状を進行させてはならぬと、春生は思った。

問題の数学教師は、妻帯者で子供が二人もいる、冴《さ》えない中年男という表現のぴったりな人物だった。自宅の住所を突き止めた春生は手始めに、「教え子に手出しする淫行《いんこう》教師」と題した手書きの中傷ビラを近所に撒《ま》いてみた。夜中に無言電話をくり返し掛けて、勤務先の女子高には中傷ビラと同内容の「告発状」を送り付けた。それだけでは効果が薄い気がして、本木桜の両親に直接訴えてみたりもした。そうしたことをしている間も、本木家に人が不在と知れば侵入し、日記の続きを確認していた。当然、暇さえあれば本木桜を執拗《しつよう》に付け回し、邪魔者や不審者が彼女に近寄るのを阻止した。春生はいつしか、「桜ちゃん」を護衛している気になっていた。映画『ボディガード』のケビン・コスナーにでもなったつもりでいた。妻子持ちの高校教師に誘惑されかけているというのに、本木桜の両親はてんで取り合ってはくれず、不祥事の治まらぬ警察は無能だらけで始末に負えぬのだから、自分以外に、彼女を悪の手から守りきれる者はいないのだと、彼は信じ込んでいた。**危険な変態野郎どもやゴロツキの蛆虫《うじむし》連中がうじゃうじゃいるこのど田舎の町で、まさしく掃き溜《だ》めに鶴《つる》の「桜ちゃん」にとっての守護天使が、この俺というわけだ……。**

　春生は粘り強く、全力で「護衛」を続けた。だが、接近するほど彼女が離れるという、磁石の同極関係のごとき状態はいつまで経っても変わりそうになかった。状況は一向に好転せず、むしろ悪化するばかりで、彼は殆《ほとほと》うんざりしてもいた。女子高の数学教師を遠ざけた代償は大きく、春生に向けられた本木桜の嫌悪《けんお》感《かん》は最高潮に達しており、日記を読むのも辛《つら》くなっていた。一刻も早く、何もかも終わらせたいと望んではいたが、自分の衝動は抑えられず、「桜ちゃん」は振り向いてもくれず、春生は強い苛立ちを感じていた。簡単に家の中へ忍び込めるから馬鹿な真似をやめられぬのだと考えて、ピッキング・セットを弟の部屋の天井裏に隠してはみたものの、夜が更《ふ》けるとつい本木家の様子を探りに出掛けてしまった。自らの意思では、もはやどうにもならぬところまで彼は来ていた。

彼自身の心的葛藤に呼応したかのように、現実は春生に歯止めを掛けた。七月末、深夜徘徊《はいかい》を理由として警察に補導されたのを境に、春生のストーカー行為は幕を閉じた。

補導されたこと自体は、もう三度目だった。本木家から苦情が届けられてもいたし、実家へはその件について度々連絡が入ってもいた。だが、深刻な被害は今のところ表面化しておらず、春生が未成年であることも考慮に入れたのか、警察は依然として、事態を重く受け止めはしなかった。事情聴取の後、呼び出された両親を交えて改めて事の経緯を詳細に調べられ、最終的に厳重注意を受けただけで春生は家に帰された。ストーキングに関する行状の総てが明るみに出ていたら、この程度の処分では済まされなかったであろうが、ピッキングによる本木家への侵入などは未だばれてはいなかった。本木家の者らは、それに関しては全く気づいておらず、想像すらしたこともないようだった。

春生の両親は、本木家に対してはこれまですでに幾度も謝罪に出向いており、今回で最後にしたいと考えていた。今後も息子の悪事が度重なるようであれば、家裁送致は免れないと危機感を抱いていたのだ。警察沙汰を起こし、無断欠席も続いていたため、以前から高校の担任教師や学年主任とは話し合いが持たれ、そろそろ結論を出さねばならぬ時期だと皆の意見は一致していた。それゆえ、春生が学校を退学し、地元から出て、東京の洋菓子店で働くことに反対する者は一人もいなかった。数名の大人たちに取り囲まれて延々と説得され、ひたすら泣いて請《こ》うばかりのみっともない態度で両親に迫られ、弟の翼にまで金属バットを突き付けられて脅された末に、春生は追放を受け入れた。本木家も、とりあえずはそうした解決で納得してくれた。

●

右肩をぽんぽん叩かれているのを感じて、瞼を開けると、老婆が笑顔で「着いたよ」と教えてくれた。その言葉を聞いて、いつの間にか居眠りしていたことを春生は自覚した。老婆は終始ニコニコして笑みを崩さず、出港時と同様に会釈して、頭陀袋《ずだぶくろ》のような荷物を背負い込んだ。席から離れる老婆に対して、春生は無愛想を改めずに、軽く頭を下げた。

春生は立ち上がり、バックパックを肩に掛けて、どうしても気になるので15‐D席のほうへ視線を向けてみた。乗客のほとんどが下船しているというのに、少女はまだ眠り込んでいた。春生は老婆の親切を真似て、少女に近付いて彼女の肩に触れた。

「んっ……何？　えっ⁉」

「もう着いてるよ」

「あ、はあ、すいません……」

右手の甲で目元をごしごし擦《こす》りながら、数秒前まで寝ていたのが嘘のように、少女はきびきびと座席から立った。その様子を目にして咄嗟に体を反転させ、春生は早足で船の出入口へ向かった。二人きりになるのを待っていたとか、何か狙いがあると誤解されたくなかったし、それ以上に、不必要に話し込む悪癖が出てしまう前に急がねばならぬと彼は思った。今日と明日の二日間は、綿密に立てた計画に沿って無駄なく行動せねばならず、余計な言動は慎むべきだと重々承知していた。そもそも「桜ちゃん」は、俺のそういうお喋りな面を一番嫌っていたんだ――そのように思い起こして、春生は口を閉ざし、少女との会話を我慢した。

エスカレーターで両津港ターミナルの一階に降り、春生はレンタカー会社の受付窓口の前に立った。予約はすでにインターネットを通じて済ませてあった。免許証を呈示せねばならぬため、ここでの申し込みに関しては住所や氏名の誤魔化しは利かなかった。つまり車内には、一滴たりとも血痕《けっこん》を残してはならぬというわけだ。

春生は最も低料金の軽自動車を借りた。ダイハツのミラという銀色のAT車で、エアコンやラジオや電動パワーステアリングが装備されていた。軽自動車を選んだのは、佐渡の地域情報を扱うBBSに、この島は道幅が狭いためビッグセダンやワゴン車の利用は不向きと書かれていたのを参考にしたのだ。ドライバーとしては初心者であり、トキを奪い去るわけでもなく、単なる交通手段なのだから軽自動車で充分だった。

駐車場に案内され、鍵を受け取り、春生は車のドアを開けた。ハンドルを握るのは、教習所の卒業検定以来だった。都内の道路は車線が多く交通量が激しいため、とても怖くて運転する気になどなれなかったのだ。しかし今になって、せめて二、三回は都内で練習しておくべきだったと春生は後悔した。一人きりで車を走らせるのは初体験なので、レンタカー会社の従業員に見守られた中でアクセルを踏むのは大いに緊張させられた。

顔付きを強張《こわば》らせ、掌を多量の汗で濡らしながら車を駐車場から出し、交差点の前で信号待ちをしていると、道端をうろついている件《くだん》の少女と目が合った。待ち合わせの相手が現れぬのか、彼女は携帯電話片手に項垂《うなだ》れており、ひどく困っている様子だった。春生は視線を逸らさずに、思わず右手を挙げてしまった。

「あの、佐渡の人ですか？」

少女がミラの左脇に駆け寄ってきたので、窓を開けると、そう訊ねられた。違う、と言い掛けたとき、後方からクラクションを鳴らされてしまい、春生は焦った。まごついていると、後続車はさらにビービーうるさく音を響かせた。前方に眼をやり、信号が青に変わっていると判った春生はまず、少女に対して「ちょっと待ってて」と告げて車を発進させた。すぐに道を左に折れ、数メートル進んだところの路肩に幅寄せして、春生はブレーキを掛けた。

●

時刻は一四時五〇分を回った。予定では、食事を急いで済ませて新穂村トキの森公園に直行し、一度目の佐渡トキ保護センター視察を始めているはずの時間だった。しかし春生は未だ両津港から目鼻の距離におり、湊《みなと》地区の四丁目から五丁目辺りの商店街を少女と一緒にぶらつきながら、食堂選びなどをしていた。二、三言葉を交わした後、「お昼食べましたか？」と少女に問われて途端に嬉しさが込み上げ、少しくらい構《かま》うまいと思い、春生は予定を遅らせたのだった。通り沿いの一軒の家の軒先に、「北一輝の生家」と白字で書かれた看板が掲げられているのを見て、「キタイッキ？」と二人して同時に呟き、互いの顔を見合って微笑《ほほえ》んだ。そんな和やかな雰囲気を心地よく感じて、春生はすっかり気が緩んでいた。思えば人とまともに会話すること自体、久方ぶりだった。

少女は、瀬川文緒と名乗り、都内在住の中学二年生と自己紹介した。あと六日で一四歳の誕生日を迎えるのだが、その前にどうしても佐渡島に来なければならなかったのだと、食事中に彼女は語った。

二人は湖月という蕎麦《そば》屋に入った。実家が蕎麦屋なのでここはパスしようと口にしかけた矢先に、「やっぱり蕎麦にしませんか？」と瀬川文緒に提案されてしまい、春生はやむを得ず言葉を呑み込んだ。店の暖簾《のれん》を潜りながら、飯に時間を掛けている場合じゃないしこの辺で妥協しておこう、などと、彼は内心自分に言訳を述べていた。

瀬川文緒は、「美味《おい》しい、美味しい」と言って蕎麦を啜《すす》りながら、自身の事情を少しずつ説明した。

彼女はまず、この一人旅は三ヵ月前から計画していたことだったと話した。

親には内緒の旅であり、今日は学校の友人宅に泊まると嘘を吐《つ》いて家を出て来た。旅費は親戚の経営する酒屋でバイトをして貯《た》めた。佐渡には、二ヵ月ほど前から連絡を取り合っている「メル友」がおり、彼に計画を打ち明けると、二つ返事で協力を約束してくれた。島内のガイド役を「メル友」に任せて、彼の家に一泊させてもらう予定になっていた。ところが、実際に島まで来てみたら、両津港ターミナルで待ち合わせていたはずの「メル友」にすっぽかされてしまった。他に頼る当てなどなく、途方に暮れて泣きそうになっていたところへ、救いの主が現れた。それが春生だったというわけだ。

新潟港の改札口で体がぶつかったときは、怖そうな人に見えたけれども、両津港に着いた際に、寝ていた自分を起こしてくれたので、春生を優しい人だと思ったのだという。

「何か縁がありますね」と瀬川文緒に言われて、春生は胸が熱くなった。じつは同じ列車にも乗っていたのだと、春生は口に出しかけたが、ずっと気に掛けていたと知られるのが厭《いや》で、それは話さずにおいた。

ジェットフォイルの到着時刻は一四時ちょうど頃だったのだし、「メル友」との待ち合わせに見切りを付けるのが早すぎるのでは？　と春生が聞いてみると、瀬川文緒は唇を尖《とが》らせて首を横に振り、携帯電話を差し出した。

「あれれ、本当に来ちゃったの？　マジですか!?　お馬鹿ちゃんだねぇ〜。いくら待っても俺は来ないよ。だって俺、佐渡になんか住んでないもん！　しかも俺んちの住所、新潟ですらないのさ！　ギャハハハ!!　メールなんかで簡単に人を信用しないほうがいいよん！　これ、今日から君んちの家訓にしなさい。ではお元気で、良い旅を〜！」

待ち合わせ場所に誰もいないどころか、教えられていた店自体が存在せぬことに不安を抱き、早速メールを送ってみたら、直後にこの返事が届いたのだという。鼻声で「ひどいでしょ」と一言漏らし、箸《はし》の尖端《せんたん》を銜《くわ》えたまま、瀬川文緒は潤《うる》んだ瞳《ひとみ》で春生の反応を窺《うかが》っていた。

「そいつ、俺が殺してやろうか？」

瀬川文緒は、うん、と頷いて、「ほんと、そのくらい腹立つ！　許せないよ！」と述べた。

メールといえば、自分も危うく騙されかけたことがある、と春生は思い出した。

「**トカレフ（弾8発付き）売ります**」というメールの差出人からは、その後も何通かフリーメール・サイトの「受信トレイ」に届いていた。「早く金を振り込むように！」とか、「返事がないのはどういうこと？　早く金を振り込まないと後悔するよ」などと威圧的なことばかり記されていたので、これは詐欺《さぎ》に違いないと判断し、「すみません。もう必要なくなりましたから結構です」と春生は返信を送った。すると相手から、「要するに、びびっちゃったわけね。やっぱお前、ガキかい。一人じゃ怖くて何も出来ないんだったら、調子に乗って本物のピストル欲しいとか書くんじゃねえ！」と罵倒《ばとう》されたため、春生はつい、「お前は全く度し難い甘ったれのチンカス野郎だが、ある意味ラッキーかもしれないな。浅知恵しか浮かばないくせに、えらく熱心にメールを送ってきてるから、特別に、お前にだけは、俺がどういう者かほんのちょっとだけ教えてやろうか。俺はな、お前が考えてるような無力で臆病《おくびょう》なガキじゃないんだよ。俺はな、お前のような能無しのアホウには到底真似できない、どでかい事件を近々起こすと決めているのさ。某島で、秋頃にな。あ、大サービスだなこりゃ。まあ、いいさ。気が向いたら、そのうちまた何か教えてやるよ。お前が大人しくいい子にしてたらな！」と返答したのだった。挑発されて頭に来て、うっかり計画のことをちょろっと書いてしまったわけだが、どうせ相手は無法者気取りのチンケな奴《やつ》なのだろうし、やりとりは個人情報の登録が必要ないフリーメールを介しているのだから、ここから足が付くことはないと春生は楽観していた。

春生と瀬川文緒の話題は、自然と互いの旅の目的へと移っていったが、自身らが話をそちらへ仕向けた割には、次第に二人とも口数が少なくなった。それぞれがはっと何かに気づき、春生は明言を避け、瀬川文緒は核心を語るのを渋っていた。

時計を見ると、一五時半を過ぎていた。トキ資料展示館の入館締め切りまで、あと一時間しかない。だが、瀬川文緒をここに置き去りは出来ないと、春生は思った。帰りの船と列車の切符はすでに買ってあるというが、「メル友」を信用しきっていたせいで、彼女の現在の所持金はたった三千円ほどしかないという。仮にこちらの金を与えたとしても、一人にしたら、いずれまたどこかで誰かに騙されかねない。あまりに素直で、いささかドジな女の子だからだ。しかしそうはいっても、瀬川文緒を連れ回しながら、計画を進めるわけにはゆかない。足手纏《まと》いだし、邪魔立てしそうでもあり、巻き添えにしてもならない。ならばいったい、どうすべきか……。

春生が目線を下げ、思案を巡らせている様を前にして、瀬川文緒は、自らの本願を見限るべきか否《いな》かを決するべき時機が来たと思い立ったようだった。彼女は率直に、自分の目的地を春生に伝え始めた。

「……あの、あたし、賽《さい》の河原に行きたいんです。賽の河原に……。鴇谷さん！　その辺りに行く用事は、ないですか？　島の上のほうの、大野亀《おおのがめ》ってところと二ッ亀ってところの近くなんですけど……海岸沿いの……そっちのほうへは、行かないですか？」

「……ああ、うん、行くよ。少しその辺も見て回ろうかなあって、思ってるから……」

この期《ご》に及んで何を言ってるんだ俺は！――胸中でそう叫んだが、春生の意志は半分固まりかけていた。賽の河原がどんな場所かも知らずに、瀬川文緒を助けてやらねばならぬ気がしていた。

「じゃ、あの、図々《ずうずう》しいお願いだけれど、ついでに、ってゆうか、あたしを連れてってもらえませんか？　お願いします！　あたし、どうしても、賽の河原に行かなきゃならないんです！　お願いします!!」

瀬川文緒は、ぺこりと頭を下げた。その姿を目にして、春生の心は大いに萌《も》えた。

春生は三つの条件を約束させた。いかなる状況下であれ、こちらの予定に必ず合わすこと、行動目的を一切問わぬこと、佐渡で一緒に過ごしたことを誰にも口外せぬこと。どれもがいかにも不審を抱かせそうな条件であったが、仕方なかった。

瀬川文緒は、疑念の色など少しも表さずに力強く頷き、「絶対に我儘《わがまま》なんか言いません。あたしは、賽の河原に行けたらそれでいいんです。それだけが、目的なんです。……待ち合わせたのがあんな嘘つきで、一時はどうなることかと思ったけど、本当に、助かりました！　ありがとうございます！」と礼を言い、またぺこりとお辞儀してみせた。

そうしたら、と口にして、春生はこのように述べた。「今から、トキでも見に行こうか。ここからは、車で十分くらいの場所らしいよ……」

●

一五時五五分、新穂村トキの森公園に到着した。駐車場には、一般の乗用車が十数台、さらに観光バスが五台ほど停められていた。公園出入口付近に数軒立ち並んだ売店には、意外なほど大勢の客が屯《たむろ》していた。ジェットフォイルの乗客数はそう多く感じられなかったが、週末だけに、トキの見物客は決して少なくはないようだった。観光バスで訪れた見物客らは関西弁で話しており、一般車のナンバー・プレートに標示された地名は新潟県外が大半であった。カーフェリーや飛行機を利用してやって来た者らも相当数いるのだろう。だとすれば、いよいよ犯人を絞り込むのは困難となるに違いないと思われた。とにかく、物証さえ残さなければ警察の捜査は捗《はかど》らぬはずだと考えると、春生は少しだけ気が楽になった。

トキ資料展示館自体に見るべきものは何もない。そこで紹介されているような事実はほぼ総て頭の中に入っているし、その建物は計画の進行上、障害となる位置にはないし特に重要でない。春生は「環境保全協力費」の券売機に二人分の金額の小銭を入れてチケットを取り、展示館の出入口前を通過して真《ま》っ直《す》ぐに、トキ飼育ケージの「観察ゾーン」へ向かった。

様々な角度から捉えた幾多の写真を通して、飽き飽きするほど目にしてきた趣《おもむき》とちっとも変わらぬ風景が、そこにあった。各飼育ケージが横並びに設置されており、周りを樹木が取り囲んでいて、敷地内は芝生に覆われ、中庭の中央部には池がある。そして檻の中には、確かに数羽のトキたちがいた。約五十メートルの距離はなかなか遠く、トキらの姿は馬鹿みたいに小さくしか目にし得ぬが、やはり総ては、紛れもない現実だったのだ。

感動などはまるで湧かなかった。情緒の類《たぐ》いは、微塵《みじん》も感じはしなかった。むしろ意識は直ちに即物的な思考へと傾き、実景と計画内容との照合に入っていた。春生の神経は極めて鋭敏に働き、集中力が増していた。

「鴇谷さん、ほら、双眼鏡、空きましたよ」

春生は、人前で自分の名を呼ばれたことを快く思わなかった。だが、瀬川文緒の無邪気な態度に接してしまうと、怒る気にはなれず、ただ奥歯を噛み締めた。黙って一度頷いてから、春生は早速、双眼鏡で敷地内の隅々を観察してみた。

これまで、いくらウェブ検索を駆使しても知り得なかった、佐渡トキ保護センターの警備体制の一端をやっと確かめられた。敷地内の随所に、侵入者探知用の赤外線センサーと見られる装置が備え付けられてある。春生は、双眼鏡と自身の視野から確認可能なセンサーの位置関係をメモ帳に書き留めた。センサーは、人の膝《ひざ》から腰の辺りの高さの支柱上部に取り付けてあり、少なくとも十台以上が広範囲に設置されている。闇夜《やみよ》の最中《さなか》、フェンスから飼育ケージまでの約五十メートルを、それらの探知器にキャッチされずに進むのは、至難の業《わざ》だと思われた。とはいえ、改めてよく見渡してみると、センサーはほぼ一定の間隔に設けてあり、潜り抜け可能なルートを見出せそうだと判った。あとでまた、パソコンのハードディスクに収めてある敷地の全体写真とメモとを見比べて、その最短ルートを割り出そうと決めた。

次に、フェンスから程近い飼育ケージの出入口に春生は注目した。錠前の種類を確かめるためだ。ドアのノブを一目見て、それをインテグラル錠だと認め、春生は口元に笑みを浮かべた。ノブの中心に鍵穴のあるインテグラル錠は、ピッキングの必要すらなく、容易に抉じ開けられることを知っているからだ。ドア自体も、上半分がガラス窓になっており、防犯性の欠片《かけら》もない。これならやれる、絶対に成功する、と春生は確信した。

問題は、飼育ケージ内の様子を常に撮影している監視カメラの存在だった。敷地内に潜入した際、ケーブルを一本ずつ切って回るのはかなり苦労しそうだ。しかしこれに関しては、トキ資料展示館の中に入ってみて、一応は懸念《けねん》が解けた。監視カメラは、展示館に置かれたモニターテレビに映像を送るだけの、見物用のものだと判ったからだ。

とはいえ安心するのは早かった。飼育ケージの内部には、赤外線カメラが設置されていて、管理棟では夜間も随時チェックが行われているかもしれない。侵入時に赤外線カメラで姿を記録されたとしても、目出し帽を被るので人相の判別は難しいと考えられるが、警備のシステムと直結している場合も充分にあり得る。こうなると、もはや運を天に任せるしかないと思われたが、春生はこれまで同様、己の運命を信じて疑わなかった。

佐渡トキ保護センターの警備は、新潟綜合《そうごう》警備保障が請け負っている。飼育ケージのドア上部に、同社のステッカーが貼《は》ってあった。ホテルにチェックインした後にでも、インターネットにアクセスし、佐渡支社の住所を調べてみることにした。明日、車でそこへ赴いてみて、保護センターまでの所要時間を確認しておくべきだろうと、春生は考えた。

時刻はもうすぐ、一七時を回ろうとしていた。そろそろ一度目の視察を終えねばならぬ頃だった。

●

春生は、加茂湖畔にある佐渡グランドホテルを宿泊先に選んだ。理由は単純で、新穂村トキの森公園までは車で五、六分しか掛からぬ場所にあり、インターネットでの部屋予約が可能だったからだ。

チェックインの際、宿泊人数を二名に変更してもらった。瀬川文緒は、妹ということにして、同室に泊まることになった。宿泊費の一万五千円は、いつか必ず返します、などと瀬川文緒にしつこく言われたが、多分もう二度と会えないから、と述べて春生は断わった。彼女と二度と会わぬとは、決めていたわけではなかったのだが、なぜか、そう口にしてしまった。

佐渡トキ保護センターの様子を実際に自らの視界に収めたことにより、このとき、春生の意識に新たな変化の兆《きざ》しが現れ出ていた。消極的になって気持ちが沈んでいるわけではないし、激しく意気込み血が滾《たぎ》っているというのでもなく、どちらかといえば透明な感覚というのに似ていた。気分がひどく冷めていて、総てにおいて明晰《めいせき》に判断できる――この妙な感じは何なのだろうかと、春生は少々訝《いぶか》しんでいた。これは、いわゆる諦念《ていねん》という心理状態なのかもしれぬと、彼は思ってもみた。しかしそれはまだ、穏やかで微妙な兆候にすぎず、変化の意味を、春生自身が明確に理解するには及ばなかった。

夕食後、瀬川文緒が大浴場へ行っている間に、春生は計画の調整を進めた。新潟綜合警備保障佐渡営業所の住所は、佐渡郡佐和田町大字中原寺畑357－7だと判明した。地図で確認すると、佐渡トキ保護センターとの間隔は、遠いとも近いとも言えぬような位置だった。警備員は当然島内の道路事情を完璧に把握しきっているだろうし、深夜の道はがら空きのはずだから、警報器が作動すればすぐさま保護センターへ駆け付けるに違いない。新潟綜合警備保障のウェブサイトによれば、まず警備員が現場に急行して状況を確認し、必要に応じて警察に通報するという体制を組んでいるらしい。だとすれば、やはり、どうしたって戦闘は避けられぬのかもしれぬと思われた。警察に連絡される前に、警備員を行動不能に陥らせねばならぬわけだ。あと二十数時間後に、そうした事態に臨まねばならない……。

「鴇谷さん、お風呂、入らないの？」

瀬川文緒は、すっかり打ち解けた態度でいて、いささかも警戒の仕草を示さず、本当の兄妹にでもなったつもりでいるようだった。しばらく一人きりでいて、計画を詰めていた春生は、緊張感が欠落しきっている彼女の振舞いに若干の苛立ちを感じていた。

気軽な口調でトキを見に行こうと誘った割には、ただならぬ形相で保護センターの状況を調べ回っていた春生に対し、瀬川文緒は明らかに強い興味を持っていた。行動目的を一切問わぬこと、と約束させられてはいるものの、彼女は、春生に質問を浴びせたくてうずうずしている様子だった。春生はそれを敏感に感じ取っており、一言でも訊ねられる前に何か面白おかしいことでも話し、予め彼女の関心をはぐらかしておくべきかと考えた。

「ねえ、瀬川さん。あのさ、唐突だけど俺、じつは日本人じゃないんだよ」

「はあ?!　……あの、どこからどう見ても、って感じなんですけど……」

「俺、山形出身だって、話したよね。でね、山形以北の地方って、昔は日本じゃなかったんだってさ！」

「……山形以北って、東北地方ってことですか？」

「そうそう。あ、いや、ど田舎だからとか、そういう話じゃないからね。新潟と山形の県境にさ、日本国っていう名前の山があるんだよ。知ってる？　知らなかったでしょ。日本国って、ふざけた名前の山だよね。その山はさ、古代日本の境界って意味で、日本国って名付けられたんだってさ。本にそう書いてあったんだ」

「ふうん」

「だからさ、俺はまあ、日本人じゃないってことになるわけ。面白くない？　この話」

　春生は旅に出る前、佐渡に関する書籍を数冊購入し、面白そうな箇所だけを選んでざっと目を通していた。彼が話した「日本国」に関する説は、『新潟県の不思議事典』（花ケ前盛明編・新人物往来社刊）という本に記載されていた。

　古代日本の最果ての地である越後の北端に、由緒《ゆいしょ》ある寺と文化財が作られた。この地方が東北蝦夷地《えぞち》と古代日本のフロンティアだったと想像される。そこで大和支配圏と東北蝦夷との国境であるこの地点に「日本国」の名称が付けられたといわれている。

春生は以前、自分の先祖は千葉の住民ではなかったかと推理したことがあったが、今は考えを変えていた。別の書物を手に取った際、以下のような記述を読んだためだ。

山形県の長井市は、県西南部の最上《もがみ》川右岸の出羽丘陵地帯にある。ここに室町時代から見える「時庭《ときにわ》（古くは鴇庭）郷」があって、江戸時代には時庭村という一村を形成していた。南北朝時代にさかのぼる郷名で「鴇谷郷」があり、康暦二年（一三八〇）一〇月の伊達《だて》宗遠の知行配分状に「出羽国置民郡長井荘鴇谷郷」の文字が見えるという。

『図説　佐渡の歴史』（本間嘉晴監修・郷土出版社刊）の「日本史の中のトキ……全国各地に残る地名と苗字《みょうじ》」という項目の中に、春生はこの件を見つけ、鴇谷という地名は山形にもあったのだと知ったわけだ。山形生まれの彼にとっては、鴇谷家の出自は山形県長井市だったと見做すほうが現実的と思われた。
トキそれ自体は、「日本史の中のトキ……全国各地に残る地名と苗字」において、次のように解説されていた。

時代メモ トキ。国際保護鳥で特別天然記念物。東アジアの特産の鳥であり、かつては日本の各地に棲息《せいそく》していた。伊勢《いせ》神宮では二〇年ごとの式年遷宮《せんぐう》の際、内宮に奉納する「須賀利御太刀」の柄に、トキの羽根二枚を赤い絹糸でくくりつけるしきたりが、千年以上も続いている。いまは中国にもいる世界的な珍鳥。

また、同書の「佐渡鉱山の終焉《しゅうえん》……四〇〇年の歴史を閉じる」という項目の冒頭には、このように記されていた。

相川町における佐渡鉱山が閉山したのは平成元年（一九八九）の三月末日である。その発表が一月七日に行われて佐渡の人たちを驚かせた。この日吹上御所で昭和天皇の崩御の知らせがテレビ・ラジオで同時に流れていて、ひとつの時代の終わりを告げていた。

トキ、金山、天皇という三点で結ばれたトライアングル——春生はこれを「貴の三角形」と解釈した。佐渡金山と昭和天皇はすでに「時代の終わり」を迎えているが、トキだけは未だに繁殖を続け、生き延びようとしている。しかしそれも、もうすぐ俺が終わらせてやるのだと、春生はこの数ヵ月間、始終考え続けていたわけだ。幾度かの迂回《うかい》を経て、彼はついに、「**ニッポニア・ニッポン問題の最終解決**」を果たすべきときに来ていた。

●

夜間の視察を行った結果、計画成功の可能性はさらに高まった。

国道三五〇号線から新穂村方面へ向かう際に通る横宿線は、街灯のない真っ暗な細い道だ。ここを一人きりで車を走らせるのは、非常にスリルがあり、予想外の緊張を強いられた。昔は似たような環境で生活していたにもかかわらず、田舎ならではのひっそりとした夜の雰囲気が、春生には不気味に感じられた。

横宿線の途中で新穂村トキの森公園へと続く一本道へ折れてからは、念のため速度を緩め、公園出入口直前でヘッドライトを消した。徐行して、駐車場に入ると、軽トラックが一台停められているだけだった。その軽トラックは、公園内の整備用に使われているものだということは、日中に見て知っていた。

懐中電灯片手に、トキ資料展示館出入口前のレール式門扉《もんぴ》の隙間を擦り抜けて、春生は「観察ゾーン」に立った。佐渡トキ保護センターの敷地内はどこまでも暗く、静まり返っている。フェンスを跨《また》ぎ越えるのは、全く容易《たやす》いことだと思われた。監視の気配は、少しも感じ取れない。春生は場所を移動した。

保護センターの正門前は、大きな照明灯によって辺りが明るく照らされていて、やや警戒感を抱かせた。だが、春生がここまでやって来ても、何か起こるわけでもない。管理棟の前には、乗用車が一台だけ停められている。だとすれば、警備員の常駐はない。邪魔が入るまでの時間的猶予《ゆうよ》は確実にあるわけだ。

夜の状況は、これで充分把握した。ほぼ、事前に組み立てていた行動予定のままで、計画は実行できるはずだ。公園の駐車場に戻り、運転席のドアに手を掛けて、春生は夜空を見上げた。空は雲に覆われていて、星は一つも見えず、月明かりもなかった。

何もかも、俺の思い通りだと、彼は心で呟いた。

ホテルに戻り、エレベーターで2号館三階に上がって、521号室のドアをそっと開けた。室内は、常夜灯のみが灯されていて薄暗く、瀬川文緒は床に就いていた。

バックパックを床に下ろし、冷蔵庫からオレンジジュースを取り出して、一面墨色の窓外の風景に眼を向けた。昨夜から横になって寝ておらず、船内でほんの数分居眠りしただけなのに、眠気はまだなかった。

「おかえりなさい」

春生は吃驚《びっくり》して、オレンジジュースを零《こぼ》しそうになった。振り返ると、瀬川文緒は布団《ふとん》に入ったまま、こちらを見つめていた。

しばらく沈黙が続いた。二人を包む空気は、蕎麦屋で食事した頃とはもう大分違っていた。そのことに関しては、お互いに同程度の実感を得てはいるようだった。だが、感触の質自体には、差異があった。瀬川文緒は堪《こら》え切れず、とうとう約束の一つを破った。

「……何を、してきたんですか？」

春生は答えなかった。握力で割ってしまいそうなので、グラスをテーブルの上に置いた。頸部《けいぶ》が、焼けるように熱かった。

「あの、何てゆうか……」

「いいよ、やめようよ」

「……でも、鴇谷さん」

「ああ、駄目駄目、ほっといて、お願いだからさ」

そう言われてしまい、瀬川文緒は目元まで掛布団を被った。しかしそれでも、彼女は口を閉ざしはしなかった。

「あたし、よく判らないけど……その、鴇谷さん、あたしは、鴇谷さんは、いい人だと思う。だから……」

「ねえ、何が言いたいの？　全然判らないよ」

「……見たんです、ってゆうか、見えちゃったんです。さっき、何度か。鞄の中……」

「……あ、そう」

「鴇谷さん、あれって……」

春生は声を一段高めて、瀬川文緒がそれ以上喋るのを遮った。というよりも、彼は、本木桜が再び足踏み状態へと導き、思考を堂々巡りに陥らせようとするのを頑なに拒否した。

「だからさあ！　ねえ、桜ちゃん、もうおしまいにしようよ！　俺はやっと、自分の

使命が判ったんだよ。人生最大の目的をしっかりと掴んだんだ。明日は絶対にそれをやらなきゃいけないんだよ。だからもう、俺を迷わせるのはやめてくれないか！　頼むよ。だって君は、俺に一言も断わらずに、何の説明もなく、勝手に死んじまったんじゃないか！　ひどいよ！　いくら何でも、ひどすぎるよそれは！　もう、俺の好きにさせてくれよ！　死んでまで、俺を縛《しば》り付けるのはやめてくれないか！　俺にはやらなきゃいけないことがあるんだよ！　それをやり遂げなければ、俺の人生に価値はないんだよ！」

春生が語り終えると、室内に、瀬川文緒の泣き声だけが響いていた。呼吸を整えて、気分を落ち着かせるために、春生は目を瞑《つぶ》って蹲《うずくま》った。五分ほど経過した後に、瀬川文緒が、洟《はな》を啜《すす》りながら「ごめんなさい」とか細い声で謝った。春生は即答できず、体を丸めた状態を維持して、さらに時が経つのを待った。

徐《おもむろ》に立ち上がり、襖《ふすま》を開けて室外へ出てゆこうとすると、背後で瀬川文緒が慌てて起き上がった。「あの、どこへ？」という問いに対して、数秒の間を挟み、春生は「風呂」と一言だけ返した。するとまた、瀬川文緒が詫びを口にするので、「いや、いいんだ。俺のほうがどうかしてる。混同しちゃってるんだ。すまない」と述べて、彼は戸を閉めた。

春生は、風呂へは立ち寄らず、ホテルの外へ出た。駐車場へ行き、ミラの運転席に身を預け、明晩の行動だけをひたむきに想像し続けた。そうやって夜を明かし、迷いの残滓《ざんし》を完全に払拭《ふっしょく》するつもりだった。

●

ホテルを一〇時にチェックアウトした二人は、両津市願《ねがい》へ向かった。

内海府側の道路は通らなかった。昨夜《ゆうべ》泣かせてしまったことを悪いと思い、瀬川文緒をちょっとでも悦ばせてやりたくて、春生は観光ルートを選んで車を走らせた。金井町方面へ出て大佐渡スカイラインを昇り、標高九百四十二メートルの「最高点」で停車して、二人で島の景色を一望した。春生は特に何も言わずにいたが、瀬川文緒は笑顔を取り戻し、明るく振舞い感謝の意を表していた。その後は相川町を経由して外海府海岸線を北上し、尖閣湾《せんかくわん》に点在する岩肌や海を眺めてから、車一台通るのがやっとの幅員の狭い道を進んだ。そのまま島の涯《はて》に沿って走行し、大野亀を通過して、賽の河原のある海岸に辿り着いた。

波が荒く、足場が悪い中を、瀬川文緒は脇目《わきめ》も振らずに歩行した。春生は、黙って彼女の後を付いていった。先へ行くほど、波浪が高まり、水飛沫《みずしぶき》が視界一面に拡《ひろ》がった。辺りに無数の礫《こいし》が積み上げられた場所まで来ると、二人は全身ずぶ濡《ぬ》れの状態になっていた。

瀬川文緒は、橙色《だいだいいろ》のボディバッグの中からピカチュウのソフトビニール人形を取り出して、岩窟《がんくつ》の奥に立ち並べられた地蔵菩薩《ぼさつ》らの手前にそっと置いた。神妙な表情をして顔の前で掌を合わせ、軽く頭を下げて瞼《まぶた》を閉じ、じっと身動きせずに彼女は何かを念じ続けた。その間も、海は容赦なく二人の体に潮水を浴びせていたが、瀬川文緒は微動だにせず、供養《くよう》の祈りを捧《ささ》げていた。

両津港ターミナルへ向かう車中で、二人は、これまで触れずにおいた自身らの事情を互いに告白し合った。

あのピカチュウ人形は、弟のものだったのだと瀬川文緒は話した。彼女の弟は、小学校へ上がったばかりの今年の四月に、電車に轢《ひ》かれて亡《な》くなったのだという。そしてその事故は、自分のせいで起きたのだと瀬川文緒は述べた。

「あたしが捨てた手紙を……嫌いな人から送られてきた手紙だったから、それを線路の上に捨てたのを弟が見て、落とし物だと勘違いして、拾いに行ってしまって……」

そう言って、泣き崩れつつも、瀬川文緒はさらに告白を続けた。

弟が他界して以来、両親はすっかり塞《ふさ》ぎ込んでしまい、悲しみが癒《い》える日は永遠に訪れぬように思えてならなかったのだという。このまま、弟を死なせてしまった自分が、当然のように一四歳の誕生日を迎えるのはやりきれないし、悦べないと感じていた頃、佐渡島の賽の河原の存在を知り、供養のための一人旅を計画したというのが経緯の総てだと、瀬川文緒は語った。

春生は、「俺も大事な人が今年の春に死んじまったんだ」と話し、本木桜の自殺の事実について語った。

本木桜は、四月二九日に女子高の屋上から飛び降りて自ら命を断った。春生はそのことを、合宿教習を受けるために田舎へ戻るまで、知らされなかった。誰も彼にそれを伝えようと考えていた者はいなかった。春生は自力で事実を突き止め、本木の家に怒鳴り込み、危うく警察に逮捕されかけていた。本木桜は、高一の頃から思いを寄せていた数学教師と冬休みの期間中に不倫関係を結んでいた。だが、年度替わりと同時に数学教師が転勤となり、捨てられた末に、自死を選んでしまったのだ。本木の家に勝手に上がり込んだ春生は、本木桜の部屋で父親と摑み合い、だから俺があれほど注意したのに、と言って責め立てるしかなかった。二人はそこで互いに疲れ果てるまで、虚《むな》しい殴り合いを続けたのだった。

春生はそれ以後、極度の無気力に陥り、運転教習にもしばらく通えなかった。だが、己の運命について再考するうちに、本木桜の死もその流れの中に含まれていたのかもしれぬと、彼は思うようになったのだ。そう結論する以外に、本木桜の死という厳しい現実を乗り切ることなど春生には出来なかった。あとはただ、とことんまで自らの運命を信じ続け、計画の推進にのみ意識を集中させるほかなかったわけだ。

両津南埠頭《ふとう》ビル前の道沿いに、春生は車を停めた。そこは昨日、二人が三度目に言葉を交わした場所のすぐそばだった。車から降りた二人は、両津港ターミナル一階のエスカレーター乗り場で相対し、別れの挨拶《あいさつ》を述べあった。それが二人にとっての、最後の会話となった。

「本当に、ありがとうございました！　……鴇谷さんと出会えて、あたし、凄《すご》く助かったし、良かったです。本当に本当に、ありがとうございました！　……鴇谷さん、あたし、あの、何て言っていいか判らないけど……」

春生は、睨み付けるような視線を向けて瀬川文緒の左肩を軽く叩き、「忘れて、全部」とだけ言い残して、駆足でその場から立ち去った。後方から、瀬川文緒が何か呼び掛けているような気もしたが、春生の脳裏にあるのはもはや、ただ一つの目的だけだった。

二〇〇一年一〇月一四日二三時二三分、鴇谷春生は**「ニッポニア・ニッポン問題の最終解決」**を開始した。侵入対象となる檻は、佐渡トキ保護センター敷地内の最奥に位置する飼育ケージA。標的は、飼育ケージA内にて隠棲《いんせい》している雄のトキ、ユウユウ。最終目的は、ユウユウの密殺。

新潟綜合警備保障佐渡営業所から新穂村トキの森公園までは、夜道を車で飛ばしても約二十分は要する。二二時の時点で、春生は実際にミラを走らせてそのことを確認した。彼はそれ以前に、両津港付近の釣具店にて最大サイズのたも網を購入しておいた。たも網を用いてユウユウを捕獲し、身動きを封じたところでサバイバルナイフを突き刺す気でいた。他には、国道三五〇号線沿いにあるコンビニエンス・ストアSAVEONにて、裁縫セットを買った。赤い糸を手に入れたかったからだ。ユウユウの息の根を止めた後にでも、伊勢神宮における式年遷宮《せんぐう》の儀式を真似て、サバイバルナイフの柄《え》にトキの羽根を二枚、赤い糸で括《くく》り付けることを考えているのだ。

フェンスを乗り越え、懐中電灯のスイッチを断続的に入れながら、予め決めてあった潜入ルートをゆっくりと進行し、飼育ケージAのドア前まで辿り着いた。草叢《くさむら》を踏む自身の足音が、一歩進むごとに高まって鳴っているように思え、慎重になれと促した。ここに到るだけで、約二十分も費やしてしまった。

緊張が強すぎて、胃に痛みも感じていたが、停滞は禁物だった。春生は早速、バックパックからトライモ型パイプレンチを取り出して、懐中電灯の末端部を口に銜《くわ》えてノブの辺りを照らし、ドアを抉じ開ける作業に取り掛かった。だが、パイプレンチをノブの外径に合わせて嵌め込み、力を入れたところで、懐中電灯の光が消えてしまった。いくら振っても無駄だった。電池切れだった。

目の前が真っ暗になったが、完全な闇ではなかった。正門前の大きな照明灯の光が、わずかではあれこちらにも届いている。絶対に慌てるべきでない。落ち着いて、力を込めて、ノブを回せば、ドアは開くはずだ。そう思って、目一杯、両腕の力を振り絞った。しかし、なぜなのか、金属同士の擦《こす》れるギリギリという音が響くばかりで、ノブは動かない。

春生は焦っていた。しかもいささか、自棄《やけ》になりかけていた。

あまりに暑苦しく、息が詰まり、焦りを倍加させるだけなので目出し帽を脱いだ。

そしてバックパックの中を掻き回して、春生はスポーツタオルを掴んで出した。続いて彼は、四つに折り畳んだタオルをドア上部の窓に当てて、パイプレンチでガラスを叩き割った。地面に散らばったガラスの破片が足元でガチャガチャ鳴るのも構わずに、春生は内側のサムターンを回してドアを開け、やっと飼育ケージの内部へ足を踏み入れた。左手の薬指をガラスで切り、出血してしまったが、痛みは無視した。窓枠に取り付けられた警報センサーは、目に入らなかった。

暗がりの中から、ギャアギャア、という鳥の鳴き声が聞こえてきた。春生は、たも網の竿《さお》を握り締め、息を弾ませながら摺《す》り足で歩いた。ギャアギャアの声は二方向から発せられており、春生が体を回転させて辺りを見回すと、バサバサバサと羽搏《はばた》く音がして、羽根が一枚落ちてきて頰にくっついた。汗が、顔中を濡らしていた。

少しずつ、暗闇に眼が慣れてはきたが、二羽の動きを捉えるのは極めて困難だった。春生はぜいぜい喘《あえ》ぎながら、膠着《こうちゃく》状態がこのまま朝まで続いてしまいかねぬと懸《け》念《ねん》した。長期戦はまずいぞ、急がなきゃ、と小声で口に出した直後に眩《まぶ》しい光を当てられて、春生は顔を逸らした。出入口のほうへ体を向けた途端、「貴様何やってるんだ！」と怒鳴られ、低下していた集中力が一気に回復した。

懐中電灯の光を避けるため、春生は咄嗟に右腕で視界を覆い隠し、後方へ退いた。保護センターの職員は血相を変えて駆け寄り、「何やってるんだよ馬鹿野郎！　早く出ろ！」などと喚《わめ》きながら、春生を取り抑えようとした。春生は、顔の前に掲げた右腕を摑まれそうになり、上半身を仰け反《のぞ》らせて職員の手を躱《かわ》した。通り魔による演習で培った身のこなしが、見事に役立った瞬間だった。職員が前方に蹌踉《よろ》けたのを見逃さず、春生は腰に巻いたベルトに差してあるスタンガンを抜き取って、尖端部を相手の胸元に突き付けた。そして即座に彼は放電のスイッチを入れた。闇に包まれた飼育ケージの中に、数十秒間、極小の稲妻が閃《ひらめ》いたように見えた。職員は、ギャ！　と短く呻《うめ》き声を漏らしてから、地面にばったり倒れ込んだ。

●

新潟綜合警備保障佐渡営業所に、佐渡トキ保護センターからの警報連絡が入ったのは、零時ちょうどを回った頃だった。保護センターに設置されたセンサーは野良《のら》猫などの侵入にも反応する場合が多いため、佐渡営業所で待機していた警備員、大家賢吾《けんご》はまず状況確認の電話を掛けてみた。だが、保護センターにいるはずの宿直員は一向に電話に出ず、大家は直ちに不審を抱いた。通常であれば、保護センターに電話を掛けた際、呼出音を十回以上聞くことはないのだが、今日は二十回目になっても受話器を上げる者がいない。大家は結局、四十回鳴らしたところで電話を切り、車の鍵を取って外へ出た。

零時三五分、大家賢吾は保護センターの正門前に到着した。

管理棟のドアを開けてみると、奥の部屋の明かりは点《つ》いているが、人の気配がない。呼び掛けてみても返事がない。それよりも、何やら飼育ケージ方面が矢鱈《やたら》と騒がしい。今夜はやけに、トキらの鳴き声が聞こえてくる。異常事態は、あちらのほうなのかもしれない。そう判断して、大家は管理棟の裏へ回ってみた。

中庭に入り、トキらの羽搏く音や鳴き声が一際《ひときわ》大きい飼育ケージAを懐中電灯で照らしてみた。すると、内部で謎《なぞ》の大きな黒い物体が動き回っている。大家賢吾は、開けっ放しにされた飼育ケージAのドアまで急いで走ってゆき、改めて檻の中の様子を視界に収め、唖然《あぜん》とした。

そこでは、一人の黒装束の人物がたも網を振り回して必死にトキらを追い掛けていた。事情を呑み込めず、ただ呆《あき》れてしまい、二、三歩前に進み出てみると、今度は左足の爪先《つまさき》に何かぶつかった。言い知れぬ不安が過《よぎ》り、懐中電灯の光を足元に向けてみて、大家は再び驚愕《きょうがく》した。地面に横たわったまま身動きせぬ保護センター職員の姿を認め、大家は一瞬、頭の中が真っ白になりかけた。これはやばいと彼は思い、すぐさま強い職業意識を発動させて、まずは黒装束の人物を制止に掛かった。

「その人、やめなさい！」

眼前に、ロングバトン・タイプのスタンガンを突き出されて、大家賢吾は怯《ひる》んだ。予期せぬ事態が立て続けに起こりすぎて、思考も瞬発力も鈍っていた。しかし、三秒ほどバチバチバチと火花を発しただけでスタンガンの電撃は止《や》んだ。黒装束の人物は、スイッチをカチカチ何度も押してみているが、もはや放電不能と知り、慌てている様子だ。その姿を目にした大家は、これ以上の武器攻撃はないと即断して、相手の襟首を摑んで地面に捩《ね》じ伏せようとした。体術に自信があるせいか、大家はそこで油断してしまった。

瞬時に両目が利《き》かなくなり、呼吸が異常に苦しくなった。催涙スプレーを噴射されたことを、身悶《みもだ》えしながら理解したとき、大家賢吾は新たな衝撃を受け、腹部に凶器をぶち込まれたのを感じた。激痛が走り、左腕で目元を擦りながら右手で腹を触ってみた大家は、大量に血液が流れているのを自覚した。どうやらナイフを突き刺されたらしいと判り、携帯電話で警察に通報せねばと思い付いたが、もう立っていられず、力が出なかった。

警備員は、携帯電話を取り出したところで力尽き、ぴくりとも動かなくなった。下腹部にサバイバルナイフを突き立てられたまま大の字に寝転んだそのシルエットは、恰《あたか》もペニスが勃起《ぼっき》しているかのごとく映じた。

春生は疲れ果てて、その場にへたり込んだ。催涙スプレーの成分が辺りに漂っていて、息苦しくて仕方なく、臭《にお》いも耐え難かった。それゆえ使用者である彼自身、無力化してしまい、心身ともにすっかり萎《な》えていた。ユウユウもメイメイも、いつまで経っても捕まえられず、彼は甚だうんざりしていた。もうどうでもいいやと思い、春生はたも網を鉄柱に投げ付けた。

春生はそこにへたり込んだまま、両手で顔を覆いながら俯《うつむ》き、時間が止まったかのように感じていた。昨日、一昨日《おととい》、一週間前、一ヵ月前、一年前と記憶が勝手に遡《さかのぼ》り、折り返して現在に戻った彼の意識は、昨夕から薄々気づきかけていたことを明確に悟った——運命とは、全く無意味なものだと。

ギャアギャアという鳴き声が、檻の外から聞こえてくることを知り、春生は中庭へ視線を向けてみた。いつの間にか、ユウユウとメイメイが飼育ケージを脱け出ており、今にも空へ飛び立とうとしていた。意外な光景を目の当《ま》たりにして、春生は脱力感を深めつつ、だったらお前たちの好きにするがいいさ、と心で呟いた。お前たちも、運試ししてみればいいさ、運が悪けりゃここへ逆戻り、運が良ければ、どこまでも好きに飛んでゆけばいい……。

●

春生は行き場を失い、瀬川文緒と別れた際と同様に、両津南埠頭ビル前の道沿いに車を停めた。彼はまだ、返り血を浴びた作業着を身に着けたままで運転席に坐り、ぐったりしていた。深い虚脱に陥ってはいたが、無心にはなれず、感情が激しく入り乱れていた。急に寂しくなってしまい、ひどい恐怖に襲われ、それらを忘れるために春生はラジオのスイッチを入れた。

ミラのスピーカーから、聴いたことのない洋楽の歌が流れてきた。

Is this the real life／Is this just fantasy／Caught in a landslide／No escape from reality／Open your eyes／Look up to the skies and see／I'm just a poor boy, I

need no sympathy／Because I'm easy come, easy go／A little high, little low／
Anyway the wind blows, doesn't really matter to me／to me
Mama, just killed a man／Put a gun against his head／Pulled my trigger, now he's
dead／Mama, life had just begun／But now I've gone and thrown it all away／
Mama, ooo／Didn't mean to make you cry／If I'm not back again this time
tomorrow／Carry on, carry on, as if nothing really matters

突然、四方の窓ガラスが割られ、左右両側のドアを開けられて、外から数人の大人たちが車内へ雪崩《なだ》れ込むように押し入ってきた。口の中に無理矢理何か物を詰め込まれ、腕や脚を引っ張られて、車外へ連れ出されると、目の前には何台ものパトカーが停まっていた。

交差点の一角に、両津警察署の建物が見えた。

Nothing really matters／Anyone can see／Nothing really matters, nothing really
matters to me／Anyway the wind blows…

普段通り、昼に目を覚まして誰もいないキッチンへ行き、テーブルの上に置かれた弁当箱を手にして、居間のテレビを点けた。

今日の弁当の中身は、オムレツとマカロニサラダだった。オムレツは好きだけれど、マカロニサラダは大嫌いだ。四年生の頃に、マカロニサラダを食べて吐いたことがあるためだ。その日以来、彼はマヨネーズも嫌いになり、一年間それらを口にしていない。マカロニサラダを灰皿の中に捨てて、オムレツだけを彼は食べ始めた。母親を怨《うら》みながら。

妙に騒がしい気がして顔を上げてみると、ワイドショーが何やら重大事件を報じている最中だった。佐渡島で、トキが逃げて、警備員が殺された？　これは面白いことになったと思い、彼は二階の自室へ戻り、パソコンを起動させてインターネットにアクセスした。

「超裏ネタ」のBBSはすでに大変な盛り上がりを呈していた。大事件発生直後はいつもこうだ。「犯人はまた十代だとさ」とか、「一人殺してるからねえ、五～六年は喰

らうんじゃないの？」などという書き込みの後に、「**ネット予告はないの？**」と記されてあるのを見た彼は、そういえば、と、一通の不気味なメールの存在を思い出した——以前、「**本物のピストルが欲しい**」とBBSに書き込んだ奴《やつ》に、「**トカレフ（弾8発付き）売ります**」と詐欺メールを送って、反応がないからその後も何度か出してみたら、やっと送信されてきたメールの中に、近々どでかい事件を起こすって書いてあったんだ……。

受信フォルダを開き、問題のメールをくり返し読むうちに、彼はとても興奮してしまった。「**某島で、秋頃にな**」という箇所が、明らかに佐渡の事件を告知していると思われた。無性にこのことを誰かに伝えて自慢したくなった彼は、「**超裏ネタ**」のBBSに犯行予告の全文を貼り付けて、自分は犯人と事件前にメールでやりとりしていたと宣言してみた。

だが、誰一人それを信ずる者はいなかった。「**しょぼいネタ書くなガキ！**」と罵られ、散々馬鹿にされて敢《あ》え無《な》く終わった。詳細な経緯を説明するなどして、本当のことだと執拗《しつよう》に主張しても、事実ならば客観的証拠を挙げてみろと反駁《はんばく》を加えられるばかりだった。

どうすれば信用されるものかと、真剣に考えてはみたが、ちっとも良案は浮かばなかった。メールでのやりとりを事実と裏付ける証明方法など、いくら思案を巡らしても、全く見当たらなかった。それ以前に、寄ってたかって馬鹿扱いされたことが腹立たしく、ムカムカしてしまい、当分は頭の中を整理できそうになかった。怒りを鎮《しず》めるのが先決だった。

窓外の風景を眺めているうちに、感情の波も平静に復し、気晴らしにどこかへ出掛けてみようかな、と彼は思った。久しぶりに外出してみるのも、悪くないような気がした。

※本文中のデータ、名称等は二〇〇一年当時のものです。

解説

佐々木敦（思考家）

本文庫は、一九九九年に刊行された阿部和重の短編集『無情の世界』と、二〇〇一年に「新潮」に掲載の後、単行本化された「ニッポニアニッポン（以下「NN」）」の（CD等で言うところの）2in1である。

『無情の世界』は、群像新人文学賞を受賞した阿部和重のデビュー作「アメリカの夜」（一九九四年）に続く第二作「ABC戦争」（一九九四年）および「公爵夫人邸の午後のパーティー」（一九九五年）、「ヴェロニカ・ハートの幻影」（一九九七年）との合本で『ABC 阿部和重初期作品集』（二〇〇九年）として、「NN」は単行本→文庫化の後、本書と同時に「アメリカの夜」との2in1で新たに文庫化される「インディヴィジュアル・プロジェクション（以下「IP」）」との2in1『IP／NN 阿部和重傑作集』（二〇一一年）として（ややこしいが）文庫になっていたが、この組み合わせは初めてである。しかし続けて読んでもらえばわかるように、第二十一回野間文芸新人賞も受賞した

『無情の世界』の三編と「NN」は発表時期が連続しているのみならずテイスト的にも地続きなので、今回の2in1は絶妙かつ効果的なのではないかと思う。阿部和重という作家にとり明らかなブレイクスルーであり、いわゆる「J文学」ブームの火付け役ともなった「IP」から始まった、言うなれば「暴力の時代」の作品群であり、その感覚は同時期の一九九九年に連載が開始された「神町サーガ」第一作、阿部和重の最初の大長編となる『シンセミア』(二〇〇三年)に受け継がれることになる。

それでは『無情の世界』収録の三編から触れていくことにしよう。「トライアングルズ」は「私」が「あなた」に書き送る手紙という形式で書かれている。「今度ばかりはさすがにお終《しま》いまで読み通してほしいと強く願っています」という書き出しが印象的である。読み始めてしばらくは「私」と名乗る書き手も、「私」が「あなた」と呼びかける存在も、どこの誰なのかわからないのだが、しばらくすると徐々に経緯と状況が判明してくる。「私」とは「イデヒサオ」という小学六年生の少年であり、「あなた」とは彼の元家庭教師の「スズキイチロウ」が東急新玉川線三軒茶屋駅の定期券うりばで一目惚《ぼ》れした若い女性であるらしい。「スズキイチロウ」は「あなた」をストーキングする過程で彼女が会社の上司と不倫関係にあることを知り、その男の家庭を突きとめ、その家の息子である「私」の家庭教師になることによって、愛する女性の不倫相手を排除しようと目論《もくろ》む。だがどういうわけか彼は「私」の家に出入りするようになると、憎っくき恋敵であるはずの父親、その妻である「私」の母親、その子であるところの「私」の兄と姉に、家庭教師の領分をはるかに超えてあれこれかかわろうとし始める。意図も目的もよくわからない「スズキイチロウ」の行動は異常さを加速させていき、遂に事件が起こる。「私」の家の玄関先での「私」の父、母、「あなた」の諍《いさか》いに割って入ろうとした「スズキイチロウ」は事態を収めるどころか余計に紛糾させ、「私」の兄が父親を金属バットで殴打するといった暴力が出来《しゅったい》し、しまいには「スズキイチロウ」は自らの右眼を抉《えぐ》り出す。彼の行為はあまりにも常軌を逸しているが、もしかするとそれは聖書の「マタイによる福音書」にある「もし、右の目があなたをつまずかせるなら、えぐり出して捨ててしまいなさい。体の一部がなくなっても、全身が地獄に投げ込まれない方がましである」と関係があるのかもしれない（ないのかもしれない）。それよりも気になることは、延々と「あなた」に向かって語りかけ続ける「私」の言葉の異様さである。それは持って回った言い回しや妙に芝居がかった表現が多出するいかにも胡乱《うろん》なものであり、小学生が書いていると言われればそうとも思えるが、勘ぐり始めたらどこまでも怪しい。そして実際、小説の最後には、これは本当は「スズキイチロウ」が書いているのではないかという疑惑が急激に頭をもたげてくる。狂った人格が書いたテクストというよりも、テクスト自体が微妙に、だが明らかに失調しており、読み進めるほどに、なんだか気色悪くなってくる。もちろんそれが作者の狙いなのである。

「トライアングルズ」のテクスト的「気色悪さ」は、続く「無情の世界」（ローリング・ストーンズの「You Can't Always Get What You Want」の日本語曲名の引用だと思われる）からも濃厚に漂ってくる。最後の最後にインターネットの掲示板（?）への書き込みであったことがわかる、高校生であるらしい「僕」の記述は、いわゆる「信頼できない語り手」の典型と言える。彼は公園で、ごく日常的で牧歌的なひとびとの様子を「危険な中学生たちがシャブを吸っている」暴力的で反社会的な光景と思い込んでしまった。なぜ自分がそのような勘違いをしたのか「僕」にはわからない。家に帰り、インターネットで友人から教わった露出マニアの女性の告白サイトを読むうちに劣情を催し、本物に遭遇するべく深夜の公園に出動した彼は女性の死体を発見してしまう。それを「僕」は外で愛人と住んでいる父親の仕業ではないかと疑うのだが、彼の書いていることを一体どうやって信じられるというのか。ワンアイデアで書かれた感のある短編だが、読むべきはディテールの「気色悪さ」である。思い込みと錯覚があっさりと妄想／幻想の域に突入するさまや、「トライアングルズ」とも繫《つな》がる変にわざとらしい文章表現など、実に気持ちの良い「気色悪さ」を堪能出来る。

「鏖（みなごろし）」は前二作とは異なり、三人称小説である。物語られるのは、「オオタタツユキ」という短慮で無責任で自己中で倫理観と遵法意識に乏しい男の、僅《わず》か一日足らずの出来事である。「オオタ」はバイト先の売り上げや商品をちょろまかしていたことがバレて店長たちに追い込みを掛けられ、夫を持つ身である愛する「瞳《ひとみ》」の家に忘れてきた高級腕時計を返却してもらうべく彼女をデニーズで待っていると、たまたま相席になった冴えない中年男が飯も食わずに小型の液晶テレビに見入っているのに興味を抱き、何を見てるのかと訊《たず》ねてみると自宅にひとりで居るはずの妻が浮気をする現場を監視しているのだという。自らの境遇も相俟《あいま》って腑《ふ》抜けた男の態度に挑発心を抱いた「オオタ」が嘲弄《ちょうろう》すると、激昂《げきこう》した男は勢い込んでデニーズを出ていってしまう……あれよあれよという間に事態は途方も無いバッドエンドへと突き進んでゆく。クライマックスの迫力は凄まじい。「信頼できない語り手」的な語り＝騙《かた》りの実験が無い代わりに、映画的と言ってもよい緻密なプロットと畳み掛けるような場面展開によって、まさに読み始めたら最後まで一直線の強烈なドライヴ感に満ちた傑作である。ラストの伏線回収と最後の一文の切れ味も素晴らしい。のちに阿部和重は伊坂幸太郎と『キャプテンサンダーボルト』(二〇一四年)を共作することになるが、この小説はそれ以前に阿部がもっともエンターテインメントに接近した作品であり、そのせいなのか二〇〇七年に三宅乱丈によってコミカライズされている。計算し尽くされた筋運びのテクニックと、映像が眼に浮かぶような鮮烈な情景描写は、同時期にスタートした『シンセミア』のいちエピソードであってもおかしくはない。以上三編、いずれも阿部和重らしい詭計《きけい》と強度に満ちた小説であり、デビューからたった五年でこの作家が驚くべき進化を遂げていることがわかる。変幻自在の文体と血肉化された実験精神、方法と形式への飽くなき探究心は、ゼロ年代以降の更なる活躍を予告していたようでもある。

阿部和重はデビューから十年以上が経った二〇〇五年に「グランド・フィナーレ」でようやく芥川賞を受賞した。四度目の候補による栄冠だった。受賞以前の候補作を挙げると、一度目が「アメリカの夜」、二度目が「トライアングルズ」、そして三度目が「NN」である。本書と同時に刊行される『アメリカの夜　インディヴィジュアル・プロジェクション　阿部和重初期代表作I』の解説において筆者は同書の二作品と「NN」を「阿部和重自意識暴走三部作」と呼んでみた。そう、「NN」の主人公である「鴇谷《とうや》春《はる》生《お》」は、「アメリカの夜」の「中山唯生《なかやまただお》」、その〝転生〟とも言える「IP」の「オヌマ」の更なる〝転生〟なのである。ただし前の二作で重要な役割を持っていた「映画」という要素は「NN」にはない。その代わりに作品の基盤を成しているのがインターネットである。「IP」にもネットは出てきたが、ここまで全面的に駆使されてはいなかった。阿部和重自身、ネットがなければ「NN」は書けなかったと何度も発言しているが、それは読めばたちどころに了解される。

「春生」は自分の苗字の「鴇」が「ニッポニア・ニッポン」という学名を持つ「鴇(トキ)」と同じである事実を強烈に意識し、この絶滅寸前の鳥に過剰なシンパシーを抱く。それはやがて「佐渡トキ保護センター」への侵入計画に結実していく。「春生」はトキについてネットで調べまくり、それらの記事が次々と引用される。それはこの小説を書くに当たって作者自身が行った作業でもあるのだろう。「NN」が発表された二〇〇一年は、インターネットの常時接続（ブロードバンド）が進み、回線速度が急速に上がっていった時期である。ネット環境の整備が阿部和重の「小説」にとっては決定的だったわけである。もともと書物や音楽からの引用を好む作家だったが、これ以降、阿部の小説はほとんどインターネットとの「共作」とも呼べるような様相を帯びてゆく。

今回、本解説を書くために久しぶりに再読したのだが、初読の際は極めて斬新に感じた「ネットとの共作」は、他ならぬ阿部和重自身のその後の作品群を読んだ今となっては、当然ながら新しさを感じることはなかった。その代わりに胸に迫ってきたのが、この作品の「恋愛小説」としての顔である。「春生」は中学二年の時に席が隣になった「本木桜」に恋をする。だがそれはどこまでも一方的な片思いでしかなく、彼は不器用かつ無様な空回りのあげくに自爆する。「本木桜」とのかかわりの経緯は意図的に小出しにされており、全容が判明するのは小説の後半になってからである。それはなんとも情けなく、だが痛々しい悲恋である。「アメリカの夜」の「唯生」、「IP」の「オヌマ」と同様、「春生」も激しく空転する「自意識」の、けっして成就することのない承認欲求の奴隷であり、彼がトキにシンパサイズするのもそれがおおもとの理由なのだが、そこには「本木桜」への果たせなかった恋心が、彼女を救えなかったという（のは彼の思い込みでしかないのだとしても）悔恨と自責が強く作用している。両親に対しては過度の我儘《わがまま》や極悪非道が平気な「春生」だが、このことについてだけは真っ直ぐに純情なのだ（直情とも言えるが）。そしていよいよ計画の決行に到り、準備万端整えて武装した「春生」は佐渡に赴くのだが、その途中で出会った中学二年の少女「瀬川文緒」と思いがけず行動を共にすることになる。「春生」は実際には全然似ていない「文緒」が「桜」にそっくりだとうっかり思い込みそうになるが、それはしかし前のような「恋」にはけっしてならない。「文緒」とのエピソードは、なんとも殺伐とした小説世界のなかで、仄《ほの》かな、確かな温かみを感じさせてくれる。「春生」に限らず、阿部和重の主人公たちは直情径行型の単細胞揃《ぞろ》いだが、そうであるがゆえに彼らは時として感動的なまでの純粋さを発揮することがある。「トライアングルズ」の「スズキイチロウ」にも「鏖」の「オオタタツユキ」にも、そういうところがある。そしてそれは「アメリカの夜」の「唯生」がすでにして身に纏《まと》っていたものだった。

阿部和重は、表層的な設定や物語の背後にマクロな主題やアクチュアルな問題意識を、暗に、あるいは露骨に忍ばせることに長《た》けた作家である。「NN」も例外ではない。「ニッポニア・ニッポン」を救いにだか殺しにだか行く話の含意はあまりにも明白だろう。「IP」では、渋谷の映画館で映写技師として働く男の「日記」の裏に、日本近現代史におけるファシズムとテロリズムの問題が巧妙に隠されていた。それと比べると「NN」はあけすけと言ってもいい。天皇制とテロリズム。だがあくまでも表向き、これは「特別な存在」である／になることを絶望的なまでにやみくもに希求し、それがゆえに自滅する、ひとりのダメな青年の物語である。それまでの緊張感のすべてを台無しにしてしまうあっけなくも苦々しい結末は、言葉通りの意味で悲喜劇的なものだ。そしてそれもまた、表に描かれたことだけではない。

すべてがナンセンスな終わりを迎えた後、「春生」が乗った車のラジオから、英語の歌が流れ出してくる。いささか唐突に長々と書き記される、この「聴いたことのない洋楽の歌」は、曲名が記されていないが、クイーンの名曲「ボヘミアン・ラプソディ」である。「Is this the real life/Is this just fantasy?」で始まり、「Nothing really matters to me/Anyway the wind blows…」で終わるこのあまりにも有名な曲の、ドラマチックさと同居する儚《はかな》さ、豪奢《ごうしゃ》であると同時に紛れもない哀しみを湛えた佇《たたず》まいは、この小説のエンディング・テーマにふさわしい。だがしかし読まれる通り、いい感じでそこで終わってくれないのが阿部和重なのだが。

世紀の跨《また》ぎ目の前後に位置する二冊を収めた2in1である本書は、それから二十年以上が経過した現在からすると、阿部和重という稀有《けう》な小説家にとって、いわば「修業時代の終わり」として捉えることが出来るように思う。もちろん、それぞれの作品の先進性と完成度は言うまでもないが、ここには試行と実験のドキュメントが瑞々《みずみず》しくも生々しく刻印されている。阿部和重は現在もなお、ある種の青臭さ、未熟さ（それは巧緻《こうち》と矛盾しない）を手離していない貴重な存在だが、この頃は実際にまだ三十代の前半だったのだ。このあと彼は、純文学とクライムノヴェルの境界を破壊した巨編『シンセミア』、遅すぎた感のある芥川賞受賞作「グランド・フィナーレ」を経て、安定期、充実期と言える季節に入ってゆく。「神町サーガ」に本格的に取り組んで以降は、明らかに（大）長編型の作家にシフトチェンジした感があるが、『Deluxe Edition』（二〇一三年）、『Ultimate Edition』（二〇二二年）の二冊に集成された中短編群を読むと、その才気と技術は長さにかかわらず存分に発揮され得るのだということがわかる。

とはいえ本書と、同時刊行の『アメリカの夜　インディヴィジュアル・プロジェクション　阿部和重初期代表作Ⅰ』の二冊で読むことが出来る作品群は、まさに「初期」であるがゆえの荒々しさとナイーヴさを併せ持った傑作揃いである。そしてそれらはまた、ひたぶるに「特別な存在」になりたいと願う、だがまったくもって「特別」では（ありえ）ない存在を手を替え品を替えて描き続けることによって、逆説的に「特別な存在」になっていった阿部和重という小説家の、鮮やかな変身の記録でもある。

本書は二〇一一年七月に講談社文庫より刊行された『IP／NN　阿部和重傑作集』収録の「ニッポニアニッポン」と、二〇〇九年四月に講談社文庫より刊行された『ABC　阿部和重初期作品集』収録の「トライアングルズ」「無情の世界」「鏖（みなごろし）」を再編集したものです。

|著者|阿部和重　1968年生まれ。'94年『アメリカの夜』で第37回群像新人文学賞を受賞しデビュー。'99年『無情の世界』で第21回野間文芸新人賞、2004年『シンセミア』で第15回伊藤整文学賞、第58回毎日出版文化賞をダブル受賞、'05年『グランド・フィナーレ』で第132回芥川賞、'10年『ピストルズ』で第46回谷崎潤一郎賞をそれぞれ受賞。その他の著書に『アメリカの夜　インディヴィジュアル・プロジェクション　阿部和重初期代表作I』『クエーサーと13番目の柱』『ミステリアスセッティング』『オーガ(ニ)ズム』『Ultimate Edition』、対談集『和子の部屋』など。

無情《むじょう》の世界《せかい》　ニッポニアニッポン　阿部和重初期代表作《あべかずしげしょきだいひょうさく》II
阿部和重《あべかずしげ》

講談社文庫
定価はカバーに
表示してあります

2023年3月15日第1刷発行

発行者――鈴木章一
発行所――株式会社　講談社
東京都文京区音羽2-12-21　〒112-8001
電話　出版（03）5395-3510
　　　販売（03）5395-5817
　　　業務（03）5395-3615

KODANSHA

デザイン―菊地信義
本文データ制作―講談社デジタル製作
印刷―――株式会社KPSプロダクツ
製本―――株式会社国宝社

Printed in Japan

ISBN978-4-06-530542-3

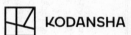

講談社文庫刊行の辞

二十一世紀の到来を目睫に望みながら、われわれはいま、人類史上かつて例を見ない巨大な転換期をむかえようとしている。

世界も、日本も、激動の予兆に対する期待とおののきを内に蔵して、未知の時代に歩み入ろうとしている。このときにあたり、創業の人野間清治の「ナショナル・エデュケイター」への志を現代に甦らせようと意図して、われわれはここに古今の文芸作品はいうまでもなく、ひろく人文・社会・自然の諸科学から東西の名著を網羅する、新しい綜合文庫の発刊を決意した。

激動の転換期はまた断絶の時代である。われわれは戦後二十五年間の出版文化のありかたへの深い反省をこめて、この断絶の時代にあえて人間的な持続を求めようとする。いたずらに浮薄な商業主義のあだ花を追い求めることなく、長期にわたって良書に生命をあたえようとつとめるところにしか、今後の出版文化の真の繁栄はあり得ないと信じるからである。

同時にわれわれはこの綜合文庫の刊行を通じて、人文・社会・自然の諸科学が、結局人間の学にほかならないことを立証しようと願っている。かつて知識とは、「汝自身を知る」ことにつきていた。現代社会の瑣末な情報の氾濫のなかから、力強い知識の源泉を掘り起し、技術文明のただなかに、生きた人間の姿を復活させること。それこそわれわれの切なる希求である。

われわれは権威に盲従せず、俗流に媚びることなく、渾然一体となって日本の「草の根」をかたちづくる若く新しい世代の人々に、心をこめてこの新しい綜合文庫をおくり届けたい。それは知識の泉であるとともに感受性のふるさとであり、もっとも有機的に組織され、社会に開かれた万人のための大学をめざしている。大方の支援と協力を衷心より切望してやまない。

一九七一年七月

野間省一

講談社文芸文庫

柄谷行人

柄谷行人対話篇Ⅲ 1989－2008

東西冷戦の終焉、そして湾岸戦争を通過した後の資本にどう対抗したらよいのか？根源的な問いに真摯に向き合ってきた批評家が文学者とかわした対話十篇を収録。

978-4-06-530507-2
かB20

フローベール　蓮實重彦 訳

三つの物語／十一月

解説＝蓮實重彦

生前発表した最後の作品集「三つの物語」と、若き日の恋愛を描き『感情教育』の母胎となった「十一月」。『ボヴァリー夫人』と並び称される名作を第一人者の訳で。

978-4-06-529421-5
フD1

麻見和史 凪《なぎ》の残響〈警視庁殺人分析班〉
麻見和史 天空の鏡〈警視庁殺人分析班〉
麻見和史 深紅の断片〈警防課救命チーム〉
麻見和史 邪神の天秤〈警視庁公安分析班〉
麻見和史 偽神の審判〈警視庁公安分析班〉
有川 浩 三匹のおっさん
有川 浩 三匹のおっさん ふたたび
有川 浩 ヒア・カムズ・ザ・サン
有川 浩 旅猫リポート
有川ひろ アンマーとぼくら
有川ひろほか ニャンニャンにゃんそろじー
荒崎一海 門前仲町〈九頭竜覚山 浮世綴(一)〉
荒崎一海 蓬莱橋雨景〈九頭竜覚山 浮世綴(二)〉
荒崎一海 寺町哀感〈九頭竜覚山 浮世綴(三)〉
荒崎一海 小《お》名《な》木《ぎ》川《がわ》〈九頭竜覚山 浮世綴(四)〉
荒崎一海 一色町雪花〈九頭竜覚山 浮世綴(五)〉
朱野帰《かえる》子《こ》 駅物語
朱野帰子 対岸の家事
東 浩紀 一般意志2・0〈ルソー、フロイト、グーグル〉

朝倉宏景 白球アフロ
朝倉宏景 野球部ひとり
朝倉宏景 つよく結べ、ポニーテール
朝倉宏景 あめつちのうた
朝井リョウ スペードの3
朝井リョウ 世にも奇妙な君物語
有沢ゆう希 末次由紀 原作 〈小説〉ちはやふる 上の句
有沢ゆう希 末次由紀 原作 〈小説〉ちはやふる 下の句
有沢ゆう希 末次由紀 原作 ちはやふる 結び
有沢ゆう希 小説 パーフェクトワールド〈君といる奇跡〉
有沢ゆう希 原作:金田一蓮十郎 脚本:徳永友一 小説 ライアー×ライアー
秋川滝美 幸《こう》腹《ふく》な百貨店
秋川滝美 幸腹な百貨店〈デパ地下おにぎり騒動〉
秋川滝美 幸腹な百貨店〈催事場で蕎麦屋呑み〉
秋川滝美 マチのお気楽料理教室
秋川滝美 ヒソップ亭〈湯けむり食事処〉
赤神 諒 神遊の城
赤神 諒 大友二階崩れ
赤神 諒 大友落月記

赤神 諒 酔象の流儀 朝倉盛衰記
赤神 諒 空《うつせ》貝《がい》〈村上水軍の神姫《しんき》〉
赤神 諒 立花三将伝
彩瀬まる やがて海へと届く
浅生 鴨 伴走者
天野純希 有楽斎の戦
天野純希 雑賀《さいか》のいくさ姫《ひめ》
青木祐子 コーチ!〈はげまし屋・立花ことりのクライアントファイル〉
秋保《あきう》水菓《すいか》 コンビニなしでは生きられない
相沢沙呼 medium《メディウム》 霊媒探偵城塚翡翠
新井見枝香 本屋の新井
碧野 圭 凛として弓を引く
碧野 圭 凛として弓を引く〈青雲篇〉
赤松利市 東京棄民
五木寛之 ソフィアの秋
五木寛之 狼のブルース
五木寛之 海峡物語
五木寛之 風花のひと
五木寛之 鳥の歌(上)(下)

講談社文庫　目録

いわさきちひろ 絵本美術館編 ちひろ・子どもの情景〈文庫ギャラリー〉
いわさきちひろ 絵本美術館編 ちひろ・紫のメッセージ〈文庫ギャラリー〉
いわさきちひろ 絵本美術館編 ちひろの花ことば〈文庫ギャラリー〉
いわさきちひろ 絵本美術館編 ちひろのアンデルセン〈文庫ギャラリー〉
いわさきちひろ 絵本美術館編 ちひろ・平和への願い〈文庫ギャラリー〉
石野径一郎 新装版 ひめゆりの塔
今西錦司 生物の世界
井沢元彦 義経幻殺録
井沢元彦 光と影の武蔵〈切支丹秘録〉
井沢元彦 新装版 猿丸幻視行
伊集院 静 乳房
伊集院 静 遠い昨日
伊集院 静 夢は枯野を〈競輪躁鬱旅行〉
伊集院 静 野球で学んだこと ヒデキ君に教わったこと
伊集院 静 峠の声
伊集院 静 白秋
伊集院 静 潮流
伊集院 静 冬の蜻蛉《とんぼ》
伊集院 静 オルゴール

伊集院 静 昨日スケッチ
伊集院 静 あづま橋
伊集院 静 ぼくのボールが君に届けば
伊集院 静 駅までの道をおしえて
伊集院 静 受け月
伊集院 静 坂の上のμ〈野球小説アンソロジー〉
伊集院 静 ねむりねこ
伊集院 静 新装版 三年坂
伊集院 静 お父やんとオジさん(上)(下)
伊集院 静 ノボさん〈小説 正岡子規と夏目漱石〉(上)(下)
伊集院 静 機関車先生〈新装版〉
いとうせいこう 我々の恋愛
いとうせいこう 「国境なき医師団」を見に行く
井上夢人 ダレカガナカニイル…
井上夢人 プラスティック
井上夢人 オルファクトグラム(上)(下)
井上夢人 もつれっぱなし
井上夢人 あわせ鏡に飛び込んで
井上夢人 魔法使いの弟子たち(上)(下)

井上夢人 ラバー・ソウル
池井戸 潤 果つる底なき
池井戸 潤 架空通貨
池井戸 潤 銀行狐
池井戸 潤 仇敵
池井戸 潤 BT'63(上)(下)
池井戸 潤 空飛ぶタイヤ(上)(下)
池井戸 潤 鉄の骨
池井戸 潤 新装版 銀行総務特命
池井戸 潤 新装版 不祥事
池井戸 潤 ルーズヴェルト・ゲーム
池井戸 潤 半沢直樹1〈オレたちバブル入行組〉
池井戸 潤 半沢直樹2〈オレたち花のバブル組〉
池井戸 潤 半沢直樹3〈ロスジェネの逆襲〉
池井戸 潤 半沢直樹4〈銀翼のイカロス〉
池井戸 潤 花咲舞が黙ってない〈新装増補版〉
池井戸 潤 ノーサイド・ゲーム
石田衣良 LAST［ラスト］
石田衣良 東京DOLL

2022年12月15日現在